Adam Schwarz

DAS FLEISCH DER WELT

ODER DIE ENTDECKUNG AMERIKAS DURCH NIKLAUS VON FLÜE

Roman

ZYTGLOGGE

Der Zytglogge Verlag wird vom Bundesamt für Kultur mit einem Strukturbeitrag für die Jahre 2016–2020 unterstützt.

Mit freundlicher Unterstützung von:

Aargauer Kuratorium

AARGAUER KURATORIUM

Fachausschuss Literatur Basel

Fachausschuss Literatur

Kanton Basel-Stadt Kultur

KULTURELLES.BL BILDUNGS-, KULTUR- UND SPORTDIREKTION

Kulturpauschale Basel Stadt

Kanton Basel-Stadt

Kultur

FSC www.fsc.org MIX Papier aus verantwortungsvollen Quellen FSC® C068066

printed in switzerland

Lektorat: Angela Fessler

Coverfoto: Deutsches Gebetbuch – Cod.brev.12, 1476, Württembergische Landesbibliothek Stuttgart

Gesetzt aus: Frutiger LT Std, Garamond Premier Pro, Palatino LT Std

Gesamtherstellung: Schwabe AG, Druckerei, Muttenz/Basel

Printed in Switzerland

ISBN: 978-3-7296-0957-0

www.zytglogge.ch

Ich sah den Bruder Nikolaus
Den frommen Schweizersmann.
Ein Beispiel der Enthaltsamkeit,
Der sein Gelübde gewann:
Zwanzig Jahre in dieser Welt
Ohne zu essen zu leben;
In seiner unendlichen Herrlichkeit
Wird Gott ihm Fleisch zu Genüge geben.

Jean Molinet, ca. 1495

I.

Ranftschlucht, Januar 1474

«Es wird zu viel erzählt. In den Tälern hockt das Volk und pult sich Lügen aus der Nase. Auf den Gipfeln würgen die drei Erzengel lauter Anklagen heraus. Alle glauben sie, Niklaus von Flüe zu kennen. Aber die Wahrheit? Die Wahrheit kümmert sie nicht. Die Wahrheit hat noch nie interessiert. Auch Euch, mein lieber Amgrund, wird sie nicht gefallen.»

«Ich muss sie aber erfahren», sagte Amgrund. «Das schulde ich ihm.»

«Wenn er Euch so wichtig ist, solltet Ihr erst recht wieder gehen.»

«Ich bin hierhergekommen, um mit Klaus zu sprechen. Stattdessen finde ich dich. Meinst du, da wird man nicht stutzig?»

Hans von Flüe rieb sich den dunkelbraunen Bart und musterte Amgrund, ohne etwas zu sagen.

«Wo ist er?»

«Nicht da. Das seht Ihr selbst. Und mehr braucht Ihr auch nicht wissen.»

«Wann kommt er wieder?»

«Das kann dauern.»

Heimo Amgrund schloss die Augen und rieb sich die Schläfen. Er, seit dem neunzehnten Lebensjahr Pfarrer von Kriens, hatte seinen Ohren nicht trauen wollen, als man ihm nach der letzten Christmesse gesagt hatte, Bruder Klaus, der drei Jahre zuvor seine Klause in der Ranftschlucht verlassen hatte, sei in die Heimat zurückgekehrt. Der HERRGOTT habe es ihm befohlen, hieß es im Volk, so, wie er ihm schon '67 befohlen habe, seine Familie zu verlassen, um Einsiedler zu werden. Dem hatte er nachgehen wollen, und so hatte er den Weg auf sich genommen, war noch vor Morgengrauen aufgebrochen und den ganzen Tag durch Kälte und Schnee gen Süden gezogen, erst am Vierwaldstätter-, dann am Sarnersee vorüber, einen Wanderstab in der Hand und lauter Fragen im Kopf. Als sie ihn in Sachseln gefragt hatten, wohin er gehe, und er geantwortet hatte «zum Bruder Klaus in die Ranft», hatten die Bauern ihn mit Geschichten bestürmt: Lahme habe er geheilt, Frieden gestiftet und stets dafür gesorgt, dass die Ernte gut ausfalle. Ein altes Waschweib dagegen hatte gemeint, der Kerl sei vom Teufel besessen. Wie sonst habe er Weib und Familie zurücklassen können, nur um im Wald Löcher in die Luft zu starren? «Sein Herz», hatte sie gemeint, «ist so kalt wie die Melchaa im Winter.» Und jetzt sei er ganz durchgedreht, der Bruder Klaus, sagte sie. Nicht nur habe er sich mit seiner Familie aufs Blut zerstritten, er mache auch die Tür zu seiner Klause nicht mehr auf. Selbst das Guckloch sei verhangen. Nur am Rauch, der manchmal aus der Einsiedelei aufsteige, wisse man, dass er wieder dort hocke. Amgrund hatte gemerkt, wie er, je näher er der Ranft kam, mehr und mehr zu zittern begonnen hatte, was aber, da war er sich sicher, bloß an der Kälte lag. Als er die Umrisse der Klause endlich unten im Talgrund ausmachen konnte, hatte er seine Schritte beschleunigt. An der Kapelle mit dem roten Glockentürmchen war er vorbeigegangen, ohne sie zu beachten. Im Verschlag dahinter, da lebte Niklaus.

Der Pfarrer klopfte an die sonnenverbrannte Tür, leise erst, dann immer stürmischer, bis eine Stimme von innen rief:

«Wer da?»

«Ich bin's, Niklaus, der Heimo!»

Ein Mann öffnete die Tür zwei Finger breit. Ein Augenpaar blitzte Amgrund entgegen, ein Gesicht, schmal und ernst, weich die Lippen, streng die Brauen, lang und verfilzt das Haar. Es war Niklaus – und es war doch nicht Niklaus. Amgrund streckte dem Mann die Hand hin. Der zögerte erst, dann schüttelte er sie.

Während Bruder Klaus die meisten Männer um einen halben Kopf überragte, war der Kerl auf der anderen Seite der Tür klein, kleiner selbst als Amgrund, den der HERRGOTT nicht eben mit Größe gesegnet hatte. Zwar hatte der Mann dieselben Züge wie Niklaus, doch war die Haut viel zu glatt, trotz einiger Sorgen- und Zornesfalten auf der Stirn. Bruder Klaus war bei ihrer letzten Begegnung bereits Mitte fünfzig gewesen; der Mann, der Amgrund da gegenüberstand, konnte dagegen höchstens Ende zwanzig sein und damit kaum älter als der Pfarrer selbst.

«Der Sohn, du bist doch der Sohn!»

Es wurde Amgrund plötzlich klar.

Der Einsiedler verfiel in Gelächter, tief aus der Kehle.

«Ganz recht, ich bin der falsche von Flüe!»

Amgrund versuchte zu lächeln, aber er wusste, dass man ihm anmerkte, dass es nicht von Herzen kam.

«Du bist Hans, oder?»

Er nickte.

«Ist dein Vater auch drinnen?»

«Nein.»

«Lässt du mich trotzdem hinein?»

«Geht lieber wieder, und zwar schleunigst. Wenn Ihr jetzt losmarschiert, schafft Ihr es noch ins Dorf, bevor es zu dunkel ist, und Ihr über die Wurzeln stolpert. Ihr könnt ja bei meiner Mutter klopfen.»

«Ich kann nicht.»

«Wie, Ihr könnt nicht?»

«Ich muss ihn sehen.»

«Hier gibt's nichts zu sehen.»

«Und zu hören?»

«Das wollt Ihr nicht hören.»

Amgrund spürte, wie sich sein Kiefer anspannte.

«Nun war ich den ganzen Tag unterwegs, da werde ich bestimmt nicht wieder kehrtmachen.»

Hans seufzte.

«Meinetwegen. Macht, dass Ihr hereinkommt, bevor Euch bei dem Dreckswetter die Zehennägel abfallen.»

Hans riss die Tür auf. Amgrund sah in die Klause. Faulige Luft strömte ihm entgegen. Es war stickiger, als Amgrund erwartet hatte. Auf einem Bänkchen flackerte eine Öllampe. Daneben lag ein großer gestreifter Stein. Das Kopfkissen. Eng war es in der Klause, eine elende Kammer wie auf einem Schiff, nur, dass man aus dem Guckloch auf kahle Bäume sah, statt auf das Meer. Hans nahm auf einem Melkschemel Platz.

«Ihr müsst Euch auf die Bank setzen. Hab leider keinen zweiten Stuhl.»

«Dein Vater braucht nie einen.»

Hans saß ganz krumm, die Hand zwischen den Beinen hängend. Er lächelte halbseitig, als wolle er sich über Amgrund lustig machen. Das ließ ihn noch jünger wirken.

«Bei der Kälte wird dein Vater nicht lange draußen bleiben», sagte Amgrund. «Wann kommt er zurück?»

Hans zuckte mit den Schultern.

«Da müsst Ihr Euch wohl noch ein Weilchen gedulden.»

Seine Stimme klang müde.

«Das lässt sich einrichten. Wenn es sein muss, bleib ich die ganze Nacht.»

«Ich weiß nicht, ob das reicht.»

«Was soll das heißen?»

«Es ist eine lange Geschichte.»

«Zufällig mag ich lange Geschichten.»

«Diese wird Euch nicht gefallen.»

«Jetzt beginn halt schon!»

Hans seufzte.

«Wenn ich einen Wunsch frei hätte, Amgrund, nur einen einzigen, würde ich mir wünschen, dass Vater nicht dauernd zum HERRGOTT hochgeblickt hätte. Und ich nicht zu ihm. Dann müsste ich jetzt nicht hier sitzen und mich mit Eurer Neugier herumplagen, dann würde ich jetzt zu Hause bei meiner Frau liegen. Seit sieben Jahren lässt er mir keine Ruhe mehr.»

«Seit er in die Klause gegangen ist, meinst du?»

«Freiwillig ist er ja nicht gegangen. Wenn GOTT etwas braucht, dann holt er sich's. Und er hat Vater gebraucht. Darum hat er ihm die Visionen geschickt, immer und immer wieder. Bis er es nicht mehr ausgehalten hat.»

«Pass auf, du versündigst dich.»

«Darauf kommt es jetzt auch nicht mehr an. Wisst Ihr, Vater war nicht oft zu Hause. Sprach lieber mit GOTT als mit uns. Vier Mal im Jahr durften wir ihn sehen, mehr nicht.»

«Immerhin! Ich glaube, für ihn war es so schon anstrengend genug.»

«Das glaub ich gern. Jedenfalls stand er eines Tages plötzlich da und meinte, wir sollten auf Pilgerreise gehen, er und ich, Vater und Sohn.»

«Ich hatte ihm davon abgeraten», sagte Amgrund.

«Hat er also auf Euch auch nicht gehört.»

Sie schwiegen.

Es war das Flackern der Lampe zu hören und draußen tobte der Wind. Das Schneegestöber schien nun, da es eindunkelte, noch heftiger geworden zu sein. Es war zu gefährlich, ins Dorf zurückzukehren. Amgrund würde die Nacht in der Klause verbringen müssen. Beim Gedanken, bis Sonnenaufgang mit Hans allein zu bleiben, empfand er eine unbestimmte Angst.

«Ihr bleibt noch ein Weilchen, Amgrund?»

«Ich befürchte es.»

«Hört zu: Ich will es nicht länger für mich behalten. Es drückt mir von innen gegen die Kehle. Manchmal ist mir, ich müsse daran ersticken.»

Amgrund blickte zur Tür. Hans, der ganz in ihrer Nähe saß, hatte sie mit einem Riegel verschlossen.

«Ich habe eine Bitte.»

«Die wäre?»

«Ich bitte Euch, mir die Beichte abzunehmen.»

«Sagst du mir dann, wo ich deinen Vater finde?»

«Ja.»

Sie bekreuzigten sich.

II.

Die Geschichte beginnt im Wald. Eigentlich hatte ich bloß Feuerholz holen wollen. Vor bald drei Jahren war das. Der Frühling hatte noch nicht recht begonnen. Im März wird's gewesen sein, Mitte März. Mein Vater lebte nun schon seit vier Jahren in der Klause. Ich vermisste ihn nicht wenig, auch wenn ich genug Sorgen und Pflichten hatte. Seit dem vergangenen Sommer war das Elsi meine Frau. Unser Hof lag auf der anderen Seite der Melchaa, bei St. Niklausen. Ich hatte nicht nur auf meinem Hof zu schaffen, sondern half auch der Mutter und meinen jüngeren Geschwistern. Aber ich dachte doch oft an ihn. Zu gern hätte ich gewusst, wie er über das Elsi dachte. Ob er glaubte, dass es richtig gewesen war, sie zur Frau zu nehmen. Und ob er mich für rechtschaffen hielt und stolz auf mich war. Aber obwohl er nicht weit von uns lebte, sah ich ihn kaum. Nur ein paar Mal im Jahr, zusammen mit der Familie, wenn wir ihn besuchten, und da konnte ich nicht gut mit ihm reden, jedenfalls nicht wie früher, als ich ein Junge gewesen war und er mir gezeigt hatte, wie man Kühe melkt und Hühner schlachtet. Bald bog ich in den Pfad ein, der in die Ranftschlucht hinunterführt. Weiter unten war der schwere Fels zu sehen, unter dem Bruder Ulrich hauste, Vaters Konfrater. Ich sah Ulrichs Beine unter dem Fels hervorlugen. Sie lagen auf der Wiese wie zwei knorrige Stäbe. Vater hatte ihm geraten, einen Fels weiter hinten im Tal zu suchen. Wenn er alles hinter sich ließe, würde ihn der Teufel, der ihn seit Jahren verfolgte, endlich in Ruhe lassen, hatte er ihm gesagt. Er war früher ein Edelmann gewesen, dieser Ulrich, und wenn Ihr mich fragt, wäre er auch besser einer geblieben.

Ich ging tiefer in die Schlucht hinein. Ich mag solche Tage, an denen ich ganz für mich sein kann: Das Beil hängt einem über den Rücken, und der Schweiß auf der Stirn kühlt ab, kaum stehst du im Gehölz. Weiter unten fließt die Melchaa vorbei, das Wasser braust über die Brocken. Meist braucht man nicht lange, um einen Baum zu finden. Ich nahm immer die, die schon umgefallen waren. Dieses Mal war es eine junge Buche, die das letzte Gewitter nicht überstanden hatte. Es war nur eine kleine, so dick wie mein Oberarm. Ich haute die Seitenäste ab, dann spaltete ich den Stamm in Scheite.

Nachdem ich genug Holz hatte, um meinen Korb zu füllen, setzte ich mich auf einen Baumstumpf, um einen Happen zu essen. Gerade hatte ich eine Geißenwurst und etwas Brot aus dem Beutel genommen, da knackte es hinter mir. Ich drehte mich um. Zwischen einer Gruppe von Fichten schoss eine blasse Hand hervor und krallte sich in die Nadeln, als spürte sie keinen Schmerz. Dann eine verdreckte Kutte, ein langer Bart. Vater in seiner Kutte. Seine Zehennägel staken ins Moos. Mager und großgewachsen, wie er war, hätte man ihn für ein Gespenst halten können. Und die Augen erst! Verkniffen und versunken. Da war kein bisschen Glanz mehr geblieben. Er wird sich in den Wald zum Gebet zurückgezogen haben und mich an meiner Art, das Holz zu schlagen, erkannt haben. Er hatte immer schon gesagt, ich solle das Beil nicht so weit über den Kopf schwingen.

«Guten Tag, Vater», rief ich und legte die Wurst und das Brot in den Beutel zurück, denn Vater ekelte sich davor.

Ich sah zu ihm hoch. Ein paar Herzschläge lang schwiegen wir. Irgendwo trommelte ein Specht seinen einsamen Marsch.

Dann öffnete sich sein schmaler Mund.

Ob ich ihn liebe, fragte er.

Ich sagte: «Gewiss.»

Ob ich ihm folgen wolle.

Ich nickte. Da wusste ich ja noch nicht, was er von mir verlangen würde.

Schon begann er zu erzählen. Wie ein Rinnsal, das nach einem Regen zum reißenden Fluss wird. Von einer neuen Vision sprach er.

Der Turm sei gewandert, sagte er, an den Rand des Horizonts. Im Nordwesten stehe er. Es sei derselbe Turm, der ihm schon früher erschienen sei und ihn einst auf Pilgerschaft und später in die Ranftschlucht geführt habe.

«Ich weiß», sagte ich, «du hast früher davon erzählt. Als du uns noch besucht hast.»

Vater ging nicht darauf ein. Er beschrieb mir den Turm, ein hoher Turm sei es, ein Turm aus weißem Marmor. Dreimal so breit wie unser Hof, fünfmal so hoch wie der Kirchturm von Sarnen. Mit einer goldenen Kuppel, die auch in der Nacht so hell strahle, dass ihn das Licht selbst dann blende, wenn er mit geschlossenen Augen auf dem Boden seiner Klause liege.

«Und wohin willst du jetzt gehen?»

Vater stützte den linken Fuß auf den frischen Baumstumpf. Mir ekelte vor seiner Haut, die so trocken war, dass sie abblätterte. Er hob die Hand und zeigte nach Norden.

Er sehe ihn, sagte er. Er sehe ihn hinter den Hügeln und Gipfeln. Wenn er nur wüsste, was GOTT ihm damit bedeuten wolle.

«Vielleicht will er, dass du zu uns herabkommst und uns hilfst! Du kommst gerade recht. Die Lisi hat gekalbt, und der Zweitälteste der Spichtigs speit Blut. Wir haben versprochen, ihnen morgen auszuhelfen.»

Vater legte sich auf die Erde und sah zu den Wolken hoch. Er wisse es nicht. Er verstehe es nicht.

Der Kragen seiner Kutte verrutschte, sie war zu groß. Ich sah seine Leichenbrust, wie sie sich den Baumkronen entgegenreckte.

«Und woher soll *ich* wissen, was er damit hat sagen wollen?», fragte ich. «Was nützt es, wenn GOTT durch einen spricht, aber niemand seine Sprache versteht? Komm doch nachher zur Mutter. Sie hat das Elsi und mich zum Nachtessen eingeladen. Ich weiß, du machst so was nicht, aber es würde uns alle freuen, das kannst du mir glauben.»

Da sprang Vater unversehens auf. Er glich einem Bären in seiner erdverkrusteten schwarzgrauen Kutte und mit dem dunkelbraunen Bart rund ums Gesicht. Das macht die Wildnis aus einem.

Er werde sich dem Verführer nicht ergeben, brüllte er.

Sein Kopf war ganz rot geworden. Noch nie hatte ich eine so laute Stimme gehört. Sie hallte in meinem Bauch wider und brachte die Blätter zum Rascheln. Ich strauchelte rückwärts und fiel über eine Wurzel, Erdkrümel spritzten mir in die Augen, ich glaubte schon, der Wald wolle mich unter sich begraben. Wer im Wald stirbt, muss bis zum Jüngsten Gericht durch die Wildnis wandern, heißt es.

Er käme tatsächlich heut Abend zu Besuch, hörte ich ihn sagen, zum ersten und einzigen Mal und auch nur, weil er mit mir reden müsse.

Dann seine Schritte, die sich entfernten.

Als ich aufstand, war er verschwunden. Er ließ nur die Kordel seiner Kutte zurück, die ihm bei seiner Flucht herausgefallen sein musste. Ich nahm sie in die Hand, einen vom Schweiß, Fett und Dreck braun gewordenen Wurm. Und machte mich wieder ans Holzhacken.

III.

Bis kurz vor Sonnenuntergang hatte ich genug Holz gesammelt. Ich kehrte zum Hof zurück, trat in unsere Stube, setzte den Korb vor dem Ofen ab und gab dem Elsi einen Kuss. Täuschte ich mich, oder war ihr Bauch seit dem Morgen noch größer geworden? Ich wusch mich kurz am Brunnen, danach machten wir uns auf den Weg hinunter zu Mutter. Die Familie wartete schon auf uns.

Im Abendlicht sehen die Höfe mächtiger aus, als sie sind. Der dunkle Kasten lag auf der Schiblochmatte wie eine trächtige Wildsau. Die Fensterlöcher sahen in Richtung Ranft. Rundherum Gras, gegen das Dorf hin unser Stall und viel weiter hinten, Richtung Sachseln, der Hof der Spichtigs. Das Vieh war gerade dabei, in den Stall zurückzutrotten. Die Glocken bimmelten träge. Mein Bruder Welti trieb sie hinein. Er knallte ihnen mit dem Stock auf den Arsch. Wer war bloß auf den Einfall gekommen, das Vieh nach draußen zu lassen? Es war viel zu früh, vor zwei Wochen war die Erde noch gefroren gewesen. Vater, dachte ich, hätte die Tiere nicht so früh rausgelassen. Ich zählte das Vieh, wie es meine Gewohnheit ist, das beruhigt. Sämi, unser Hund, rannte uns entgegen und sprang so lang an mir hoch, bis ich sein Fell kraulte. Er folgte uns bis an die Haustür, vor der er stehenblieb. Auf einmal fing er an, mit den Zähnen zu fletschen. Als die Tür aufging, stand ein langer Kerl im Schatten. Es war Vater. Er wirkte ernst. Erst als er das Elsi erblickte, schaute er etwas freundlicher drein.

Also mein Weib ... Schön sei das ...

Er streckte ihr die Hand hin, was er sonst nie tat. Elsi lächelte. Mir war, dass ich hörte, wie ihr das Herz klopfte, nun, da sie endlich meinen berühmten Vater treffen durfte. Leider verschwand der schon wieder in der Stube.

Nichts im Gang verriet, dass Vater zu Besuch war. Keine abgestellten Schuhe, kein Mantel. Nicht mal ein Geruch. Das ist mir erst an jenem Tag aufgefallen. Er roch nicht nach Tannennadeln, nicht nach Moos, nicht nach Erde, nicht nach Laub, nicht einmal nach dem fauligen Holz seiner Klause. Das musste daran liegen, dass er nicht aß wie unsereiner. So einer stinkt nicht. Fast wie ein Engel.

«Einen recht schönen Abend», rief Mutter uns zu. «Ist es nicht schön, dass der Vater einmal zu Besuch gekommen ist?»

Wir zogen die Schuhe ab und traten in die Stube. Die ganze Familie saß am Tisch: Mutter, Vater, Welti, Dorothea, Heini, Anna, Verena, Sepp, Toni, Katharina und Klaus. Dicht an dicht saßen sie. Toni und Klaus teilten sich einen Stuhl und hielten sich am Tisch fest, er war noch zu hoch für sie. Bei diesen Zusammenkünften bin ich stets der Letzte. Dabei bin ich der Erste, der aus Mutter rausgekrochen ist.

«Guten Abend, Elsi, guten Abend, Hans», sagte Mutter.

«Abend», nölten meine Geschwister.

«Müeti, wer ist das?», hörte ich Klaus fragen. Er zeigte auf Vater. Klaus war ja nur ein paar Wochen vor Vaters Weggang auf die Welt gekommen.

Vater kam natürlich nicht auf die Idee, sich vorzustellen. Er hockte vor einer Schüssel Haferbrei und sah den aufquellenden Körnern zu, als fürchtete er, der Teufel könne ihn zwingen, davon zu essen. Ich weiß nicht, warum Mutter ihm überhaupt davon geschöpft hatte.

«Du weißt nicht, wer das ist?», fragte ich. «Dein Vater ist das!»

Vater schob den Brei zur Seite und faltete die Hände. Er glaubte wohl, wir würden nun alle mit ihm beten, wie früher, als er noch bei uns gewohnt hatte.

«Ah so», meinte Klaus und schaufelte sich Brei in den Mund. Ein paar Fäden blieben an seinem Kinn kleben. Er wischte sie weg, ohne auf uns zu achten.

Eines nach dem anderen begannen die Geschwister zu schaufeln, als drohe ein Hungerwinter. Welti brauchte nicht einmal einen Löffel. Er tunkte die Hand in die salzige Masse, stopfte sich die Backen voll, dann stand er auf und verschwand. Er hatte wohl keine Lust, dem Streit zuzuhören, der – das wird er gerochen haben – bevorstand. Mutter und ich sahen uns an. Sie nahm einen großen Schluck Bier.

«Was führt dich hierher, Niklaus?», fragte sie. «Brauchst du etwas? Oder ...» – ich weiß noch, wie sie zögerte, noch einen Schluck nahm: «... oder willst du gar zurückkommen?»

Vater schüttelte den Kopf und meinte, er sei nur wegen mir gekommen.

«Weißt du, wovon er redet, Hans?», fragte Mutter.

Ich erklärte ihr, dass es der Turm sei, von dem er früher immer erzählt habe. Ein Turm mit Goldkuppel, wie im alten Konstantinopel. Und nun stehe er im Norden.

«Ich weiß nicht, was es bedeutet.»

Mutter wusste es: «In die Fremde willst du? Erinnerst du dich nicht an das letzte Mal? Es war schon damals nicht sein Wille, dass du weggehst. Sonst hätt er dich in Liestal nicht zurückgepfiffen.»

Damals wäre er der Verwirrung seines eigenen Herzens gefolgt, sagte Vater. Er habe sich damals eingeredet, der HERR wolle, dass er die Ranft verlasse, dabei habe der nichts anderes gewollt, als dass er noch tiefer in sie hineingehe. Das sei dieses Mal anders. Er wisse den Heiland auf seiner Seite. Und die Ranft, die trage er immer mit sich in seinem Herzen. Aber er könne nicht alleine gehen. Der Teufel lauere ihm auf. Ich könne der Mutter ja erzählen, wie das damals gewesen sei, als ihn der Leibhaftige zerschunden hätte, als er ihn den Hang hinab in die Dornen geworfen habe.

Er wird Euch die Geschichte sicher einmal erzählt haben, Amgrund. Ich kann mich noch gut daran erinnern. Ich war noch ein Bub, höchstens sieben Jahre alt, als es passierte. Wir waren die Holdermatte hinaufgestiegen, um sie von den Dornen zu reinigen, da hatte Vater plötzlich zu brüllen angefangen, so laut und stark, als plagte man ihn mit glühenden Zangen. Mit aufgerissenem Mund fiel er nach hinten und rollte gut dreißig Schritt den Hang hinab, mitten ins Dornengestrüpp. Dort zappelte er herum, es sah aus, als ringe er mit jemandem. Ich rannte hinzu und schüttelte ihn, bis er es sich beruhigt hatte und aus dem Gestrüpp kroch. Sein Gesicht war voller blutiger Striemen, der Mund voll Schaum, die Augen rundherum verquollen und blau, als hätte ihm jemand mit der Faust draufgehauen. Ich glaube, ich habe geweint. Das war der Feind, hatte er mir gesagt. Er lasse niemals ab von ihm. «Ich habe aber nichts gesehen», sagte ich. Doch, meinte er da, doch, er sei überall und nirgends und zuvorderst in unseren Herzen.

Er wolle, dass ich ihn begleite, sagte Vater. Es dauere gewiss nicht lange.

Die Geschwister waren alle fertig mit dem Essen und baten darum, gehen zu dürfen. Mutter nickte. Sie verschwanden aus der Stube und gingen hoch in ihr Zimmer.

«Du solltest deinen Vater begleiten, sagte sie. «Es dauert sicher nicht lange. Schau zu, dass er einen sicheren Ort findet. Du weißt, wie das ist in der Fremde.»

Ich glaube, sie betrog sich selbst. Es muss ihr wehgetan haben, dass er nun schon wieder gehen wollte. Stellt Euch das mal vor: Da heiratet Ihr einen guten, rechtschaffenen Mann, und dann verlässt er Euch für den HERRGOTT.

«Ich dachte, du wolltest zu uns zurück», sagte ich.

Aber Vater meinte, ich solle mich nicht wie ein Narr aufführen. Niemals könne er zurück zu uns. Aber wenn ich ein guter Sohn sei, dann solle ich ihn auf seiner Reise begleiten. Das würde auch meiner Seele wohltun.

Mutter lachte. Allerdings klang es freudloser, als sie wohl beabsichtigt hatte.

«Du weißt doch selbst gut genug, dass dein Vater nie zu uns zurückkommen wird. Er kann nicht. Es ist, wie es ist. Wir schaffen das auch so, GOTT ist mit uns.»

«Ich kann doch meine Frau nicht zurücklassen», sagte ich.

Das Elsi hatte sich bis jetzt herausgehalten. Nun stützte sie die Hände auf den Tisch und sah uns alle an.

«Ich kann mich gut eine Weile alleine um den Hof kümmern», sagte sie. «Geht ihr Männer nur GOTT suchen! Das ist gut und recht.»

«Ich würde lieber hierbleiben», sagte ich und goss Bier nach.

«Ich gehöre hierhin.»

«Du sollst Mutter und Vater ehren», sagte Mutter. Ihre Nasenflügel blähten sich wie ein Klumpen Sauerteig. Beim Sprechen fuhr sie mit den Händen durch die Luft, sodass sie im Licht der Lampe wilde Schatten warfen.

Gehorsam sei die größte Ehre, die es im Himmel und auf Erden gebe, meinte Vater.

«Also gut», sagte ich.

Vater nickte. Er entdeckte einen Flecken Bier auf der Tischplatte und fuhr mit dem dreckigen Fingernagel darin herum.

Das sei recht, sagte er schließlich, sah auf und schlug auf den Tisch.

Das Elsi zuckte zusammen.

Vater sagte, ich solle ihm folgen.

Er erhob sich, drehte sich um, trat aus der Stube und verschwand nach draußen, ohne sich zu verabschieden. Mutter vergrub das Gesicht in den Händen und fing zu weinen an. Ich strich ihr durchs graue Haar.

«Ist ja gut, Mueti», sagte ich, «er kommt sicher zurück.»

Es war mir unangenehm, also beschloss ich, es Vater gleichzutun und das Haus zu verlassen.

Die Luft draußen roch seltsam. Sie biss in der Nase. Ich wusste nicht, was das bedeutete. Ich kannte diesen Geruch damals noch nicht. Es war das Meer. Die Tiere brüllten im Stall, als stünde ein Gewitter bevor. Das Bier hatte meinen Bauch ganz gut gefüllt, weshalb ich erst mal aufs Feld pisste. Den Mond störte das nicht. Der Strahl floss artig dahin, es dampfte und zischte. Gerade wollte ich ein Lied pfeifen, da knallte es. Meine Wange brannte. Jemand riss mich an der linken Schulter herum. Ich stand mit aufgerissenem Mund da. Es war Vater. Seine Augäpfel glänzten im Mondlicht.

«Was sollte das, verdammt?», fragte ich.

Er bekreuzigte sich. Es täte ihm leid. Er sei sonst nicht so. Es sei nun einmal eben der HERR, der es so wolle.

«Wieso soll mich der HERR ohrfeigen wollen?», fragte ich. «Und selbst wenn dem so ist, was gibt dir das Recht, das zu tun? Ich bin schon lange kein Kind mehr!»

Gewiss, sagte Vater, ich sei der Älteste, und deswegen wäre ich auch derjenige, der mitkommen solle. Das sei so vorherbestimmt.

Dumm, wie ich war, damals noch, sagte ich nichts. Ich wandte den Blick ab, da sagte er, dass der Leibhaftige in mir säße. Schon seit ich ein Kind gewesen sei, sei ich zu hoffärtig gewesen und mein Herz zu träge. Ich solle mich meinen Sünden stellen, sagte er.

Dann sprang er auf mich zu. Warf mich fast um. Mein Vater muss wahrhaftig GOTT gehören, dachte ich, so viel Kraft wie der hat! Er drückte mich gegen die Hauswand, sein Gesicht verdeckte den Mond, der über dem Huetstock aufgegangen war. Nicht, dass der Unterschied groß gewesen wäre, bleich waren sie beide.

Er sehe ihn schon wieder!, sagte er. Grad neben mir stünde er. Satan! Der Kohlenfresser! Beelzebub!

Ich versuchte, mich loszumachen, aber er drückte mit beiden Händen gegen meinen Brustkorb.

«Ich komme ja mit», sagte ich, «du kannst loslassen.»

Vater glaubte, der Teufel wolle mich verführen, aus Missgunst gegen ihn, den Mann GOTTES. Für den Leibhaftigen sei er zu stark. Aber ich, ich sei schwach, jung und unerfahren. Er richtete den Zeigefinger auf mich. Er sehe große Übel auf uns zukommen, sagte er.

Dann sprach er von brennenden Häusern, von brachliegendem Land, von sich schälendem Fleisch und verrottenden Leibern. Davon, wie sich die acht Orte entzweien, wie Zürcher und Berner, Luzerner und Urner einander die Schädel spalten, zerfressen von Missgunst und Gier.

«Falls das die Zukunft ist, darfst du sie gern für dich behalten!», rief ich. «Kein Mensch sollte wissen müssen, was ihm blüht. Wenn du einem sagst, dass er verhungern muss, und der aufhört zu arbeiten, um in der Zimmerecke vor sich hin zu faulen, hast du dann Recht gehabt?»

Da meinte er, ich hätte kein Recht, ihm zu widersprechen.

Unser Weg hatte uns bis nach St. Niklausen und zu meinem Hof geführt. Hinter dem Fenster flackerte ein Licht. Das Elsi war bereits zurück. Sie saß am Tisch und sah ins Dunkle. Der Türriegel war kalt wie ein Sargnagel. Ich sah zurück. Vater stand auf der Wiese, dort wartete er in sicherem Abstand zu meinem Hof. Seine Arme hingen herab, als bräuchte er sie nicht mehr. Er konnte nicht nochmals über eine Schwelle treten. Nur schon der Besuch bei Mutter musste ihn sehr viel Kraft gekostet haben.

Ich öffnete die Tür. Drinnen roch es nach Holz, nach Feuer und nach Leben. Elsi hielt einen Humpen in der Hand. Ich setzte mich neben sie auf den Stuhl.

«Hast du mit ihm geredet?», fragte sie.

Sie reichte mir den Bierkrug, und ich nahm einen großen Schluck. Ich ließ ihn im Mund herumschwappen. Dann wollte ich sie küssen. Aber sie zog den Kopf zurück.

«Gehst jetzt?», fragte sie.

In dem Augenblick ging die Haustür auf. Wohl ein Windstoß. Es knarrte. Unterhalb der Treppenstufen war eine Gestalt auszumachen. Vater. Ich konnte ihm nicht ins Gesicht sehen, der langen, dunklen Pein. Dem menschgewordenen Hunger. Ich hob den Krug und prostete ihm zu.

«Geh ruhig, wenn du musst», sagte das Elsi. «Ich komm schon zurecht.»

Vater tat zwei Schritte auf uns zu. Nun stand er vor der Türschwelle. Aber er kam nicht rein.

«Na gut», sagte ich. «Lang werde ich nicht fortbleiben.»

Ich hätte Vaters Gesichtsausdruck, hätte ich mich ihm verweigert, nicht ertragen. Ich merkte, dass das Elsi traurig war und nicht recht verstand, warum ich ging. Aber sie war zu stolz, es zu zeigen. Wenn sie gewusst hätte, dass ich mehr als nur ein paar Tage fernbleiben würde, sie wäre sicher aufgestanden und hätte mich aufgehalten. So aber blieb sie am Tisch sitzen und lächelte.

Was blieb übrig?

Ich stand auf und trat nach draußen. In die Nacht.

IV.

Noch in jener Nacht zogen wir los. Es war der Beginn einer langen Pilgerschaft, die uns überall und nirgendwohin führte. Ein Stück Leben war's, was da begann – stumpfsinnig wie der Rest. Doch unerfahren, wie ich war, freute ich mich beinahe darauf. Das Herz flatterte mir in der Brust.

Der Pfad schlängelte sich durch die Nacht zum See hinunter. Die Felder sprachen nicht. Also blieben auch wir stumm. Die Erde lag nackt da. Die Ackerfurchen schienen sich weit an den Rand der Welt auszudehnen. Nach einer Weile standen wir am Ufer des Sarnersees. Als Bub hatte ich oft die Füße in den See getaucht. Das kalte Wasser sollte mich abhärten. Vater meinte, es sei wichtig, dass man viel ertragen könne, ohne zu klagen, also ließ ich sie drin, bis sie zu brennen anfingen. Wir folgten dem Uferpfad Richtung Sarnen. Der Große Wagen glitzerte uns aus dem Wasser entgegen, als könnten wir eintauchen, einsteigen und zum HERRN hochfahren. Schon bald erreichten wir die Nordspitze des Sees und kamen zur kleinen Halbinsel.

Vater meinte, hier könnten wir rasten. Zwei Birken krümmten sich zum See hin, darunter nasses Laub. Vater begann gleich, es zur Seite zu kehren, um ein Stück Boden freizuschaufeln. Dann ließ er sich so unsacht auf die Erde fallen, dass mir die Knochen allein vom Anblick schmerzten. Er legte sich hin, klappte die Augen zu, faltete die Hände vor der Brust – und gab keinen Ton mehr von sich. Lag ganz starr da.

Ich sah ihn eine ganze Weile an. Wenn ich's nicht besser gewusst hätte, ich hätte wohl geglaubt, er hätte eben seine Seele ausgehaucht. Auch ich versuchte zu schlummern, doch der See schlug immer wieder auf das arme

Land ein, das ihm doch nichts zuleide getan hatte. Eine Taube gurrte mir aus der Birkenkrone ihr Beileid zu. Die Nässe tränkte mein Hemd, bis es sich anfühlte, als schwämme ich im Wasser. Lange wälzte ich mich hin und her, vergebens. Ich blieb so lange wach, dass ich mitverfolgen konnte, wie der Mond langsam wieder vom Himmel herabstieg. Erst spät in der Nacht dämmerte ich ein wenig vor mich hin – aber nur für kurze Zeit.

Die Sonne war noch nicht recht aufgegangen, als Vater mich weckte. Es war jene seltsame Stunde, nicht Tag, nicht Nacht, in der selbst die Vögel noch schweigen. Mein Kopf war schwer.

Vater sagte, wir sollten aufbrechen.

Er wollte wohl nicht, dass ihn das Volk auf der Straße erkannte, denn das hätte uns nur aufgehalten. Trotzdem waren bereits die ersten Leute in den Gassen, als wir Sarnen erreichten. Ein paar nickten uns zu. Zwei Händler, die gerade ihren Stand aufbauten, hielten inne, zeigten auf Vater und tuschelten, doch schienen sie sich nicht zu trauen, ihn anzusprechen. Vater meinte, ich solle nicht herumtrödeln, er wolle mit GOTTES Hilfe heute mindestens bis nach Luzern.

«So weit willst du?»

Er nickte. Natürlich. Immer nach Nordwesten wolle er, bis ins Elsass.

«Du hast mir nicht gesagt, dass es so weit geht.»

Das sei doch nicht weit, sagte er, das sei eine Woche bis dahin, mehr nicht. Er kenne im Elsass einen Mann, den er um Rat bitten wolle.

«Na dann», sagte ich.

Wir bogen um die Ecke. Da roch ich auf einmal etwas, das mir nicht übel gefiel: frisches, warmes Brot, ein Geruch, der mich zur Backstube von Konrad Sutter führte. Die Tür stand offen, und die Wärme strahlte bis auf die Gasse aus. Von drinnen war Gelächter zu hören. Ich schickte mich an einzutreten, um mir eine Wegzehrung zu holen. Da riss mich Vater am Ärmel.

Er wolle mir nun einmal etwas sagen. Ich solle gut hinhören und es recht mir zu Herzen nehmen.

Er sah mich aus seinen hohlen Augen an, als sei ich so durchsichtig wie ein Butzenfenster, als könne er mir direkt in die Sünderseele sehen.

Das mit dem Essen sei ein Irrglaube. Ich solle ihm vertrauen. Nicht nur er, der Vater, sondern auch ich, der Sohn, dessen sei er sicher, bedürfe keiner Speise – ich müsse nur den Mut finden, darauf zu verzichten.

«Ich kann doch nicht den ganzen Tag gehen, ohne etwas im Bauch zu haben», sagte ich.

Das müsse ich selbst wissen, sagte er. Wer GOTT immer vor Augen habe, der sterbe sich selber und lebe nur für ihn.

Gerade, als mein Magen ein ungeheures Knurren von sich gab, trat der Bäcker nach draußen, um sich das Mehl vom Kittel zu streichen. Er fuhr wild mit den Händen darüber, das weiße Pulver wirbelte durch die Luft.

«Grüß dich, Hans», sagte er.

Er kannte mich, weil das Mehl, aus dem er seine Brötchen buk, auch aus dem Korn unserer Felder stammte.

«Grüß dich.»

«Magst du reinkommen? Wir sind gerade fertiggeworden. Alles ganz frisch.»

Seine brombeerfarbene Nase glänzte im Morgenlicht.

Ich sah zu Vater. Der schüttelte den Kopf, sacht zwar, sodass nur ich es sehen konnte, aber bestimmt.

«Nein», sagte ich. «Ist schon gut.»

Als wir außer Reichweite waren, meinte Vater, ich hätte recht gehandelt, und er sei stolz auf mich. Mir war ein wenig schwindelig, aber ich dachte, er würde es schon wissen, schließlich war GOTT auf seiner Seite.

Erst, als es schon fast ganz eingedunkelt war, näherten wir uns Sempach. Wir waren den ganzen Tag gelaufen, ohne etwas zu essen. Ich hatte in Luzern einkehren wollen, ich fühlte mich schwach und meine Füße schmerzten, aber Vater sagte mir, ich solle mich zusammenreißen, schließlich sei ich längst kein Knabe mehr.

Die Mauern von Sempach sahen aus wie aus Schatten gebaut. Ich sah das Luzerner Tor und beschleunigte meine Schritte. Nur schnell hinein, bevor sie es schlossen. Ich blieb erst stehen, als wir im Städtchen waren, unter Menschen. Meine Glieder brannten. Nun wollte ich so lange essen, bis mir der Bauch platzte, und mich dann unter einer dicken Decke verkriechen. Alles drehte sich: Die Schmieden, Schenken, Bäckereien, der Kirchturm wirbelten durcheinander und flackerten an mir vorüber. Ich wies auf eine Gaststube, einen zweistöckigen Bau mit kleinen Fenstern.

«Lass uns da übernachten.»

Das sei nicht nötig, meinte Vater.

«Ich brauche ein Bett und etwas zu essen.»

Das bilde ich mir bloß ein, das seien Einflüsterungen des Teufels. Er brauche weder Bett noch Speise. GOTT sehe für ihn vor. Ich solle mich nicht fürchten. Er würde für mich beten.

Aber weil die Müdigkeit so schwer wie eine nasse Kutte auf mir lag, prallten seine Worte an mir ab. Ohne mich nach Vater umzudrehen, stapfte ich die Eingangstreppe hoch, öffnete die schwere Tür und schlüpfte in die Gaststube.

Ich grüßte nicht, trat nur zur Theke, leerte meinen Geldbeutel aus – die paar Schillinge, die noch drin waren, purzelten über das Eichenholz – und bat die Wirtin, mir in GOTTES Namen eine Suppe zu bringen. Und ein Bett wolle ich auch.

«Gerne», sagte sie. «Das hast du auch bitter nötig, scheint's.»

Ich nickte. Dabei wär mir fast der Kopf abgefallen, so schwer war er. Am liebsten hätte ich mich gleich auf die staubigen Holzdielen gebettet, aber die Wirtin wies mich in die Küche, wo sie mir eine dicke Hafersuppe schöpfte. Ich sah die Suppe an. Die Haferflocken hatten wohl den ganzen Tag in der Salzbrühe gehockt und sich mit dem Wasser vollgesogen. Dazwischen guckten ein paar gräuliche Rübenstücke hervor. Mich überfiel ein ungeheurer Ekel, ohne dass deswegen jedoch der Hunger verschwunden wäre. Ich fühlte mich wie eine Maus in der Falle, konnte weder vor noch zurück.

«Soll ich dir helfen?», fragte die Wirtsfrau und nahm, weil ich nicht gleich antwortete, den Löffel, um ihn mir an den Mund zu halten.

Ich machte den Mund auf und schluckte. Der Brei war erkaltet, ich spürte, wie er mir den Rachen hinunterrutschte.

Nachdem sie mir drei Bissen verfüttert hatte, riss ich den Löffel an mich. Dennoch kam es mir vor, als würde jemand anderes die Hand bewegen.

Als ich genug gegessen hatte, führte sie mich eine Treppe hoch. Im Treppenhaus war es düster, die Wirtin hatte nur eine kleine Talglampe in der Hand, deren Geruch mich würgen machte. Sie öffnete die Tür zu einer Kammer mit drei Betten. Zwei davon waren bereits besetzt, dicke Bauersleute waren's, ihr Geschnarche erfüllte die Luft, die Wolldecken wogten hoch und nieder. Die Wirtin schwenkte die Lampe.

Das ist dein Bett, wollte sie wohl sagen, doch stattdessen entfuhr ihr ein Schrei: Auf der Decke saß bereits einer, ein Mann mit Spinnenbeinen und Spinnenarmen und einem langen Bart. Es war Vater. Er musste sich an uns vorbeigeschlichen haben, als wir in der Küche gewesen waren. Er musterte uns.

«Wer seid Ihr?», fragte die Wirtin.

Ich sah, wie sich ihr Leib anspannte.

«Keine Sorge, das ist mein Vater.»

«Was habt Ihr hier zu suchen?»

Vater erhob sich vom Bett und fragte, ob ich wirklich dem Verlangen nachgeben wolle, mich in ein Bett zu legen.

Die Wirtin trat vor mich, als müsse sie mich schützen: «Der Mensch muss doch auch einmal schlafen!»

Aber nicht in einem Bett, sagte Vater.

«Was habt Ihr gegen unsere Betten?»

«Hör nicht auf ihn», sagte ich mit schwacher Stimme, schlug die Decke zurück und grub mich bis zum Kinn darunter ein.

Vater stand da, rieb sich den Bart und sah zu mir, dann zur Wirtin. Am liebsten hätte ich ihn in ein Bett gesteckt und zugedeckt, aber das hätte er nicht zugelassen. Stattdessen setzte er sich erst im Schneidersitz auf den Boden und fixierte mich derart, dass ich die Augen schließen und ihm den Rücken zudrehen musste – allerdings spürte ich seinen bohrenden Blick auch so.

«Wollt Ihr kein Bett?», fragte die Wirtin.

Ich sah noch einmal hin: Vater hatte sich mit dem Rücken auf die Holzdielen gelegt, seinen langen Körper kerzengrade. Nein, hörte ich ihn sagen, nein, das ginge nicht an, er brauche nämlich nichts.

Ich spürte, wie der Schlaf mich übermannte.

V.

Bald verzichtete ich auf eine Bettstatt, ganz wie es Vaters Wunsch entsprach. Nach der Nacht in Sempach reichte mein Geld nämlich bloß für eine einzige Schüssel Haferbrei pro Tag. So galt es forthin draußen zu nächtigen, unter dem kalten Frühjahrshimmel, den Kopf auf Laub gebettet, das ich zusammenkehrte.

Mit GOTTES Hilfe machten wir rasche Fortschritte. Nur fünf Nächte, nachdem wir losmarschiert waren, wachte ich vor den Toren Liestals auf. Wir hatten die Stadt erst um Mitternacht erreicht, weil der Weg über den Hauenstein länger gedauert hatte als gedacht. Das Stadttor war längst zu, da hätten wir lange mit den Fäusten dagegen trommeln können. Schließlich rollten wir uns im Stadtgraben zusammen. Der war ausgetrocknet, wohl wegen des langen Winters. Im Graben war es kalt und windig. Ich schlief kaum und war froh, als es zu dämmern begann. Ich blinzelte den grauen Morgenhimmel an. Mich juckte es am ganzen Leib. Ich befreite mich aus der Umklammerung meiner neuen Decke. Ein Händler hatte sie Vater in Zofingen geschenkt. Es war zwar nur eine Pferdedecke, aber ich hätte sie um keinen Preis weggegeben. Meine Hand fühlte sich ausgetrocknet an. Als ich daran kratzte, fiel die Haut in weißen Flöckchen ab. Kurz bevor die Stelle wund geworden wäre, hörte ich auf.

Bauern fuhren ihre Waren Richtung Stadttor. Die Räder ihrer Gemüsekarren ruckelten über die Schlaglöcher des ausgewaschenen Weges, ihre Peitschen knallten durch die Luft, ein Maultier, das einen der Karren zog, schrie die Mauern an, als wünschte es sich nichts sehnlicher, als sie zum Einstürzen zu bringen.

Vater war bereits aufgestanden. Die Hände hinterm Rücken verschränkt, sah er den Kohlköpfen zu, wie sie in die Stadt hineingefahren wurden. Ich stellte mir vor, wie immer mehr von ihnen Liestal besetzten, große Kohlköpfe, kleine Kohlköpfe, grüne, rote, weiße. Sie stapelten sich in den Karren und quollen über. Vor lauter Hunger kamen mir selbst die Menschen wie Kohlköpfe vor.

«Ich muss etwas essen», sagte ich.

Vater nickte. Er fragte mich, ob ich denn Geld hätte – als ob er die Antwort nicht bereits kannte. Ich steckte die Hand in die Tasche. Nichts. Luft und Stoff zwischen meinen Fingern, und, als ich tiefer grub, ein paar Staubfuseln, die ich zwischen Daumen und Zeigefinger verrieb und auf den Boden schneien ließ.

Ich solle warten.

Vater trat vor das Stadttor und breitete die Arme aus. Ein Kerl trat auf ihn zu, einen Zwiebelkorb auf dem Kopf.

«Aus dem Weg!», brüllte er. Die Maultiere am Wagen hinter ihm schrien ebenfalls.

Da streckte Vater die Hand aus. Der Mann blieb stehen. Vater bekreuzigte sich, dann zog er dem Mann mit seinem langen Zeigefinger ein Kreuz über die Brust. Der Kerl erstarrte. Auch die Maultiere verstummten. Vater beugte sich zu ihm und flüsterte ihm etwas ins Ohr. Der Mann nickte hastig und ließ den Korb auf die Erde fallen. Die Zwiebeln sprangen hoch, aus dem Korb hinaus, flogen durch die Luft und purzelten über die Straße. Einige landeten neben mir im Graben. Der Mann griff in den Korb, einige Zwiebeln waren ihm geblieben, die nahm er und reichte sie Vater. Der nickte und bedankte sich. Er trug die braunen Kugeln in den Armen, wie man ein kleines Kind trägt, und brachte sie mir.

«Danke.»

Ich nahm mein Messer zur Hand, schälte eine der Zwiebeln und biss hinein. Sie brannte auf der Zunge wie eine Ohrfeige auf der Wange und wärmte von innen. Sie tat mir wohl. Aber Vater meinte, wir sollten verschwinden, und zwar schnell, bevor die Leute zu reden anfingen. Er zeigte nach Norden, wo sich ein Hügel über die Stadt beugte.

Er kenne die Gegend, sagte Vater, als wir von einer großen Straße auf einen Waldweg wechselten. Vor dreieinhalb Jahren sei er bereits hier gewesen. Eine Weile gingen wir durch einen Wald, bis wir auf eine Lichtung mit einem Acker kamen. Die Erde war feucht vom Morgentau und verbreitete einen schweren Geruch. Auf der anderen Seite des Ackers führte eine Gestalt mit einer weißen Kapuze einen Ochsen am Pflug, dessen Rippen selbst von Weitem zu erkennen waren.

Als der Mann uns entdeckte, ließ er die Zügel fahren und winkte uns zu. Bald waren wir nahe genug, um ihn genauer sehen zu können: Er überragte Vater um einen halben Kopf. Unter seiner Kapuze schauten blonde Locken hervor, die ihm bis auf die breiten Schultern hinabfielen.

«Ja schau mal, Niklaus! So etwas, ich hätte nicht gedacht, dich einmal wiederzusehen», rief er in der breiten Redeweise der Einheimischen.

«Willst du etwa wieder ins Elsass?»

Er müsse, antworte Vater. GOTT habe es ihm befohlen.

«Das hast du letztes Mal auch behauptet, als ich dich in Waldenburg gerettet habe.»

Nun verstand ich: Es war der Bauer, der Vater damals gefunden hatte, nachdem ihm der Engel erschienen war.

Vater, der uns verlassen hatte, weil er ins Elsass wollte, hatte im Wald genächtigt, als ihn ein Schrei aus seinem Schlummer riss. Der Schrei war gellend und schrill, fast wie bei einer Eule. Über ihm, fast hätte er ihn berühren können, schwebte der Erzengel Gabriel, die Augen wie Feuerfackeln, das blasse Antlitz blutüberströmt. Der Vollmond brach die Wolken entzwei und erhellte die Tannen. Der Erzengel rieb sich die Augen, um das Blut wegzuwischen, das über seine hohen, schönen Wangen rann, aber vergeblich, es strömte unaufhörlich. Das Blut rann ihm bald auch über sein Leinengewand und die Beine und tropfte durch die Nachtluft auf Vaters Brust herunter.

«Kehre um! GOTT der HERR will dich zu Hause!», sprach der Engel.

Vater musste die Augen abwenden, doch er gelobte zu gehorchen. Schon wurde alles schwarz. – Hatte der Besuch des Erzengels einen Augenblick gedauert oder waren mehrere Stunden vergangen? Auf einmal war ein Gefühl in ihm, ein Kribbeln, wie wenn einem ein Hirschkäfer über die Haut krabbelt. Schon wurde das Kribbeln stärker, bis es eher ein Brennen war, ein Brennen, als legte man ihm lauter Kohlenstücke auf den Bauch, die sich langsam ihren Weg durch ihn brannten. Auf einmal ein breiter Lichtstrahl, der aus dem Gewölk direkt auf seinen Nabel fiel. Vater musste mit ansehen, wie das Licht gleißender und gleißender wurde. Schließlich musste er den Blick erneut abwenden, um nicht zu erblinden. Dort, wo das Licht auf seinen Bauch traf, fühlte es sich an, als fräße sich ein Marder durch sein Gedärm. Vater wimmerte, warf sich hin und her und bettelte den HERRN um Gnade. So kroch er wohl die ganze Nacht durch den Forst. So ist das, wenn man sich ganz GOTTVATER hingibt. Dem muss man gehorchen, der kennt kein Pardon. Der ist nicht wie der Teufel, der auch einmal ein Auge zudrückt. Erst als die Sonne über den Horizont kroch, verschwand der Lichtstrahl. Der Schmerz wurde weniger. Dennoch blieb Vater lange liegen. Er fühlte sich leer. Ein Wurstdarm ohne Füllung, eine Hütte ohne Bewohner, ein Kahn ohne Besatzung. Wie er so daliegt, findet ihn der Bauer, schüttelt ihn, gießt ihm kaltes Wasser aus seinem Lederbeutel übers Gesicht und reicht ihm eine Dörrbirne zur Stärkung. Vater beißt hinein – und wird von Ekel übermannt. Es will ihm nicht gelingen, die Birne zu schlucken, er muss sie ausspucken. Da weiß er auf einmal in seinem Herzen, dass ihm GOTT die Gnade gewährt hat, keiner Speise mehr zu bedürfen. Und er weiß, dass er wieder nach Hause muss. Einen halben Tag bleibt er noch bei dem Bauern, dann wandert er wieder Richtung Sarnersee, um forthin in der Ranftschlucht zu hausen.

Josef, so hieß der Bauer, der ihn damals gefunden hatte, tätschelte jetzt den narbigen Rücken seines Ochsen.

«Ist das dein Sohn?»

Vater nickte.

«Dann seid ihr jetzt zwei Einsiedler.»

Um seinen Pflug hing ein Beutel. Aus dem kramte er eine Trockenwurst hervor, brach sie entzwei und reichte mir die Hälfte. Er wird wohl an meinem stumpfen Blick gemerkt haben, dass mir der Magen knurrte.

«Dazu tauge ich nicht», sagte ich. «Ich bin ein Bauer, genau wie du.»

«Das war dein Vater auch einmal.»

Josef führte uns zu seinem Hof, damit wir rasten konnten. Der Hof lag auf der anderen Seite des Wäldchens. Ein schwarz verbranntes, dreistöckiges Haus war's, umgeben von einem kleinen Gemüsegarten.

Wir verbrachten den Mittag in seiner Stube. Neben uns saß seine einzige Tochter, eine Dreizehnjährige mit einem zu langen Hals. Als Josef ihr erzählte, wer wir waren, musste sie lachen. Ziemliche Vögel seien wir, sagte sie.

Es gab Bohneneintopf mit Butter, fett und herrlich. Ich musste die Zehen zusammenkrallen, um der Familie nicht alles wegzuessen. Vom oberen Stock war immer wieder ein schweres Husten zu hören, ganz, als kehrte es jemandem das Innerste nach außen.

«Meine Frau», sagte Josef. «Sie ist krank.»

Er wolle für sie beten, sagte Vater.

«Ach was», sagte Josef. «Nicht nötig. Das wird schon wieder. Ich gehe nachher nach Basel und hole Medizin.»

In die Richtung wollten wir auch. So führte er uns nach dem Essen durch den Wald Richtung Frenkendorf. Nach einiger Zeit fiel der Pfad steil ab und führte in einen kleinen Talkessel, von der Sonne vergessen, in dem ein einzelner Hof hockte, in dessen Dach ein großes Loch klaffte. Vor dem Hof war ein Stück Talboden eingezäunt, darauf eine Handvoll Rinder, die, da ihnen sonst nichts übrigblieb, das vergilbte Gras kauten. Es war ein jämmerlicher Hof, einer, wie ihn nur Leute führen können, die sich selbst gleichgültig geworden sind. Es stank nach nassem, fauligem Stroh. Die dunklen Bäume rund um die Senke sahen feindselig zum Häuschen hinab.

«Lasst uns weitergehen», sagte ich, als ich merkte, dass Vater und Josef wegen mir stehengeblieben waren. Schon streckte einer sein Gesicht aus der Haustür, trat dann auf die Schwelle und ruderte mit den Armen.

«Sepp!», rief die Gestalt.

«Was ist, Ruedi?», schrie Josef.

«GOTTlob bist du da! Es kalbt wieder eine!»

Und tatsächlich legte in dem Augenblick eines der Rinder, das einzige, das einen dicken Bauch hatte, den Kopf in den Nacken und brüllte die Buchen an.

«HERRGOTT», sagte Josef und rannte zu ihm. Ich ihm nach.

Erst als wir bei Bauer und Vieh angekommen waren, merkte ich, dass Vater nicht mitgekommen war. Ich drehte mich um: Er war oben geblieben, stand auf dem Pfad, die Hände hinterm Rücken gefaltet und sah einem Raben zu, der vor ihm auf und ab ging.

Die Weide von diesem Ruedi konnte man nicht ernstnehmen, das war ein übles Schlammloch. Die trächtige Kuh lag auf der Seite, die anderen Tiere standen herum und blinzelten mit gesenktem Kopf. Das kennt man ja. Das hatten die wohl von uns Menschen abgeguckt.

«Elende Sauerei», zischte Josef, kniete breitbeinig neben das Tier und strich ihm über den Bauch. Die Kuh atmete flach. In ihren Augen lag Furcht. Ein Beinchen stak aus ihrem Geschlecht.

Josef krempelte die Hemdsärmel hoch, spuckte in die Hände und schob sie dann dem Rind behutsam in den Leib.

«Verdammt», meinte Ruedi, der dazu gezottelt war, und rotzte auf den Boden, «wäre ich doch Mönch geworden! Dann bliebe mir die Plackerei erspart.»

Er hatte wohl Vater mit seiner Kutte erspäht.

«Beschwer dich mal nicht.»

Josefs Arme waren ganz in der Kuh versunken. Dann stemmte er sich gegen den Boden, holte tief Luft und versuchte, das Kalb herauszuzerren. Aber er hatte kaum Kraft.

Immer wieder musste er eine Pause einlegen, um Atem zu schöpfen. Vater stand immer noch oben auf dem Pfad.

«Dein Vater macht sich wohl nicht gern die Hände schmutzig», sagte Ruedi, der selbst nur dastand, die Hände in der Tasche.

«Geht's?», fragte ich Josef.

«Ja, ja.»

Josef zerrte noch einmal. Die Kuh schrie auf, als hätte ihr jemand ein Messer in die Eingeweide gerammt. Kein Wunder, er machte es ja auch kreuzfalsch.

«Du machst das nicht richtig, Sepp», sagte Ruedi.

«Dann mach es doch selbst.»

Josef zog noch einmal, seine Knochen knackten. Auf seiner Kapuze hatte sich ein Schweißflecken gebildet.

«Lieber nicht», sagte Ruedi, «am Ende verreckt die mir noch.»

Josef zerrte erneut, aber es war dasselbe Spiel: Das Kalb wollte nicht raus, und die Mutter brüllte bloß. Josefs Wangen war so rot wie ein Apfel im September. Er keuchte. Da war er aber selbst schuld. Wenn er so weitermachte, ginge die Kuh noch kaputt.

«Verdammter Dreck! Jetzt reicht's. Die kannst du vergessen, Ruedi!»

«Was soll das heißen? Willst du sie etwa einfach so liegenlassen?»

Josef schüttelte den Kopf und stand auf.

«Hat keinen Sinn.»

«Lasst mich mal probieren.»

Die beiden sahen mich an. Das Bein war zwei Handbreit draußen, es zappelte durch die Luft wie ein sterbender Fisch. Schleim und Blut klebten daran. Ich packte es, die Haare waren noch ganz fein, und suchte nach dem zweiten. Endlich bekam ich es zu fassen. Ich zog vorsichtig daran. Das nämlich ist das Geheimnis. Nicht ungeduldig sein, auf den Takt der Kuh und auf ihren Atem achten.

«Schau an», sagte Josef. Sein Nachbar ließ einen Jauchzer hören.

Josef hockte sich neben mich und griff beherzt in die Kuh, da war ja Platz.

«Hau! Ruck! Hau! Ruck!», gab uns Ruedi den Takt vor.

Wir zogen erneut. Bald waren beide Vorderbeine draußen. Als Nächstes musste der Kopf kommen. Die Mutter ließ sich Zeit. Sie brüllte nicht mehr.

«Besser, wir machen eine Pause», sagte ich.

«Ich hoffe, es dauert nicht mehr lange.»

Josef setzte sich auf die Erde, obwohl sein Hosenboden davon nass wurde.

Ich stieg zu Vater hoch. Der Wind ließ seinen langen Bart ein wenig hin und her flattern. Auch der Rabe, der inzwischen auf Vaters mageren Schultern saß, legte den Kopf schräg und krächzte.

«Magst du uns nicht helfen? Du weißt am besten, wie's geht.»

Das sei nicht mehr seine Sache, meinte er.

Früher hättest du angepackt, wollte ich sagen, aber da brüllte Josef auch schon, ich solle sofort herkommen.

Inzwischen war der Kopf draußen. Erst waren die Kalbsaugen noch hinter den schleimverklebten Lidern verborgen. Die Mutter muhte, wie zur Begrüßung, da riss das Kalb sie auf.

«Willkommen», sagte ich.

Die beiden Bauern klatschten.

Die rotgetränkte Nabelschnur verband das Kalb mit dem Bauch der Mutter. Auch sein Fell war voll Blut. So bekamen wir noch das Innenleben der Kuh mit. Das unterscheidet sich ja nicht von uns Erdwürmern: Blut, Galle, Rotz und Schleim. Ruedi tanzte um das Vieh herum, als hätte er es selbst gezeugt. Er wollte es putzen und aufpäppeln, kam schon mit der Bürste und suchte hektisch nach einem Eimer, um im Brunnen Wasser zu schöpfen.

«Lass es ihn Ruhe», sagte ich. «Das ist jetzt erst mal ihr Junges.»

Während wir um das Kalb herumgestanden hatten, waren die anderen Tiere immer näher gerückt. Angeschlichen hatten sie sich, hatten einen Kreis gebildet, um zu sehen, wie die Kuh eines der ihren auf die Welt würgte. Kaum ließen wir vom Kleinen ab, schon stapften sie darauf zu und taten, als wär nie was gewesen, als hätte die Mutter nicht eben um ihre Hilfe gemuht. Sie beschnupperten das Kind, um zu sehen, ob es was taugte.

Oben auf dem Pfad betete Ruedi bereits unter Vaters Anleitung zum heiligen Antonius für das Wohl seiner Tiere. Ich wollte auch hoch, da hielt mich Josef zurück.

«Was ist?», fragte ich.

Josef wischte sich die blutige Hand an den Beinlingen ab. Dunkle Striemen blieben auf dem Stoff zurück.

«Mach die Hand auf», sagte er.

Ich tat, wie geheißen, da drückte er mir ein paar Münzen in den Handteller.

«Wenn ich dir einen Rat geben kann: Schau zu, dass du bald nach Hause kommst.»

Josef begleitete uns noch bis an den Stadtrand. Inzwischen war es später Nachmittag geworden. Wir trennten uns beim Siechenhaus St. Jakob. Da kannte er einen, der ihm Mumia verschaffen konnte, wegen seiner Frau. Als er uns die Hand zum Abschied gab, roch sie nach Rind. Er wollte sie auch Vater geben, aber der sagte nur, das sei nicht nötig. Dabei hatte er früher beim Abendbrot auch so gerochen. Die Stadt lauerte gleich um die Ecke, ihre Türme wie Speerspitzen gegen die dunklen Wolken gerichtet. Sie kam mir riesig vor.

VI.

Das Basler Münster sah wie Wundschorf aus. Aufgebläht lag es da und sah auf die Leute hinab. Auf dem Münsterplatz hielten sie Markt ab. In den Städten halten sie immer Markt ab. Selber bauen sie nichts an, melken und käsen nicht, verhökern bloß, was unsereins mühselig aus dem Boden zieht. An die dreißig Stände zogen sich quer über den Platz, ohne jede Ordnung, wild durcheinander, wie bei den Heiden. Und der Boden erst: Die Pflastersteine wucherten. Die hatte man, erzählte man mir, gerade erst dem Rhein abgerungen. Dabei hat es denen, das wette ich, unter Wasser viel besser gefallen, wo ihnen das Getöse der Welt erspart blieb.

Mir knurrte wieder der Magen. Das Rumpeln war so laut, dass ich mich wunderte, dass die Marktbesucher nicht mit dem Finger auf mich zeigten.

Vater schüttelte den Kopf. Ich solle die Zähne zusammenbeißen, so kämen wir nicht weit.

«Hast du nicht versprochen, den HERRN zu bitten, dass es vorübergeht?»

Das habe er versucht, meinte Vater, aber keine Antwort erhalten.

Wir gingen an den Ständen vorbei. Fettige rote Würste hingen in Ketten von den Stangen. Pralle Semmeln warteten darauf, aufgebrochen und zermalmt zu werden. Weiter vorne fiedelten vier Wandermusikanten ein unanständiges Lied über die Lumpenkerle vom Kohlenberg und was sie in der Nacht am liebsten taten. Was für ein Sündenpfuhl, und das grad neben dem GOTTEShaus!

Vater meinte, das sei ihm zu viel. Er sei nicht für den Markt geschaffen.

Er verschwand im Münster, um zu beichten, während ich auf und ab ging und mich von den vielen Waren berauschen ließ, ohne etwas zu kaufen. In meinem Bauch ein großes Loch. Die Erschöpfung saß mir auf der Brust wie ein Alb und wollte nicht weichen, egal, wie sehr ich mich wand. Ich war froh, als Vater endlich zurückkam und meinte, nun könnten wir uns eine Herberge suchen. Er sehe, dass ich eine Rast nötig habe.

Wir gingen bis zum Westende der Stadt. Dabei kamen wir an Studenten vorbei, die um einen Brunnen herumlungerten und sich gegenseitig mit Wasser bespritzten, und an Zunftleuten, die sich die Nase zudrückten, als wir an ihnen vorübergingen.

Grad an die Stadtmauer gebaut, fanden wir schließlich eine Herberge, ein Fachwerkhaus, dessen grüner Anstrich längst angefangen hatte abzublättern. Zum Morgenland, hieß sie.

Drinnen war es fast so dunkel wie im Muotatal. Ein Dutzend fiepsige Zecher redeten durcheinander. Unsere Schuhsohlen blieben an Bierpfützen kleben. Es roch nach altem Schweiß und Hafermus. Der Wirt stand hinter der Theke, ein kleiner Kerl war das, mit abstehenden, roten Ohren. Sein Schnurrbart hatte etwas von einer Wildschweinbürste. Ich legte meinen Geldbeutel auf die Theke, das wirkte besser, als wenn ich einfach die wenigen Münzen, die ich von Josef erhalten hatte, daraufgelegt hätte.

«Dein günstigstes Zimmer», sagte ich.

Der Wirt nickte träge.

«Zehn Schilling.»

«Vergiss es! Da schlafen wir lieber draußen.»

«Tut Euch keinen Zwang an. Ich feilsche nicht.»

Ich wandte mich zur Tür. Und wenn schon. Wegen Vater würden wir kein Bett nehmen müssen, und auch ich hielt es eine weitere Nacht draußen aus. Bald war es ja vorüber, bald waren wir ja im Elsass.

Da röhrte einer aus der Schankstube gegenüber: «Wenn das nicht dieser Einsiedler is'! Der von Flüe!»

Der Mann, der aussah wie eine Stopfgans, wartete nicht auf eine Antwort, sondern trat auf uns zu, wobei der Humpen in seiner Hand schwankte, sodass sich ein Schwall Bier auf den Holzboden ergoss. Schade drum.

«Bruder Klaus von Flüe!», sagte er. «Das ist noch ein Echter! Ein Rechter! Der lebt noch auf die Art und Weise der Altväter! So einen brauchen wir Basler auch! GOTTES Segen! GOTTES Segen, guter Mann!», schnatterte der Kerl, während er in großen Zügen herunterkippte, was im Becher übriggeblieben war. «Seht her, ihr Trinker: Niklaus von Flüe!»

Einer seiner Kumpane, der aussah wie ein alter Reisläufer, humpelte zu uns herüber, zerschnitt mit seinem Zeigefinger die Luft und gab Bibelgeschichten zum Besten, wobei er die Figuren ganz durcheinanderbrachte und Noah auf einem Ozean aus Bier treiben ließ.

«Wozu sonst die Flut!», rief er. «Der HERR wollte uns reinwaschen! Einmal richtig mit uns feiern, den großen Totentanz! Aber sagt: Ist es wahr? Ihr fresst nichts? Gar nichts? Kein bisschen?», fragte er, wobei Biertropfen aus seinem Mund spritzten, durch die Luft segelten und sich in Vaters Barthaar verfingen.

Vater schwieg und sah ihn an, als wäre er gar nicht da.

Ein Dritter reichte dem Humpelheini eine Käseecke, die er sogleich Vater entgegenstreckte.

«Gelüstet es Euch gar nicht nach dem Käse, he?»

«Lasst meinen Vater in Ruhe», sagte ich, aber die Stopfgans und der Humpelheini lachten mir bloß ins Gesicht.

Die Zecher zerrten Vater an ihren Tisch, berauscht vom HERRGOTT und einer Menge Bier.

Die anderen Gäste fingen an, ihre Tische umzurücken, sodass nun alle in einem Kreis um Vater herumhockten und ihn mit großen Augen begutachteten, wie einen Tanzbären. Einen Tisch indessen verrückten sie nicht, denn der war mit einer schweren Eisenkette an der Wand festgemacht. Nur einer saß dort, ein Glatzkopf mit einer pissgelben Kappe. An einem Lederband, das ihm um den Nacken hing, baumelte ein Stück Wurzel, das zu einer gnomartigen Figur zugeschnitzt worden war. Ein Alraunenmännlein. Manche sagen, die Alraune soll einen vor Übel schützen. Ich hab das immer für Affenwerk gehalten.

Der Mann sah belustigt zu, wie alle Vater zuprosteten. Wir tauschten einen Blick aus. Er zwinkerte mir zu.

«Auf den Bruder Klaus!», riefen die Zecher.

«Diesen Trunk dem Christentum!»

Leider verleidet Vater den Leuten immer schnell. Gewiss, eine Weile schleuderten sie ihm noch ihre unnützen Fragen entgegen: Wann kommt das Jüngste Gericht? Was kann ich gegen den Furunkel auf meiner Nase tun? Oder: Versteht Ihr die Weiber? Vater zuckte jedes Mal nur mit den Schultern und senkte den Blick auf den Boden. Einer nach dem anderen rückten sie ihre Stühle und Tische von ihm ab, steckten die Köpfe zusammen und ließen sich über den Brotpreis und die Hüften der Wirtsfrau aus.

Vater blieb alleine auf dem Stuhl hocken, auf den sie ihn gesetzt hatten, und rieb sich das Gesicht, ganz lange, so, als könne er es abfeilen. Dann trat er zu mir herüber.

Es sei ihm unerträglich, dieses Volk, wie es ihn mit seiner plumpen Neugier plage. Er brauche Ruhe, sonst gehe er zugrunde.

«Wir können nach draußen gehen.»

Nein, da sei auch kein Schutz, die Leute wüssten, dass er hier sei, es spräche sich herum. Er schäme sich, es zuzugeben, doch für einmal hielte auch er es für am besten, sich ein Zimmer zu nehmen.

«Mein Geld reicht nicht», sagte ich.

Wenn das so sei ... Vater versenkte seine lange Hand im Halsausschnitt der Kutte. Er wühlte eine Weile herum, bis sie einen kleinen samtenen Beutel herauszog.

«Wie jetzt?», fragte ich.

Vater rieb sich den Bart, seine hellen Augen zuckten nach links und nach rechts. Almosengeld aus seiner Kapelle sei das, GOTT möge ihm vergeben. Er drehte sich um und verschwand im Treppenhaus, ehe ich ihn zur Rede stellen konnte. Ebenso gut hätte er mir in den Bauch treten können. Aber ich wollte mir nichts anmerken lassen. Also ging ich zur Theke, zahlte den Wirt wortlos aus und ließ mich dann auf einen leeren Stuhl fallen, der an dem kleinen, an der Wand angeketteten niedrigen Tischlein lehnte. Da Tischlein war nicht für mich gedacht, aber das war mir ganz gleich. Zeit, sich zu betrinken.

«Einen Humpen!», rief ich der Wirtin zu, die gerade vier leere Krüge in die Küche trug.

An der Wand hing ein zweiköpfiges Kalb, das mich scheel ansah. Links hing die Zunge heraus. Rechts blieb sie im Maul, woran man ersehen konnte, dass der rechte Kopf der Klügere war. Schon knallte der Humpen auf den Tisch. Die Schaumkrone schoss hoch. Ich setzte den Krug an den

Mund, da meinte eine Stimme hinter mir, die fast wie die eines Knaben klang:

«Wer nicht anstößt, lässt die bösen Geister im Bier.»

Es war der Glatzkopf. Er trat vor mich, einen Bierkrug in der Hand. Sein massiger Leib verdeckte den Kerzenleuchter. Dann nahm er die Kappe ab, verbeugte sich, bot mir seinen großen, ehrlichen Kopf dar und packte meine Hand mit seiner hornhautigen Pranke, um sie wild zu schütteln. Er setzte sich mir gegenüber und gähnte. Der Mann war kaum größer als ich, ich schätzte ihn um die dreißig.

«Gregor Vischer», stellte er sich vor.

Sein Wanst hing über die Tischplatte.

«Mein Stand und Schaffen kannst du dir ja denken. Gelt, bist der Sohn vom Flüe?»

Ich nickte.

«Und, geben die Kühe mehr Milch, seit sich dein Vater GOTT zugewandt hat?»

Ich schüttelte den Kopf.

«Sag, und was führt euch an den Rhein?»

«Vater will ins Elsass.»

«Und da bist du mitgegangen.»

«Er wollte es so.»

«Ein guter Sohn. So ist es recht.»

«Ich hoffe, er findet bald, wonach er sucht.»

«Das wäre?»

«GOTT.»

Vischer lachte.

«Klar, was denn sonst. Und wo versteckt sich der HERRGOTT heuer?»

«Bestimmt nicht hier.»

«Und wo vermutest du ihn?»

Ich zuckte die Schultern.

Vischer sah in seinen Bierkrug hinein. Nahm einen großen Schluck. Das Schwarzbier lief aus seinen halb geöffneten Lippen über sein fettes Kinn und tropfte auf die Tischplatte. Er trommelte mit den Fingern aufs Holz.

«Muss mal scheißen. Bis gleich.»

Kaum war der Henker auf dem Abort verschwunden, kam der Wirt zu mir herüber. Er schien nicht ganz nüchtern, denn er schwankte.

«Pass bloß auf! Ich würde diesem Galgenvogel nicht trauen, wenn ich dich wäre. Es ist nicht gut fürs Seelenheil, wenn man derart im Blut und im Dreck kriecht. Übrigens darf der gar nicht bei dir am Tisch sitzen. Der hat seinen eigenen Platz.»

«Na, wir sind doch alle aus Dreck gemacht.»

«Ja. Aber manche sind mehr Dreck als andere. Der Mann besitzt kein Körnchen Glaube, das schwör ich dir!»

Das Geschlecht der Vischers, ein altes Bierbrauergeschlecht, kenne hier ein jeder. Gregor Vischer sei das schwarze Schaf der Familie. Der hätte nämlich einen älteren Bruder gehabt, Thaddäus. Das sei ein guter Bierbrauer gewesen, genau wie der Vater. Gregor dagegen hätte Mönch werden sollen, man plante, ihn ins Kloster zu stecken. Da sei Thaddäus verschwunden, spurlos. Der Vater habe gleich Gregor verdächtigt. Aufs Peinlichste hätten sie ihn befragt, mit glühenden Schürhaken. Aber er habe nichts zugegeben.

«Bloß gegrinst hat er, der Gregor, als spüre er nichts von der Hitze! Selbst als sie ihm den großen Zeh abgehackt haben – jedenfalls hat mir das mein Onkel erzählt, der ist Stadtwächter –, ist er dabei geblieben, dass er unschuldig sei. Sein Vater hat dann dafür gesorgt, dass er als Henker arbeiten muss.»

Mehr als zehn Jahre sei das jetzt her.

«Ob du mir glaubst oder nicht, ist deine Sache», sagte der Wirt, als Vischer wieder zu uns trat. «Ich habe dich gewarnt.»

Vischer nickte dem Wirt zu, als wüsste er genau, dass der ihn gerade schlechtgeredet hatte. Der Wirt verschwand.

«Er hat dir sicher erzählt, was für ein übler Kerl ich bin?»

Ich nickte.

«Das erzählt er allen, die mit mir reden. Viele sind es ja nicht.»

Er stützte die Stirn in die Hand.

«Du musst es sagen, wenn ich dich in Ruhe lassen soll. Ich verstehe es schon.»

«Ach was. Ist doch egal.»

Wir tranken eine Weile.

Schließlich sagte ich: «Scheint, als hielte dein Vater keine großen Stücke auf dich.»

«Kann man so sagen. Der hat geglaubt, ich sei der Teufel höchstpersönlich, bloß, weil ich nicht nach seiner Pfeife tanzen wollte. Aber weißt du, die Leute erzählen sich noch manches, damit sie den Dreck vor der eigenen Tür nicht kehren müssen. – Wie, du hast schon ausgetrunken? Wirt, noch eine Runde!»

Als die frischgefüllten Krüge vor uns standen und wir angestoßen hatten, beugte sich Vischer über den Tisch und faltete die Hände.

«Hör mal», sagte er. «Eben hab ich mir gedacht ... Nein, halt, ich fange anders an.»

Er legte die Wurstfinger in den Nacken, gab einige Hms und Ahs von sich, dann leuchteten seine Äuglein auf, als hätte jemand eine Kerze in seinem Schädel angezündet.

«Ich mach es kurz: Ich möchte weg», sagte er.

«Kann ich verstehen.»

«Wirklich?»

«Klar. Oder haust du etwa den Leuten gern die Köpfe ab?»

«Nein. Aber man gewöhnt sich dran. – Sag einmal, würdest du sagen, dass der HERR euch beide behütet? Also nicht nur deinen Vater, sondern auch dich?»

«Wahrscheinlich schon, ja. Nur nimmt er dabei mehr Rücksicht auf Vater.»

«Scheint so. Du schaust aus, als würdest du fast zusammenklappen vor lauter Hunger.»

Ich sagte nichts.

«Dein Vater hat es gut. Der muss gar nichts essen. Das muss herrlich sein. Du dagegen brauchst Speis und Trank, so wie unsereins», sagte er.

«Ja und?»

«Dann spitz die Ohren: Wie wäre es, wenn ich mit euch ins Elsass mitzöge? Ich habe Basel gehörig satt. Die Mauern erdrücken mich. Immer das Gleiche! Immer wieder Hälse, Stricke, Blutlachen, bis du blödsinnig wirst. Und ich Esel mache das schon jahrelang mit, dabei hätte ich jederzeit wegrennen können.»

«Wieso hast du es dann nicht gemacht?»

«Aus Angst. Und vielleicht habe ich auf jemanden wie euch gewartet, jemand, der es gut mit dem HERRGOTT hat.»

«Du willst pilgern?»

«Ich will sehen, wohin mich GOTTES Wille verschlägt. Schüttle jetzt bloß nicht vorschnell den Kopf. Wenn ich dabei wäre, wären wir Esser in der Überzahl. Schau dich doch nur einmal an!»

Er sog die Luft ein, aber seine dicken Backen sahen noch immer nicht hohl aus. Dann packte er meine Schultern.

«Was sagst du?»

«Lange werden wir ja nicht mehr unterwegs sein.»

«Die Reiserei hätte sicher schneller ein Ende, wenn ich dabei wäre.»

«Wie das?»

«Dein Vater kann mich nicht leiden. Zwar hat er mir nur einen kurzen Blick zugeworfen, aber ich hab's schon gemerkt. Weißt du, ich kann noch so oft die Hände im Rhein waschen, das Blut bleibt daran kleben. Es widert mich selbst an, weißt du. Ich hab's mir ja nicht ausgesucht. Ich fürchte, am Jüngsten Tag werde ich deswegen nicht in den Himmel können. Meine Seele ist blutgetränkt, die ist so schwer, die würde glatt am Boden kleben bleiben. – Nein, dein Vater mag mich nicht. Wenn ich dabei bin, wird er sicher bald seinen Ort finden, einfach, um mich loszuwerden.»

«Kann schon sein.»

Wir schwiegen. Hinter uns hustete einer. Die Zecher hatten das Wirtshaus verlassen, wahrscheinlich, um ein noch schäbigeres heimzusuchen. Schließlich sagte ich, er könne von mir aus mitkommen.

«Vater wird sicher mit sich reden lassen. Aber kannst du deinen Posten einfach so verlassen?»

«Sicher. Das ist, wie wenn man einen Kopf abschlägt. Das geht auch am leichtesten von der Hand, wenn man's schnell macht, noch bevor man ins Grübeln gerät», sagte er, stand auf und legte einen Schilling auf den Tisch. Wir gaben uns die Hand.

«Morgen kurz vor Sonnenaufgang bin ich wieder hier», sagte Vischer.

Es hatte gerade erst zu dämmern begonnen, als ich aus der stickigen Schlafkammer in die Wirtshausstube floh. Wir hatten zu viert im Zimmer gelegen, und einer hatte gerochen, als hätte er sich das Bett mit einem Geißbock geteilt. Ich roch den Bock selbst noch, als ich an einen Tisch saß und mir vorstellte, wie schön es gewesen wäre, neben dem Elsi aufzuwachen und jetzt mit ihr ein Schälchen Milch zu trinken. Das Gasthaus war leer, bis auf den Wirt.

«Wo geht's hin?», fragte er und nahm einen Bissen von einer Rübe. Er klang, als würde er lieber ins Bett zurück.

«Ins Elsass.»

«Besser, ihr bleibt hier», sagte der Wirt. «Drüben schneiden sie dir die Nase ab, wenn du sie nur einmal falsch anschaust.»

«Warst du denn einmal da?»

«Nein, bloß nicht, ich bin ja kein Narr!»

Schritte knarrten auf der Treppenstufe. Vater trat in die Stube. Seine Arme hingen aus seiner Kutte, als wäre er eine Holzpuppe. Er meinte, wir sollten aufbrechen. Dann könnten wir Mülhausen heute noch erreichen. Von da sei es nur ein Katzensprung bis nach Straßburg.

Ich kann nicht mit leerem Magen reisen, wollte ich sagen, aber da schlug jemand die Schenkentür so heftig auf, dass sie gegen die Wand knallte.

«Seid gegrüßt!» – Es war der Henker.

«Nimm dich verdammt noch mal in Acht, Vischer!», rief der Wirt.

Der Henker trug heute ein dunkelrotes Wollhemd. Über die Schulter hing ihm ein Beutel. In den griff er nun hinein, nahm ein paar Münzen hervor und ließ sie auf den Tresen klimpern.

«Drei Bier, drei Eier und etwas Brot», sagte er.

Der Wirt rieb sich die Nase am Ärmel und verzog den Mund.

«Woher nimmst du bloß immer dein Geld», sagte er und verschwand in der Küche.

Vischer trat zu seinem angeketteten Sündertischlein und zog zwei weitere Stühle dazu. Dann setzte er sich und bedeutete uns, es ihm gleichzutun.

Vater meinte, er stehe ganz gut.

«Freut mich außerordentlich, Euch begleiten zu dürfen, Bruder Klaus», sagte Vischer, schnappte nach Vaters Hand und schüttelte sie. Dann entschuldigte er sich, er müsse kurz austreten, und verschwand aus der Tür. Das tat er wahrscheinlich absichtlich, um mir Zeit zu lassen, Vater die Lage zu erklären. Der fragte auch prompt, was ich mit dem Galgenvogel zu schaffen hätte.

«Der möchte uns begleiten.»

Vater erwiderte wie erwartet, dieser Vischer sei ein Kerl, der sein Geld mit dem Totschlagen verdiene. Solchen Leuten sei nicht zu trauen.

«Er meinte, er will kein Henker mehr sein. Er möchte büßen.»

Ihm sei ja nicht daran gelegen, sagte Vater, sich mit mir zu streiten. Aber ich würde schon sehen, wohin mich dieser Kerl noch bringe. Der Henker sei ein leuchtendes Beispiel dafür, was aus Menschen wird, wenn sie sich ihren Begierden überlassen. Die sähen den Weg nicht mehr. Wie Betrunkene auf einem nebligen Berggrat stürzten sie früher oder später ab und fänden einen jämmerlichen Tod. So viel sei sicher.

Da kam Vischer zurück. Er nestelte an seinen Beinlingen herum, räusperte sich und setzte sich wieder.

«Kommt», sagte er und legte seine Hand auf Vaters Schulter, «tut mir doch einen Gefallen und setzt Euch dazu. Lasst uns gemeinsam essen. Das tut der Seele wohl.»

Vater setzte sich und verschränkte die Arme. Der Unterschied zwischen den beiden! HERRGOTT! Wenn ich das zeichnen könnte, Amgrund, das wär einmal ein Bild, daran hätte selbst der Papst seine Freude: Vater, der Einsiedler, mit seiner weißbläulichen Haut und dem bitterschwarzen Bart, wie ein Eisfürst zu Besuch aus Thule. Der Henker dagegen! Das volle Leben! Rosig die Wangen, speckig die Rübe. Vielleicht hielt ihn ja das ganze Blut so frisch. Kostet schließlich ein ganz schönes Sümmchen bei den Badern, dieses Frevlerblut. Vischer zweigte da sicher immer einen Schluck ab. Hässlich wie die Nacht war er obendrein, mit seiner siebenfach gebrochenen Nase, die sich in alle Richtungen davonzumachen schien, und seinen Ohren, deren Ränder aussahen wie von einem Wolf angeknabbert. Ein wenig glich er dem Alraunenmännlein, das ihm um den Hals hing. Er war ebenso grob geschnitzt.

Die Wirtsfrau trat an unseren Tisch und stellte drei Tonteller vor uns, auf denen je ein Ei und eine Brotscheibe lag. Sie blickte drein, als hätte sie in einen wurmstichigen Apfel gebissen. Vater schob seinen Teller zu mir herüber. Dann stellte sie uns das Bier auf den Tisch. Vater schob sein Bier zum Henker. Der Schaum sackte in sich zusammen. Vischer knallte sich die Hand gegen die Stirn.

«Nein, wie dumm von mir, Ihr esst ja nicht!»

Vater schwieg.

Vischer nahm das Ei, schlug es am Ellenbogen auf, schälte es und legte es auf das Brot, dann stopfte er sich beides in den Rachen. Er kaute mit vollen Backen und goss Bier nach.

Ob Vischer denn mit uns mitkommen wolle, um Buße zu tun, fragte Vater.

Der Henker nahm noch einmal einen Schluck.

«Kann man so sagen.»

Vater steckte den Zeigefinger in die Luft und wog seinen Kopf hin und her. GOTT könne man letztendlich nur in sich selbst finden.

Vischer legte die niedrige Stirn in Falten.

«In mir ist bisher nur Blut und Bier.»

VII.

Kaum hatten wir drei Schritte aus der Schenke getan, verschwanden wir durch das Spalentor in der Weite der Welt. Die Sonne war noch nicht aufgegangen, und die steinernen Teufelsfratzen an der Turmfassade grinsten ins Zwielicht. Neben dem Weg lugten erste Löwenzahnköpfe aus der Erde. Nebel lag auf den Feldern. Drei Sundgauer Bauern kamen an uns vorbei, ohne uns zu grüßen. Doch auch wir kümmerten uns nicht um sie, sondern blickten zum blauen Band des Rheins, das weiter vorne schimmerte. Als auf einmal die Sonne heraufkroch, konnte Vischer nicht mehr an sich halten. Er riss sich die Kappe vom Kopf und jauchzte den Himmel an. Er schien sich auf die Landschaft stürzen zu wollen. Manchmal hielt er an, um einen krummgewachsenen Baum zu begutachten oder ein Gänseblümchen zu pflücken und sich hinters Ohr zu klemmen. Oder er blieb stehen und lauschte auf die Rufe der Schiffer und Flößer.

Vater folgte uns auf dem Fuß, wie ein Alb, der einen nicht sein lässt. Er hatte keine Augen für die Umgebung, die doch auch für ihn neu sein musste. Stattdessen starrte er auf die Erde, als erwarte er, dass sie jeden Moment aufreißen könnte. Manchmal blieb er stehen und presste die Augenlider zusammen. Vielleicht, dachte ich, wartet er auf eine Vision.

Es versprach ein warmer Tag zu werden, rundherum war kein Wölkchen zu sehen. In dieser Gegend gab es zu viel Himmel, ganz ungeschützt war man ihm ausgesetzt, nur am Rand des Horizonts schimmerte eine niedrige Bergkette. Und dann hießen die verdammten Dörfer fast alle gleich! Wir passierten sie alle, ohne zu rasten, die

Häuschen, die Brunnen, die alten Leute vor den Türen, die Katzen und Hunde und die verlausten Bengel ... Blotzheim, Brinckheim, Waltenheim, nur heim, heim ging es noch lange nicht. Die reinsten Käffer, und trotzdem wurden die Leute geschäftiger, je weiter wir Richtung Mülhausen vorstießen. Die Bauern furchten ihre Äcker auf und hackten hundert Hühnern den Kopf ab. Die Sonne trieb uns den Schweiß aus den Poren. Immer wieder nahm Vischer die Mütze vom Kopf und strich sich ein paar Perlen von der Stirn. Wir kamen an einem Gehöft vorbei, das sich weitab von allen anderen im Dreck suhlte. Einige Heugabeln hingen an der Wand und stachen Löcher in die Luft. Neben dem Haus hackte eine Frau Holz. Über ihr hing getrockneter Knoblauch vom Giebel. Ein beißender Geruch lag in der Luft.

«Guten Tag!», rief Vischer ihr entgegen.

Sie hob die Oberlippe und zeigte uns ihre braunen Zähne, ließ, ohne ein Wort zu sagen, die Axt auf ein Holzscheit sausen und teilte es sauber in zwei Hälften. Darauf musterte sie Vater von oben bis unten.

«Dich sucht einer!»

«Wie, mich?», fragte Vischer.

«Nicht dich, das lange Elend hinter dir. Geht nur weiter, dann merkt ihr schon, was ich meine.»

Als das Haus bloß noch klein wie ein Hemdknopf in der Landschaft lag, schrie jemand: «Halt!»

Wir blieben stehen.

Da kam einer auf uns zugerannt. Straßenstaub wirbelte auf.

«Niklaus!», rief der Mann.

Seine Züge kamen mir immer bekannter vor, je näher er uns kam: eine graue Kutte, ein Bauchansatz, haarige Füße in Büßersandalen, dürre, kurze Beine, ein brauner Bart mit grauen Flecken, eine hohe Stirn und dunkle Augen, die hinter schweren Lidern lagen: Vaters Konfrater. Ihr habt bestimmt von ihm gehört. Kurz nachdem Vater in die Ranft gegangen ist, hat sich Ulrich eine Klause auf der anderen Seite der Melchaa gebaut. Mutter brachte ihm zweimal pro Woche zu essen.

«Was ist denn das für einer?», flüsterte mir Vischer zu.

«Er nennt sich Bruder Ulrich. Ein Schwabe.»

«Ein Mönch?»

«Nein, ein Einsiedler. Er wohnt bei uns in der Nähe. Im Mösli. Vater ist sein Vorbild. Seine Klause befindet sich drum ganz in der Nähe, auf der anderen Talseite.»

«Deine Heimat scheint ja ein Paradies für Einsiedler zu sein.»

Ulrich war außer Atem. Er stand da, die Hände auf den Knien, und schnappte nach Luft. Wir warteten. Als er sich erholt hatte, reichte er erst Vater, dann mir die Hand. Es fühlte sich an, als würde man einen Bund Möhren schütteln. Vischer ließ er aus.

«Ich wünsche euch Frieden im HERRN.»

Ulrichs Mundwinkel hingen wie gewöhnlich herunter, obwohl er sich bemühte, das zu verhindern.

Was ihn denn hierher führe, fragte Vater.

«Als die Leute erzählten, ihr beiden wärt zu einer Pilgerschaft aufgebrochen, habe ich beschlossen, dass es auch für mich Zeit ist.»

«Wie, du suchst auch eine neue Klause?», fragte ich.

«Suchst du denn eine, Niklaus?»

Vater nickte.

Ulrich machte ein Gesicht, als wüsste er nicht recht, was er sagen sollte, dann meinte er: «Du siehst hungrig aus,

Hans», griff in einen kleinen Beutel und holte trocken Brot hervor, das er mir reichte. Vischer bot er nichts an. Der HERR hatte Ulrich nicht die Gnade verliehen, nicht essen zu müssen. Angeblich aß er, wenn Mutter ihm nicht gerade Käse hochgebracht hatte, nur Brot, aber davon jede Menge. Er zeigte auf Vischer.

«Und wer ist das?»

«Gregor Vischer, Basler Stadthenker!», sagte Vischer, beugte sich zu Ulrich und schnupperte.

«Sag mal, hast du noch von dem Wein?»

«Ich hab keinen Wein.»

«Verstehe. Hast also schon alles selbst getrunken.»

«Ich trinke nicht.»

«Glaub ich dir nicht.»

«Wisst ihr», sagte Ulrich, bemüht, das Thema zu wechseln, «GOTT hat mir ein Zeichen gegeben, fast zur selben Zeit wie dir, Niklaus. Es war Zeit, dass ich ging.»

«Das Mösli war dir wohl zu eng, was?», fragte Vischer und lachte.

«Was für ein Zeichen denn?», fragte ich.

Ulrich geriet ins Stottern.

«Da waren Lichter ... Ein Feuer ... Und eine Stimme ... Eine tiefe. Ich solle pilgern. Oder ich müsse vergehen.»

Wir sollten zusehen, dass wir weiterkämen, meinte Vater.

Also gingen wir weiter.

«Was bin ich froh, dieses Sündertal verlassen zu haben», krächzte Ulrich, denn er war heiser an dem Tag. «Wenn dein Ruf nicht bis zu mir nach Memmingen gedrungen wär, Klaus, mit keinem Fuß hätte ich die Gegend damals betreten.»

Seine Augen schossen geziert zum Himmel hoch, dann rotzte er auf die Erde.

«Tagein, tagaus, sind sie an meinem Felsen vorübergegangen. An der Nase habe ich denen angesehen, dass sie allesamt Sünder sind. Tierisch, blutig, barbarisch und teuflisch. In Unterwalden leben nur Hurenböcke und Fastenbrecher.»

«Ja, ja, lauter Sünder überall!», Vischers Augen leuchteten. «Neulich haben sie entdeckt, dass der Augustin, das ist ein Bäcker aus Binningen, dass der Augustin heimlich Oblaten gebacken hat. Die aß er alle selbst. Dachte, dann hätte er beim HERRN einen Stein im Brett. Jetzt hockt er im Loch.»

«Geschieht ihm recht», sagte Ulrich.

«Wenigstens muss ich mich nicht mehr um solche Lumpen kümmern. Hab schon genug Leute bestraft.»

Vischer zählte auf, um wen er sich dieses Jahr schon alles gekümmert hatte: eine Magd mit sechs Fingern an der rechten Hand, die die Milch vergiftet habe. Einen Kleinbauern aus Gundeldingen, der es mit den Kühen des Nachbarn getrieben habe. Einen Gerber, der seinem Gesellen, der ihn gehörnt hatte, mit dem Beil zu entmannen versucht habe.

«Eins sag ich euch: Wer sich mit Frau Welt ein Bett teilt, braucht sich nicht zu wundern, wenn er sich die Seuche holt», seufzte Ulrich, als müsse er unserem Heiland das Kreuz tragen.

Als die Mittagssonne so hoch stand, dass unsere Schatten bloß noch Stummel waren, Schweineschwänzen gleich – Ulrich und Vater waren hinter uns zurückgeblieben –, zeigte Vischer nach vorne:

«Schau, da gibt es sicher einen Bissen.»

Die Häuser eines Fleckens standen da wie ein Hexenring. In der Ferne peitschten Menschlein ihre Ochsen über die Äcker. In einem fast ausgetrockneten Rinnsal nahm eine Krähe ein Bad. Wir kamen an einem Holzgerippe vorbei, einem Eichenbaum, der vom Blitz versengt worden war.

«Gib mir mal dein Messer.»

Vischer stellte sich unter den Baum, sprang hoch, brach einen Ast ab und teilte ihn dann mit dem Messer in zwei Stöcke.

«Damit die Leute sehen, dass wir Pilger sind.»

Wir gingen weiter, folgten dem Weg bis zu einem Hof, einem Hüttchen eher, einem Bretterverschlag mit bloß einem Fenster. Neben dem Haus gab's einen Kirschbaum, dessen rosa Blüten bereits aufgegangen waren, obwohl es dazu jetzt, Mitte März, viel zu früh war. Dort saß eine Katze und maunzte so kläglich, als sei sie kurz davor, ihr Leben auszuhauchen. Das Fell war ihr fleckenweise ausgegangen. Der Henker ging in die Hocke und kraulte ihren Hals.

«Da seid ihr!», rief die Katze.

Einen Augenblick kam es mir wirklich so vor, als hätte die Katze gesprochen, aber es war eine Alte. Auf einer Bank vor der Hütte nämlich saß ein Greisenpaar, das wir allerdings erst jetzt entdeckten. Ihre Gesichter erinnerten an vertrocknete Äpfel. Das Weib unterschied sich vom Mann nur durch einen langen Zopf. Sie brauchte wohl einen halben Tag, um ihn zu flechten. Der Gatte war dabei keine Hilfe: Ihm fehlten beide Daumen, an ihrer Stelle blieben ihm nur zwei Stümpfe, die er zitternd in die Sonne streckte. Die beiden strahlten uns an. Der Henker machte einen Schritt auf sie zu und beugte sich vorüber, die fetten Hände auf den Knien, als ob er mit einem Kind sprechen wollte. Dann klopfte er mit dem Stab in den Staub.

«Wir sind Pilger.»

«Das sind wir alle.»

Der Alte musste seine Stimme zusammensuchen wie ein Schneider das Flickzeug.

«Bruder Klaus!», sagte Vischer, «Bruder Klaus», als wäre es ein Zauberspruch, «ein berühmter Eremit! Ein GOTTESmann!»

Es traf sich gut, dass in dem Augenblick Vater und Ulrich um die Ecke bogen.

«Kommt schnell, ihr beiden!», rief Vischer.

Und, an die Alten gewandt: «Seht ihr, da ist er!»

Vater trat näher, die Stirn in Falten gelegt. Die beiden Greise blinzelten zu ihm hoch. Dann erhob sich der Alte ... Fiel in den Dreck ... Lag auf allen Vieren ...

Vischer gab ihm die Hand, um ihn zu stützen. Der Alte watschelte auf Vaters Beine zu und umschlang sie. Auf einmal, wir erschraken allesamt, fing der Alte laut zu heulen an. Er erging sich in einer Litanei, von der mir nichts geblieben ist, weil ich mich nicht daran erinnern will, zu viel Leid war es, das er da über uns ausgoss. Vater sah nicht hin. Bald gesellte sich die Alte hinzu, sie schürfte sich ihr Knie auf, als sie auf Vater zukroch, schien das aber nicht zu bemerken. Vater schüttelte den Kopf und sah mich an, als wäre es meine Schuld. Ich spürte, wie mir die Röte ins Gesicht stieg.

Nach einer Weile hatte der Alte genug. Er küsste Vaters Kuttensaum ein letztes Mal, dann bekreuzigte er sich und erhob sich. Sein Kopf war ganz nass von der Anstrengung.

«Wartet.»

Er schlurfte auf die Rückseite des Hofes. Die Alte blieb zu Vaters Füßen liegen und schlug sich mit der Faust wieder und wieder auf die Brust.

«Das ist unerträglich», raunte Ulrich, «lasst uns verschwinden.»

«Etwas Geduld», sagte Vischer.

Schon kam der Alte von der anderen Seite des Verschlags wieder auf uns zu, unter dem Arm eine Gans, die mit roten Beinen durch die Luft zappelte.

«Unser letzter Gänserich», sagte der Alte. «Ihr sollt ihn haben.»

«Gerne!»

Vischer klemmte sich das Tier unter seinen Arm. Es sah aus, als würde der Gänsekopf, der wild hin und her schnappte, aus seinem breiten Rücken wachsen.

Ulrich plusterte sich auf.

«Das können wir unmöglich annehmen!»

Er sagte noch mehr, erzählte uns, weshalb wir uns versündigten, aber ich verstand kaum etwas, denn der Gänserich riss immer wieder den Schnabel auf und schrie dazwischen.

«Ihr sollt ihn haben», sagte der Greis. «Nehmt ihn!»

Vater breitete die Arme aus und rief, nun sollten wir alle schweigen. Es sei geschehen, was geschehen sei, und er wolle das Geschenk annehmen, denn er wisse, dass wir zurzeit ohne Speis und Trank nicht auskommen könnten. Doch sollten wir in Zukunft lernen zu verzichten. Das gelte besonders für mich, Hans.

«Ich wusste, dass man sich auf Eure Güte verlassen kann», sagte der Henker.

Später, die Sonne war untergegangen, rasteten wir am Kieselstrand eines Baches. Weiter vorne, wohl noch eine Stunde Fußmarsch entfernt, waren die Stadtmauern von Mülhausen auszumachen. Rauchschwaden schwebten über den Dächern der Stadt. Wir hatten beschlossen, draußen zu nächtigen. Vater und Ulrich legten sich in den Kies, während der Henker unsere Pilgerflaschen auffüllte.

Ich tauchte den Schädel ins Wasser, um den Dreck wegzuspülen, der an meinem Gesicht klebte. Ein paar Zweige kamen angeschwemmt und verfingen sich in meinem Haar. Die glaubten wahrscheinlich, dass sie selbst bestimmten, wohin sie reisten. Dabei war es der Fluss, der sagte, wo es langging. Ich nahm die Zweige aus dem Haar und legte sie aufs Wasser. Dann lasen wir Holz zusammen, sorgten mit Schürhaken und Feuerstein für ein Feuerchen und nahmen ein Bad im Rauch. Ulrich und Vater legten sich schlafen. Vischer dagegen erschlug den Gänserich mit einem großen Stein, worauf wir das Tier rupften, ausnahmen und an einem Spieß brieten. Hungrig, wie wir waren, gaben wir uns beim Rupfen keine Mühe. Gut die Hälfte der Federn klebte noch am Körper. Das Tier hatte so viel Fett angefressen, dass Vischer und ich nicht alles essen konnten. Darum boten wir auch Ulrich etwas an, der noch nicht zu schlafen schien, unruhig, wie er war. Er hatte sich ständig hin- und hergewälzt. Nun zuckte er mit den Schultern.

«Jetzt ist es eh geschehen», sagte er, «da können wir die Gans ebenso gut essen.»

Er nahm sich eine Keule und riss mit den Zähnen das Fleisch vom Knochen.

VIII.

Drei weitere Tage trugen uns unsere Füße durch das Heilige Römische Reich, immer der Landstraße nach, bis endlich, wir kamen gerade aus einem Wald, ein Ameisenhaufen auftauchte, ein Babylon, erbaut von Betrunkenen: Straßburg. Ein Wunder, dass der Bau noch nicht in sich zusammengefallen war. Die Sonne über Straßburg war dieselbe wie zu Hause. Auch die Luft war nicht anders. Es roch immer noch nach Scheiße, Schweiß und Blut. Wenn das die Luft ist, die frei macht, kann ich auch bei uns im Kuhstall wohnen. Die Spatzen auf der Gasse machten kein Aufheben, als wir die Stadt durch das kleine Südtor betraten. Aber dafür die Gossenbälger. Es schien, als wären sie die einzigen Bewohner des Viertels. Sie hatten die Herrschaft. Sie schrien uns aus den Fenstern Unanständigkeiten zu und leerten die Nachttöpfe ihrer Eltern über uns aus. Ulrich spritzte die braune Soße ins Gesicht. Auch auf der Gasse saßen sie und schmissen sich gegenseitig in den Schlamm. Ein Mädchen sprang einem anderen, das auf dem Boden lag, mit voller Wucht auf den Rücken und trampelte unter Gelächter darauf herum. Vischer schüttelte den Kopf. Eine ungefähr Neunjährige, totenblass, riss einen zu lang geratenen Jungen, der um einiges jünger schien als sie, am Haar, worauf er ihr die Nägel in den Hals trieb. Vater sah sie nicht, geradeaus ging er, den Rücken durchgestreckt, er war vom Anblick des Münsters gebannt, das über den Dächern zu sehen war, und lief mitten in die beiden Kinder hinein.

«*Salopard!*», schrie der Junge und trat Vater gegen das Schienbein. Vater sah kurz zu ihm hinunter, machte mit der Hand ein Kreuz über ihm und ging dann weiter, ohne zurückzublicken.

Das Mädchen streckte schon den Finger aus und zeigte die Zähnchen, um den Jungen auszulachen, kam aber nicht dazu, denn schon stürmte Ulrich hin und klatschte erst dem Buben, dann dem Mädchen die Hand ins Gesicht. Die beiden schnappten nach Luft. Dann fingen sie zu heulen an.

GOTTlob wurde die Gasse bald breiter. Erneut versperrte uns eine Horde Kinder den Weg. Immerhin waren ihre Kleider nicht mehr ganz so löchrig wie bei den anderen. Sie bildeten einen Kreis um zwei Köter, denen das Fell von der Haut hing. Die Tiere kläfften einander an und fletschten die Zähne. Schaum lief ihnen aus den Mäulern und tropfte auf den Stein. Die Kinder johlten und stapften mit den Füßen. Sie traten die Hunde in den Hintern. Die Köter sprangen hoch und versuchten, einander in die Gurgel zu beißen.

«Aus dem Weg, Krokodilsbrut», rief Ulrich, auf dessen Nasenspitze ein brauner Fleck klebte.

Die Kinder taten, als hätten sie nicht verstanden. Schon hatte der eine Hund dem anderen das spitze Ohr abgebissen und kaute darauf herum. Die Kinder wussten nicht mehr an sich zu halten. Sie trommelten sich auf die Brust und stießen laute Schreie und Pfiffe aus.

«Traurig, was die Stadt aus den Kindern macht», sagte ich.

Vater nickte. Er breitete die langen Arme aus, um uns zu bedeuten, dass wir zurückbleiben sollen. Dann tippte er einem Mädchen, das wohl an die sechs Lenze zählte, auf die Schulter und ging vor ihr in die Knie. Er ging so weit runter, bis sein langes Gesicht auf der gleichen Höhe wie das Gesicht des Mädchens war. Als ob Vater ihr anerbot, ihn, Bruder Klaus, zum Ritter zu schlagen. Er formte mit den Händen einen Trichter und hielt ihn an ihr Ohr. Die

Kinder, die eben noch geschrien hatten, verstummten und sahen zu Vater hoch.

Der HERR würde nicht wollen, dass sich Kinder seinen Geboten widersetzen, sagte er.

Das Mädchen wurde rot.

«Pardonne-nous, Dieu», sagte sie.

Dann streckte sie die Hände aus und schrie den anderen zu, sie sollten aufhören.

Vater trat in den Kreis zu den Hunden. Die Kinder standen zur Seite. Die Hunde saßen ruhig da und sahen zu ihm hoch. Vater strich ihr Fell, sie streckten die Zunge heraus und hechelten.

Nun würden sie einmal sehen, wie leicht es sei, Frieden auf Erden zu schaffen, sagte Vater.

Da stoben die Kinder davon.

«Dein Vater ist schon ein seltsamer Kerl», raunte mir Vischer zu.

Nur die beiden Hunde waren noch übrig. Vater gab dem größeren einen Klaps, sodass er davonrannte. Den kleineren, den mit dem abgebissenen Ohr, nahm er auf den Arm. Der Hund versuchte, sich aus Vaters Griff zu befreien, er strampelte, aber vergeblich. Vater ging weiter, den Hund unter den Arm geklemmt.

Der Münsterplatz war groß und leer, wie die Eiswüsten im Gebirge. Wir gingen geradewegs auf das Westportal zu, es bestand aus zwei schwarzen Flügeltüren unter übermäßig verziertem Steinmetzplunder, einem Gewimmel von Figuren, Königen, Jungfern und Heiligen, darüber eine Fensterrose, groß wie ein Scheunentor. Viel zu viel Plunder, schlimmer noch als beim Basler Münster. Da komme ich ganz nach meinem Vater, für mich tut's auch eine Holzkapelle.

Vater stieß die Tür auf. Kirchenluft empfing uns. Es roch nach Sünderschweiß, modrigem Weihwasser und abgestandenen Wünschen. Vor dem Tabernakel polierte ein Mann im Talar einen Kelch. Vater trat mit dem Hund zum Weihwasserbecken.

«Niklaus, was tust du da? Du willst den Hund doch nicht etwa taufen?», sagte Ulrich.

Genau das habe er ihm Sinn, meinte Vater.

«Ist das nicht Blasphemie?», fragte Vischer.

Ich sagte nichts.

Vater sagte, er wisse, was er tue, und trat mit dem Hund zum Marmorbecken, in dem eine Pfütze grünliches Weihwasser schimmerte. Vater tauchte den Zeigefinger in die Brühe und fuhr darin herum, als wolle er Farbe anrühren. Dann malte er dem Köter ein Kreuz ins schwarze Fell. Im Kerzenlicht, das von oben aus großen Leuchtern herabschien, sah ich, wie die Wassertropfen langsam über sein Fell liefen. Der Hund legte den Kopf in den Nacken und jaulte die Decke an. Es hallte durch das Kirchschiff. Prompt kam der Pfaffe auf uns zugerannt. Mit jedem Schritt wurden seine Züge wütender. Man konnte sehen, wie sich sämtliche Sehnen spannten und sich die ohnehin verkniffenen Augen weiter zukniffen. Schon stand er vor uns und hing uns lauter Schmähworte an. Das sei ein Haus GOTTES ... Was das Mistvieh hier zu suchen habe ... Und auch wir, verwahrlost, wie wir seien: Rausscheren sollten wir uns, aber schleunigst, in Dreiteufelsnamen. Er war kurz davor, uns mit dem Messkelch die Köpfe einzuschlagen, als Vater bloß einen Namen sagte. Er sagte «Quentinus». Schon ließ der Pfaffe seine erhobene Faust mitsamt dem Kelch sinken.

«Woher kennt Ihr Quentinus?»

Er habe ihn einmal in seiner Klause besucht, sagte Vater.

Mehr sagte er nicht, obwohl es da mehr zu sagen gegeben hätte. Quentinus und Vater kannten sich nämlich seit mehreren Jahren. Quentinus, so hatte mir Vater erzählt, war auf der Reise nach Rom gewesen, als er beschloss, Vater in seiner Klause zu besuchen, war doch die Kunde von seinen Entbehrungen bis ins Elsass gedrungen. Nachdem sich Quentinus Vater vorgestellt hatte, führte der ihn an das Ufer der Melchaa. Dort sprachen sie über die Wunden Christi, als Quentinus auf einmal in Tränen ausbrach. Ein Sünder, ein Sünder sei er, sagte er, denn er habe Geld aus dem Opferstock gestohlen, das doch für den Ausbau des Münsters gedacht war. Nur deshalb reise er nach Rom. Er hoffe, dort Vergebung zu finden. Da ließ ihn Vater wissen, das sei nicht nötig, denn GOTT habe ihm bereits vergeben.

Er sei hier, um Quentinus um Rat zu bitten, sagte Vater. Wegen des Turmes, der verschwunden sei, und wegen eines göttlichen Auftrags, den er nicht recht zu deuten wisse.

«Ich werde ihn holen.»

Der Pfaffe verschwand in einer Seitentür.

Während wir auf seine Rückkehr warteten, nahm Vischer einen Gebetskranz hervor.

«Ich wusste gar nicht, dass du so einen dabei hast», sagte ich.

Vischer zuckte mit den Schultern. «Hat mir mein Bruder geschenkt.»

«Thaddäus?», fragte ich, weil mir meine Unterhaltung mit dem Wirt wieder einfiel.

Vischer nickte, sagte aber nichts, sondern nahm den Kranz und band ihn dem Hund um die Pfote. Der Hund versuchte, ihn abzuschütteln, aber die Kette lag zu eng an.

«Jetzt, da der Köter getauft ist, kann er sie besser brauchen.»

Vischer stieß mich in die Seite, aber ich lachte nicht.

«Niklaus», rief da jemand. Aus der Seitentür trat uns ein anderer Pfaffe mit einem Gabelbart entgegen, der Vater mit einem schwungvollen Händedruck begrüßte.

Er wolle sich mit ihm besprechen, sagte Vater, er suche Rat.

Quentinus verbeugte sich flüchtig in unsere Richtung, dann verschwanden die beiden Arm in Arm im Beichtstuhl.

«Lasst uns essen gehen», sagte Vischer.

«Das ist das Klügste, was ich bisher von dir gehört habe», sagte Ulrich.

Als wir aus dem Münster traten, war die Sonne bereits untergegangen. Alles wirkte blau gefärbt, die Häuser, der Himmel, die Menschen. Der Hund folgte uns, die Holzperlen um die Pfoten, wie ein Fußschmuck bei den Heiden. Vischer gab ihm einen Klaps auf den Hintern, da schlurfte er in die dreckige Gasse zurück, aus der wir ihn geraubt hatten. Wie er wohl von ihr aufgenommen wurde, jetzt, da ihn Vater getauft hatte?

Weiter nördlich fanden wir ein Wirtshaus, klein und stickig. Es gab gerade einmal genug Platz für zwei Langtische. Der eine Tisch war mit einer Gruppe von Zunftleuten besetzt, die, kaum waren wir eingetreten, die Köpfe zusammensteckten, wohl um über uns zu tuscheln. Der andere Tisch war frei. Ich setzte mich ans Ende der Bank, Vischer nahm neben mir Platz, Ulrich blieb stehen.

«Willst du dich nicht setzen?», fragte ich ihn.

«Ich will euch nicht gegenübersitzen. Eure Fratzen sehe ich sonst schon genug.»

«Neben mir ist noch frei», sagte Vischer.

«Nein, neben dich erst recht nicht!»

Ich seufzte und stand auf, sodass sich Ulrich an meinen Platz setzen konnte. Ich setzte mich zwischen die beiden. Sie spreizten beide die Beine und breiteten die Arme auf dem Tisch aus, sodass ich kaum Platz bekam.

«Freunde!» – der Henker leerte seinen Beutel auf den Tisch – «lasst euch einladen!»

Er hatte sich, wir wussten nicht wie und hätten es auch nicht wissen wollen, Geld verschafft.

«Das sind ja nicht einmal zwanzig Kreuzer», sagte ich. «Das reicht nirgendwohin.»

Vischer kratzte sich hinterm Ohr.

«Dachte, ihr hättet vielleicht noch was.»

«Nicht einen Kreuzer», sagte ich.

«Tja, dann – Herr Wirt, bringt uns das Beste, was wir hierfür kriegen!»

Das Beste, was wir dafür kriegen konnten, waren drei Schüsseln, die halbvoll mit einer grünlichen Suppe gefüllt waren. Sie roch nach fauligem Lauch und garstiger Gerste. Hoffentlich hat die Wirtin nicht hineingerotzt, als sie merkte, wie wenig sie an uns verdienen konnte. Wenigstens gab es je eine halbe Scheibe trockenes Schwarzbrot dazu.

Kaum hatte sich Vischer den Löffel zwischen die breiten Lippen geschoben, rümpfte er die Nase. Er ließ die Suppe aus dem Mund in die Schüssel zurücktropfen.

«Das ist doch kein Leben.»

Ich stocherte in der Brühe herum, konnte mich aber nicht überwinden, davon zu kosten. Zu stark war der Geruch nach Verdorbenem.

«Und weißt du, was das Schlimmste ist? Wir haben es uns selbst eingebrockt», sagte ich.

In dem Augenblick schwang die Tür auf, und zwei dicke Männer mit breiten Baretten auf dem Kopf kamen hereingedonnert.

«N'Abend!», riefen sie, so laut, dass sich die Zunftleute nach ihnen umdrehten. Die Neuankömmlinge hatten Tränensäcke, so groß, als hätten sie hundert Jahre im Venusberg wachgelegen. Sie nahmen uns gegenüber Platz und zwinkerten uns zu. Die beiden glichen sich wie ein Ei dem anderen. Nur die Wangen waren bei einem röter und geschwollener als beim anderen.

«Ernst und Froehlich, Kaufleute aus Leipzig!»

«Gregor, Hans und Ulrich, Pilger», sagte der Henker.

«Pilger? Wie ehrenwert!», sagte Froehlich.

Und Ernst, der mit den röteren Wangen, rief: «Muskateller für fünf!»

Der Wein kam. Wir prosteten, wir tranken. Ulrich schob mir seinen Becher zu, den trank ich ebenfalls.

Irgendwann wischte sich Ernst die Lippen am Ärmel ab und sagte: «So, und jetzt mal ehrlich: Was habt ihr Beutelschneider hier zu schaffen? Wie Pilger schaut ihr mir nämlich nicht aus.»

«Als frommen Christen, zu denen Ihr Euch sine dubio zählt», sagte Ulrich, «mag Euch der Name Bruder Klaus von Flüe zu Ohren gekommen sein.»

Froehlich fuhrwerkte mit der Hand an seinem Schneidezahn herum und fragte durch die Finger, wir verstanden es kaum: «Der Eremit etwa? Dieser Bergler, der nichts frisst?»

«Derselbe.»

Ernst rieb sich das Kinn. «Interessant. – Wo ist er? Können wir ihn sehen?»

«Mein Vater ist beichten gegangen. Ob er Euch sehen will, weiß ich nicht. Geht es um Euer Seelenheil, wird er sicher bereit sein, ein Wörtchen mit Euch zu reden.»

«Aber es wird auch was kosten!», sagte Vischer.

Die beiden Kaufleute nickten.

«Uns geht es nämlich ums Geschäft», meinte Froehlich.

Er langte in seinen grünen Mantel und zog ein handtellergroßes Schmuckstück mit Klappdeckel hervor. Einen Pilgerspiegel. Froehlich klappte den Deckel auf. Im Innern des Stücks war ein Weibskopf eingearbeitet. Die Frau hatte einen Ring auf dem Kopf, der zeigte, dass es sich um eine Heilige handelte. Sie blickte so lieblos, wie das Ganze gearbeitet war.

«Katharina von Siena», erklärte Froehlich.

«Darf ich?», Vischer griff, ohne eine Antwort der Kaufleute abzuwarten, nach dem Schmuckstück. Er klappte es auf und zu. Der Pilgerspiegel glänzte. Seine Schweineäuglein glänzten ebenfalls.

«Herrlich!»

Er strich mit dem Wurstfinger über Katharina von Siena, die sich nicht wehren konnte.

«Hätte ich nur Geld übrig, nur eine müde Münze, ich würde Euch das Stück abkaufen, nein, gar deren zwei würd ich kaufen, eins für mich und eins für mein armes Mütterchen, das im Sterben liegt.»

«Du Tölpel», sagte Ernst, «billigste Ware ist das. Das lassen wir in Mainz günstig gießen. Darum verscherbeln wir es auch nur dem Volk. Beim Pilgerspiegel für die Pfaffen hat Katharina Kristallaugen. Sonst kaufenses nicht.»

Froehlich lehnte sich zu uns herüber.

«Morgen ist Markt. Aber die Leute kennen uns schon.»

«Sie kennen uns, und sie mögen uns nicht», ergänzte Ernst.

«Nicht seit der Sache mit dem Wunderwasser.»

«Hätten wir aber einen Mann GOTTES dabei, einen so wundersamen Menschen wie Bruder Klaus, sähe die Sache anders aus», meinte Ernst.

«Ja, ein Einsiedler würd sich gut machen.»

«Wozu?», fragte ich.

«Ach, er müsste nicht viel machen», sagte Froehlich. «Er würde einfach dastehen, das wäre alles. Noch mehr Wein?»

Wir nickten. Die Kaufleute spendierten noch eine Runde.

«Und was schaut dabei für uns heraus?», fragte Vischer.

«Wir würden euch einen Anteil geben.»

«Überlegt es euch», sagte Ernst.

«Aber erst mal austrinken», ergänzte Froehlich.

Wir tranken erst mal aus. Als der Becher leer war, falteten die Kaufleute die Hände und beugten sich noch näher zu uns herüber.

«Und?»

Ich spürte eine wohlige Wärme in meinem Bauch. Die Kerzenleuchter an den Wänden, die den Raum hier und da erhellten, kamen mir heller vor als zuvor. Ich sah zu Ulrich herüber, vor dem ein halbleerer Becher stand.

«He, du trinkst ja doch!»

«Das war ich nicht, das warst du.»

Froehlich räusperte sich.

«Wie habt ihr euch entschieden?»

«Vater wird nichts dagegen haben. Er kann uns auch einmal helfen, wo wir schon mitgegangen sind.»

Ulrich rieb sich die Schläfen. Ich stupste ihn an.

«Na, was meint der Eremit?»

«Ich meine, dass es ein Fehler ist. Aber das müsst ihr wissen. Nur helf ich euch dann nicht am Jüngsten Tag. Eure Wehklagen werden mich nicht erreichen, weil der HERR mich längst zu sich gerufen haben wird. Euch dagegen ...»

«Tut nicht so», sagte Ernst.

«Ja, Ulrich, red du nur», sagte ich.

Der Henker schlug auf den Tisch.

«So ist es. Man muss schließlich schauen, wo man bleibt.»

Ernst streckte mir die Hand hin.

«Schlägst du ein?»

«Ich muss noch Vater fragen.»

«Einschlagen kannst du trotzdem schon mal.»

Ich nickte und schüttelte Ernsts Hand. Sie fühlte sich an, als hätte er noch nie mit ihr gearbeitet, ganz weich war sie, fast wie ein Stück Wachs.

«Famos!», fand Froehlich. «Das feiern wir. Vier Schwarzbier!»

Wir ließen die Becher aneinander klirren. Mir war, als hallte es bis in den Himmel hinauf.

IX.

Als der Henker, Ulrich und ich am nächsten Morgen das Wirtshaus verließen, fühlte ich mich hohl und taumelig. Wir ließen uns durch die Stadt treiben, in der Hoffnung, einen Happen aufzutreiben. Ich gierte nach Salz und Pfeffer, Muskatnuss gar, nach Blutwurst, Rahm und Käse. Der Henker und ich gingen Arm im Arm, um nicht umzufallen. Das Licht brannte mir in den Augen, und mein Schädel surrte vor sich hin. Ulrich folgte in großem Abstand zu uns, die Hände in den Kuttentaschen. Immer, wenn sich unsere Blicke trafen, verzog er das Gesicht. Ich hatte nicht übel Lust gehabt, ihm vor die Füße zu spucken. Nicht nur ihm, nein, auch den ganzen Edelleuten, wie sie, ganz nach der neuen Mode, mit Büchern unterm Arm durch die Gasse stolzierten, die Knollennasen hoch in der Luft. Und grad auch den Weibern, die ihre Röcke hoben, damit die Scheiße sie nicht bespritzte! Ich sah sie an, aber sie sahen immer grad weg. Als ob ich aus dem Siechenhaus käme, bloß weil ich einen Stoppelbart hatte und meine Augenringe etwas größer waren als noch vor drei Wochen! Dazu kam das Geplärr der Söldner, die auf Krücken gestützt durch die Gasse humpelten. Einer – er hatte langes weißes Haar, das ihm bis auf die Schultern reichte – riss sich immer die Augenklappe vom Kopf, wenn ein Pfaffe oder ein Mönch vorbeikam, damit sie durch das Loch in seinem Schädel direkt auf seine Seele sehen konnten.

Irgendwie fanden wir das Münster. Das Hauptportal war geschlossen, also hämmerte Ulrich gegen eine kleine Seitentür. Derselbe garstige Pfaffe wie gestern öffnete sie einen Spalt breit. Er musste die Augen zusammenkneifen, als er Vischer und mich sah, ganz, als machte ihn so viel

Sünde ganz blind. In der Tat hatten wir in den letzten Wochen nur noch mehr Sünden angehäuft. Von einer Läuterung konnte nicht die Rede sein. Hätte ich nur bereits in Straßburg den Mut gehabt, kehrt zu machen und nach Unterwalden zurückzuwandern. Aber es ging nicht. Ich konnte Vater nicht in der Fremde zurücklassen. Er würde mir nie verzeihen. Mutter würde mir nie verzeihen. So blieb mir nichts, als weiter zu hoffen. Lange konnte es nicht mehr dauern. Der Ort, an den der HERR Vater weisen würde, war sicher ganz nah.

«Wo ist Niklaus?», fragte Ulrich.

«Er hat sich im Beichtstuhl ein Nachtlager eingerichtet.»

Der Pfaffe führte uns durch die Halle zu den hölzernen Flüsterkisten und öffnete die Tür des hintersten Beichtstuhles. Darin lag etwas, das ich im Halbdunkeln erst für ein Kleiderbündel hielt, bis ich merkte, dass es Vater war. Ich reichte ihm die Hand, um ihm beim Aufstehen zu helfen. Er blinzelte, als er ins Kirchschiff trat, obwohl die Kerzen es gar nicht so hell erleuchteten. Seine Kutte war voller Staubfuseln, die ich ihm abzupfte.

Er wolle noch einmal mit Quentinus sprechen, sagte er. Die Lösung sei ganz nah, das spüre er. Was denn wir hier täten, ob wir in Not seien.

«Ja, wir brauchen deine Hilfe», sagte ich.

Vater verschränkte die Arme und meinte, das wisse er schon.

«Hat es dir GOTT gesagt?»

Nein, sagte er, ein Engel.

Der Engel, sagte Vater, habe ihm im Traum erklärt, dass es mir sehr schlecht ginge. Es drohe, dass ich das Vertrauen in unsere Sache verliere. Deshalb habe er beschlossen, mir zu helfen.

«Bist du sicher, Niklaus?», fragte Ulrich.

Vater nickte. Er wolle sich gerne zur Verfügung stellen, sagte er, und ging Richtung Ausgang.

Eigentlich hatte ich erwartet, dass er wütend werden und mich anschreien würde. Immerhin setzte ich alles aufs Spiel.

In Kürze ging der Markt auf. Die beiden Kaufleute waren noch nirgends zu sehen, also schlenderten wir untätig herum. Ich lief mit Vischer über den Platz, Ulrich und Vater waren zurückgefallen. Sie waren in ein Gespräch vertieft. Es schien, als würden sie sich über Dinge unterhalten, von denen wir nichts wissen durften. Ulrichs Hand beschrieb einen Bogen in der Luft. Vielleicht überredet er Vater, den Kaufleuten doch nicht zu helfen, dachte ich. Vischer schnupperte herum, fand hier einen Bissen, den er kosten, dort eine Frau, die er angrinsen konnte. Das Geschnatter der Marktleute wurde lauter und lauter. Immer mehr Menschenvolk strömte auf den Platz. Ich kämpfte gegen dutzende Arme, die mich schubsten. Dazwischen dröhnten die Kirchenglocken, dass es in meinem Bauch widerhallte. Dazu kam das Gehämmere von denen, die ihren Stand ausbesserten, das Holpern der Karrenräder auf dem Kopfsteinpflaster und die bunten Kleider der Huren, die an mir vorüberraschelten. Bald verlor ich Vischer im Gewühl. Auf einem Podest stand ein Zwerg mit Narrenkappe, der herumhopste, den Leuten zuwinkte und dabei eine Hasstirade auf den Burgunderherzog Karl vom Stapel ließ. Aus den Augenwinkeln sah ich, wie er einem alten Gockel den Hals umdrehte. Der Gockel krähte nicht einmal, als er die Hand am Hals hatte. An der Ostseite des Münsters fand ich schließlich den Stand. Ulrich, Vischer und Vater waren schon da. Ernst stützte sich auf den Tisch und bedeute mir, näher zu treten. Hinter ihm auf dem Boden lag ein großer Jutebeutel, prallvoll mit Heiligenbildchen: Antonius von Padua, Brendan, Blasius, Beatus, Benedikt und Bernhard, alle waren sie versammelt. Es mochten an die hundert gewesen sein. Froehlich erklärte Vater, den sie auf einen Hocker gesetzt hatten, gerade, worum es ging:

«Wir verkaufen Heiliges, also brauchen wir einen Heiligen», sagte er. «Die GOTTESmänner werden immer rarer, wisst Ihr! Ihr gehört zu den Letzten. Ihr dürft stolz sein. Hat man Euch unterrichtet, worum es geht?»

Ulrich ließ es sich nicht nehmen, für Vater das Wort zu ergreifen: «Natürlich weiß er, worum es geht! Verdammte Dummköpfe!»

«Das kommt gut», meinte Ernst, und sprang auf die Tischplatte.

Dann brüllte er schon los: «Kommt, Leute! Hier gibt es Vergebung zu kaufen, echte Erlösung, ein Stück Himmelreich auf Erden!»

Ein paar Trottel blieben sogleich stehen. Froehlich packte den Beutel und leerte gut zwanzig Pilgerspiegel auf den Tisch. Dann reichte er Ernst ein Glöckchen, der damit so wild durch die Luft wirbelte und ein so schrilles Gebimmel erzeugte, dass es sein eigenes Geschrei übertönte. Der Tisch wackelte, Froehlich musste mit den Beinen ständig nach links und rechts ausgleichen. Die Worte schossen nur so aus Ernsts Mund, blieben am Volk kleben und zogen es heran. Bald standen gut dreißig Nasen vor dem Stand.

«Lasst euch segnen, bevor es zu spät ist!»

«Das Höllenfeuer wartet, seht zu, dass ihr zugreift!»

«Der Papst höchstselbst hat uns seinen Segen gegeben!»

«Das ist die einzige Gelegenheit, Niklaus von Flüe, den berühmten Bruder Klaus, zu sehen. Danach wird er sich nie mehr, nie mehr, das kann ich euch sagen, aus seiner Klause wagen.»

«Er zeigt sich nur euch Straßburgern, denn ihr seid die rechtschaffensten Menschen auf Erden! Seht ihr ihn heute nicht, so werdet ihr ihn erst im Himmelreich sehen – wenn ihr es denn dorthin schafft!»

Vater, der hinter Ernst im Schatten saß, verschränkte die Arme und sah auf den Boden. Er versuchte sich kleinzumachen, doch die beiden Kaufleute hoben ihn mitsamt dem Hocker hoch und platzierten ihn mitten auf dem Tisch, wie ein gebratenes Ferkel. Einen Augenblick verfinsterte sich sein Blick. Jetzt wird er sich wehren, dachte ich, wird sich sein Haar raufen und den Tisch umstoßen – aber den Gefallen tat er mir nicht. Er sah bloß weiterhin auf den Boden. Die Frauen umkreisten ihn und strichen ihm durch Bart und Haar. Die Männer bettelten darum, seine Hand zu schütteln. Man bewarf ihn mit Münzen, und die Kaufleute ließen dafür Pilgerspiegel springen. Kaum hatten die Leute die Dinger in den Händen, schon verküßten sie sie, als wollten sie das letzte bisschen Heiligkeit heraussaugen.

Vischer stieß Vater leicht in die Seite und sagte ihm, was zu machen sei. Da zeichnete er jedem ein Kreuz auf Stirn. Sein Blick verlor sich dabei in der Ferne, als wär er gar nicht hier.

Einmal ging Quentinus vorüber. Er wirkte nicht besonders zufrieden mit dem, was er sah. Seine Augen wurden ganz weit, als er Niklaus entdeckte. Die Röte stieg ihm ins Gesicht.

Die Schaulustigen, die sich um Vater drängten, wollten derweil wissen, ob Vater es nicht vermisse, mit einer Frau zu liegen. Man hieß eine Hure heranzutreten. Sie umschlang ihre Brüste und reckte sie ihm entgegen. Vater streckte die Hand aus und griff ihr in den Busen, um etwas Glänzendes hervorzuziehen. Ein Kreuz. Silbern schimmerte es.

Sie solle sich, sagte er, ohne dass Zorn in seiner Stimme lag, darauf besinnen, auf das Kreuz, sei er doch weder ein Kalb, noch golden.

Die Hure zeigte ihm die Zunge.

«Nun ist aber auch mal gut, man muss den Mann schonen! Habt ihr keinen Funken Ehre im Leib? Tretet weg, nachdem er euch gesegnet hat. Und vergesst nicht, auch einen Spiegel zu kaufen!», schrie Ernst.

Bis am Nachmittag nannte halb Straßburg einen Pilgerspiegel sein Eigen. Die letzten Markttreiber kehrten zu ihren Ständen zurück, die sie zurückgelassen hatten. Jetzt konnten sie ihre Rheinfische, die inzwischen in der Sonne stanken, guten Gewissens verhökern, GOTT war mit ihnen.

Vater stieg vom Stuhl und schüttelte den Kopf.

«Es tut mir leid», sagte ich.

Vater sagte nichts.

Ernst trat zwischen uns.

«Nun wollt ihr sicher euren Anteil.»

Er nahm einen Lederbeutel hervor, der mir nicht schlecht gefüllt schien.

«Das hier ist alles, was wir heute verdient haben.»

«Fette Beute!»

Vischer streckte sofort die Hände zum Beutel, aber Fröhlich schlug ihm mit der Faust auf den Arm.

«Nicht so hastig. Wir teilen das gerecht auf.»

«Fünfzig-fünfzig in dem Fall», sagte ich.

«Fünfzig-fünfzig?! Ihr vergesst, wie viel Aufwand wir hatten! Wir haben die Ware durch das halbe Heilige Römische Reich gekarrt!»

«Aber ohne meinen Vater wärt ihr euren Krempel nicht losgeworden!»

«Seit wann hat denn ein Bauer wie du eine Ahnung davon, was es bedeutet, ein Kaufmann zu sein?»

«Hat er nicht. Aber er erkennt einen Schwindler», sagte ich.

«Fünfzig-fünfzig!», sagte Vischer.

Ernst zückte einen Dolch und legte ihn auf die Tischplatte. Es war ein schön gefertigtes Stück, mit Efeuranken auf der Schnittfläche. Er ließ den Dolch liegen, zog den Rotz hoch und faltete die Hände hinterm Rücken.

Auch ich legte mein Messer auf den Tisch. Es war nicht ganz so edel. All die Rindenmännlein, die ich damit unterwegs geschnitzt hatte und die Knochen, von denen ich das Fleisch gekratzt hatte, hatten ihren Tribut gefordert. Rostflecken hatte es auch schon.

Vater hob den Kopf und sagte, Hass errege nur Streit. Das sei nicht, was er mir beigebracht habe.

«Wir wollen bloß, was uns zusteht», sagte ich und spürte, wie mir die Röte hochstieg.

«Also dreißig Prozent», beschied Froehlich.

«Dreißig Prozent?»

«Dreißig Prozent. Seid froh. Wenn ihr zu viel Geld auf euch trägt, leidet nur die Nachtruhe. Davon können wir euch ein Lied singen», sagte Ernst.

«Genau», meinte Froehlich.

Ich legte meine Hand auf den Messergriff, da stürmte Ulrich an den Tisch und schlug auf die Tischplatte.

«Haltet ein mit eurer Gier!», brüllte er.

Erst freute ich mich. Da merkte ich, dass er damit mich gemeint hatte.

«Dreißig Prozent sind mehr als genug», sagte er.

«Das ist vernünftig!», sagte Ernst und streckte Ulrich die Hand entgegen.

So war es beschlossene Sache.

Nachdem sich die Kaufleute mit dem Großteil des Geldes davongemacht hatten, deckten wir uns an den Ständen mit dem Nötigsten ein: Brot, Käse, Trockenfleisch, einem Hahn mit zusammengebundenen Füßen, den Vischer an den Beinen festhielt und hin und her drehte, damit er die Stadt sah, etwas Wein, einem Töpfchen Honig und einem kleinen Sack Rüben. Außerdem noch einer Axt, ein paar Stricken und für Vischer, Ulrich und mich je einer Wolldecke.

«Genug für die Heimreise», sagte ich.

«Wie, Heimreise?», fragte Ulrich.

«Wir sind jetzt in Straßburg, da wolltest du doch hin, oder?», sagte ich, an Vater gerichtet. «Ab hier brauchst du uns nicht mehr an deiner Seite.»

Doch, das tue er, sagte Vater. Nun folge der wichtigste Teil der Reise, die Suche nach einer neuen Klause. Er müsse herausfinden, wohin GOTT ihn schicke. Wir seien noch nicht am Ziel, noch lange nicht.

«Siehst du ihn denn nicht, den Turm?»

Nein, nicht mehr. Es sei zu viel Nebel in seinem Herzen.

«Wieso denn?», fragte Vischer.

Vater ging nicht darauf ein. Er glaube, Quentinus könne ihm helfen. Vielleicht gäbe es tief in den Vogesen einen Platz für ihn, fernab von allem.

«Dann lass ihn fragen gehen», sagte ich.

Der Pfaffe legte die Stirn in Falten, als wir durch das Kirchschiff stürmten, die gefüllten Beutel auf dem Rücken, dazu noch flatterndes Geflügel. Dem Hahn behagten all die Kreuze und die Weihrauchluft nicht sehr, er krähte, als hätten wir vor, ihn auf der Kirchbank zu schlachten.

«Ich hole Quentinus.»

Der Pfaffe verschwand. Vischer und ich ließen uns auf die Bänke fallen, die gequält knarrten. Der Henker legte den Hahn behutsam zwischen seine Füße auf den Steinboden. Dort blieb das Tier liegen und schloss die Augen.

Auf einmal erschien Quentinus' Schemen im Rahmen der Seitentür, breitbeinig stand er da, das Gesicht verzerrt, als gälte es, in Morgarten Habsburger aufzuspießen. Dann trat er auf uns zu, blieb dicht vor uns stehen und sah zu uns herunter.

«Warum?»

«Wir hatten Hunger», sagte Vischer.

«Euch frage ich nicht, sondern Niklaus.»

Vater sagte, der Engel hätte es ihm gesagt.

«Was für ein Engel?»

Einer, der ihm schon oft erschienen sei, ein Gesicht habe er, düster und voller Tränen, und eine Stimme wie ein Paukenschlag.

«Hättest du bloß nicht auf ihn gehört.»

Quentinus ließ einen Seufzer hören. Dann setzte er sich neben uns auf die Kirchbank.

«Aber es ist zu spät.»

«Wie, zu spät?», fragte ich.

«Es tut mir leid, aber nun kann ich euch nicht mehr helfen. Es geht nicht. GOTT würde mir nicht vergeben. Und die Leute würden reden.»

Was die Leute redeten, brauche ihn nicht kümmern. Nur eines zähle: Wie wir am Ende vor dem Weltenschöpfer dastehen, wenn er uns zu sich ruft, um über unsere Taten und unser Wirken zu richten.

«Nein, Niklaus, das stimmt nicht. Dir mag es so scheinen, aber du bist ein Einsiedler. Bitte geh.»

«Aber …», hob ich zu sagen an.

Doch der Priester fuhr mir dazwischen.

«Von dir möchte ich sowieso nichts hören. Geht. GOTT möge euch leiten, damit ihr findet, was ihr sucht.»

«Was machen wir jetzt?», fragte der Henker, als wir wieder draußen auf dem Platz standen.

«Lasst uns Vater helfen, den Ort zu finden, den er sucht», sagte ich.

Da trat Vater auf mich zu, breitete die Arme aus und umarmte mich. Als er von mir abgelassen hatte, glänzten seine Augen. Er dankte mir.

«Weißt du, wohin wir uns wenden könnten, Niklaus?», fragte Ulrich.

Nach Westen. Der Engel habe von Westen gesprochen. Im Westen würden wir fündig, sagte Vater.

Ich muss gestehen, dass ich ihm glaubte, trotz allem, was ich bereits erlebt hatte. Ich dachte, dass es bald vorüber sein würde. Ich war ganz benebelt von dem Essen, das wir dabeihatten, und vergaß, dass die Milch immer schneller sauer wird, als man glaubt.

Wir traten aus dem Stadttor. Das Sonnenlicht wurde langsam schwächer, wie die Flammen, wenn man in ein Feuer pisst. Als die ersten Sterne zu sehen waren, verließen wir die Hauptstraße, um am Waldrand zu nächtigen. In der

Ferne die Umrisse Straßburgs. Die Mauern und die Häuser der Stadt verwuchsen zu einem einzigen Lebewesen, das nicht von der Stelle kam.

«Lasst uns feiern», meinte Ulrich, nachdem wir unser Nachtlager aufgebaut und ein Feuer gemacht hatten.

«Was gibt's denn zu feiern?», fragte Vischer.

«Dass wir bald am Ziel sind.»

Wir brieten den Hahn über den glühenden Kohlen, wir ließen den Wein unsere Kehlen runterrinnen. Vischer sang ein Lied und Ulrich jauchzte, endlich hätten wir den Sündenpfuhl hinter uns gelassen. Hier, in der Natur, könne uns keiner zu Untaten verführen. GOTT werde für uns sorgen.

X.

Die himmlischen Heerscharen übersahen uns, und auch das Fußvolk wollte nichts von uns wissen. Unsere Vorräte waren bereits nach drei Tagen zur Neige gegangen: der Wein getrunken, der Hahn gebraten, der Käse im Mund zergangen. Die Gegend war mir zuwider. Missmutige Tannen versperrten die Sicht auf das, was im Wald lauern mochte. Garstige Felsformationen verunmöglichten es, den Weg zu verlassen. Wegelagerer hätten leichtes Spiel gehabt. Nur ab und an lichtete sich der Wald und es erschien ein Dorf. Wir klopften an die Haustüren, aber vergeblich. Manchmal erklang ein Husten, waren leise Stimmen durch die Ritzen zu hören, oder jemand summte leise ein Lied, um einen Säugling zu beruhigen. Aber niemand öffnete die Tür. Zuweilen erschien eine Fratze in einem Fenster, die wieder verschwunden war, ehe wir sie recht fassen konnten.

Am Morgen des vierten Tages begegneten wir einem Bauern, der ein Tuch auf dem Kopf trug und mit leerem Blick den Acker auffurchte.

Der Mann habe ein gutes Herz, sagte Vater, das spüre er.

«Grüß dich», rief ich, «und Friede im HERRN!»

Der Bauer sah nicht auf.

Ich ging auf ihn zu.

«Grüß dich!»

Ich streckte bereits von Weitem die Hand aus, damit er sah, dass ich ihm nichts Übles wollte.

Da blickte er mich endlich an. Sein rechtes Auge glich einem Tintenfleck.

«Verzieht euch!»

Mit einem Ruck riss er die Hacke über den Kopf, ohne mich aus den Augen zu verlieren.

«Wir wollen bloß ...»

«Schert euch weg!»

Siehst du nicht, dass wir Pilger sind?, wollte ich sagen, aber mir blieben die Worte im Hals stecken. Ich sah zu Vater hinüber. Der wich meinem Blick aus.

So war das. Und so ging es weiter.

Im selben Ort kamen wir an einem Häuschen vorbei, auf dessen löchrigem Dach einer saß und neue Schindeln hineinhämmerte.

«Friede im HERRN», rief Ulrich ihm zu.

Der Mann sah über die Schultern zu uns, grinste dämlich und präsentierte uns seinen Arsch, weiß wie der Schnee auf dem Pilatus. Fast hätte man Heimweh bekommen können. Wir konnten machen, was wir wollten, Küchenmeister Schmalhans kam uns zuvor und beschwor die Dörfler, uns keinen Happen abzugeben.

Am fünften Tag, just als der Hahn krähte, kamen wir in das Örtchen Ruß. Wir hatten außerhalb des Dorfes unter einer großen Esche geschlafen. Nachts in den Ort zu gehen, wäre aussichtslos gewesen. Wir wirkten wie Waldwichte, weil uns der Dreck an den Beinlingen und die Fichtennadeln im Haar klebten. Der Dorfplatz, der im Schatten mehrerer Eichen lag, wirkte verlassen. Lauter heruntergefallene Zweige bedeckten die Erde. Dazwischen, über den Platz verteilt, dunkelgrüne, blättrige Pflanzen. Wie Zungen sahen sie aus, ihr Duft biss in der Nase. Bärlauch. Wir pflückten ihn und stopften ihn uns in die Backen, aber es half nichts, der Magen knurrte weiter. Neben dem Platz eine Holzkapelle mit Strohdach und ein versiegter Brunnen. Mitten unter den Eichen saß ein Junge im Schneidersitz, ein Messer in der Hand. Er schnitzte ein Kreuz aus Birkenrinde.

«Lasst uns den Buben fragen», sagte der Henker.

Ich winkte dem Knaben zu. Der riss den Mund auf und vergaß, ihn wieder zu schließen.

«Gibt es hier etwas zu essen?»

Der Junge schüttelte den Kopf, den Mund noch immer geöffnet. Ein kleiner Speichelfaden erschien in seinem Mundwinkel. Es war aussichtslos. Das Kerlchen schnitzte schon wieder weiter. Nichts war zu hören außer dem Schaben seiner Klinge und seinem rasselnden Atem.

Wir setzten unseren Weg fort. Im Ort gab es nur noch drei, vier Hütten, die alle in einem großen Abstand voneinander standen. Dann war das Dorf auch schon wieder vorbei, und die Wildnis hatte uns wieder.

Bald versuchten wir es gar nicht mehr. Wir hetzten durch La Broque, Le Hohwald und Colroy-la-Roche, ohne uns umzusehen. Wir waren froh, wenn wir die Dörfer hinter uns hatten. So verging eine Woche. Vielleicht auch zwei, so genau weiß ich das nicht mehr. Wir ernährten uns von Ringeltauben, die wir mit Steinen erschlugen, und von allem möglichen Waldgetier. Einmal stießen wir gar auf ein Reh, das ein Wolf gerissen, aber nur zur Hälfte gefressen hatte. Wir schabten es aus und brieten das Fleisch über dem Feuer. Vater sagte uns, wir sollen uns nicht grämen, bald sei es vorbei. Und wir, wir sagten nichts.

In Sainte-Marie-aux-Mines trafen wir wieder auf Menschen. Aber es half uns nicht. Das Licht der Mittagssonne ließ den Dorfbach, an dem wir entlanggingen, wie eine frisch polierte Klinge glänzen. Eine Kapelle erschien. In ihrem Schatten stand einer zwischen mehreren Grabkreuzen, die schräg in der Landschaft standen, und stach mit einer Schaufel in die Erde. Der Dreck segelte durch die Luft, ein paar Krümel landeten auf der weißen Kapellwand. Als er uns entdeckte, ließ der Mann die Schaufel fallen und sprang in die Grube, die er am Ausheben war. Bis zur Brust stand er drin. Dann sah er uns an und winkte uns zu.

«Kommt ruhig, kommt!», rief er uns zu.

Aber da waren wir schon weiter.

Die Tür des nächsten Hauses, an dem wir vorbeikamen, stand einen Spalt weit offen. Kein Geräusch kam aus dem Inneren. Dafür hingen Staubfuseln in der abgestandenen Luft, die nach draußen drang.

«Schaut mal.»

Vischer zeigte auf den Türrahmen. Jemand hatte mit Ochsenblut ein Kreuz darauf gemalt. Ein paar Mücken klebten an der Farbe. Vor dem Nachbarhaus auf der anderen Straßenseite hing ein gelbliches Bettlaken von einer Leine, das von roten Spritzern übersät war.

«Scheiße», sagte Ulrich.

«Lasst uns weitergehen», sagte ich.

Wir waren fast am Ende des Dorfes angelangt, da versperrte uns einer den Weg, dem hing ein toter Storch um den Nacken wie der Hure falsche Perlen. Er stützte den Rumpf des Vogels mit der Linken.

«Meine Frau hat es erwischt», sagte er ohne jede Begrüßung.

Vater ging auf ihn zu und breitete die Arme aus.

Wir würden ihm helfen, das sei unsere Christenpflicht, sagte er zu ihm.

«Danke», sagte der Mann, nachdem er sich aus der Umarmung befreit hatte, und hustete, dass sich sein Leib zusammenkrümmte.

«Wir wohnen draußen», sagte er, «in den Feldern.»

Wir gingen ihm nach, Vater zuvorderst. Der Storch schaukelte beim Gehen hin und her.

«Wieso tun wir das?», fragte ich Ulrich. «Wir holen uns nur selbst die Seuche.»

«Dein Vater weiß, was er tut», sagte der.

Die Sonne knallte vom Himmel, als hätte es nie einen Winter gegeben. Der Weg führte uns an einem Acker vorbei, der viel größer war als bei uns zu Hause. Die Rillen, die der Pflug gezogen hatte, waren ganz schief. Nicht nur der Bauer, auch sein Ochse musste ordentlich Branntwein gesoffen haben. Den Pflug hatte man mitten im Acker stehengelassen, die Pflugschar war in den Boden eingesunken. Hinter dem Acker lag der Hof des Mannes. Er war nicht eingezäunt. Weitum war nichts als Erde zu sehen, ganz Sonne und Wind preisgegeben. Es war ein zweistöckiges Haus, furchtbar groß. Da hätten fünfzehn Kinder drin Platz gehabt. Doch hinter der Tür war es still und leer. Auf den Tischen lag eine Staubschicht. Der Staub wirbelte auf, als der Mann den Storch auf eine Tischplatte legte. Von oben war ein Schluchzen zu hören.

Er führte uns zwei Stockwerke hoch, dann in eine Schlafkammer. Im Bett lag eine junge Frau. Nur ihr Kopf sah unter der Leinendecke hervor. Ihr Haar, ganz zerzaust, war strohfarben, ihre Nase so schmal wie ein Kinderfinger. Mir fiel das Elsi ein, und wie wir damals am Jakobitag in Sarnen miteinander getanzt hatten und sie mir ins Ohr geflüstert hatte, wer so verkehrt tanze wie ich, müsse ein gutes Herz haben. Noch am selben Abend hatten wir uns unter einem Lindenbaum geküsst, und sie hatte gemeint, eigentlich hätte sie nicht übel Lust, mich zu heiraten. Die Frau hustete. Im Bauch hatte ich einen Knoten. Es war lange her, dass ich dem Schnitter gegenübergestanden hatte. Gewiss, Großvaters Tod war mir noch gut in Erinnerung. Aber das war doch etwas anderes, so jung und fast schon tot. Ihre Füße ragten unter der Decke hervor und zuckten durch die Luft, als führten sie ein Eigenleben. Schwarze Pusteln klebten darauf. Die Frau drehte uns den Kopf zu und verengte die Augen zu Schlitzen. Wahrscheinlich sah sie nicht, wer wir waren. Wir waren im Türrahmen stehengeblieben.

«Nein!», schrie sie, «Nein!», und presste das Gesicht ins Kissen. Es war voll kleiner Blutspritzer. Ihr Gatte trat auf sie zu.

«Hélène», sagte er, da warf sie sich im Bett herum, wobei sie die Decke mitzog.

Sie hob die Hand ein Stück weit und zeigte in unsere Richtung.

«Braucht es vier Teufel, mich zu holen?»

Das Volk verwechsle gerne Gift und Heilmittel, sagte Vater, und ging auf das Bett zu.

Ich glaubte, sie würde sich unter die Decke verkriechen, aber sie blieb, erstarrte. Auch ich trat näher, um besser zu sehen. Ulrich packte mich am Arm und wollte mich zurückhalten, aber es war keine Kraft und keine rechte Überzeugung darin. Der Gatte, der am linken Bettpfosten gestanden hatte, fiel auf die Knie und fing zu beten an. Vater beugte sich über die Frau. Dann spürte ich seinen kalten Griff um mein Handgelenk.

«Lass das», rief ich, aber er nahm meine Hand und presste sie ihr auf die Stirn, die hoch und blass war, wie bei einer Edelfrau. Ganz warm war sie auch, als kochte eine Suppe in ihrem Schädel.

Schrecklich sei ihr Leid, das sehe er, sagte Vater, aber GOTT werde sie erlösen.

Ich zog die Hand zurück.

Die Frau lächelte Vater an. Es war ein schönes Lächeln, so wie jedes hoffnungslose Lächeln schön ist. Ohne Vorwarnung hustete sie ihm ins Gesicht. Dann lachte sie laut und zeigte auf ihn. Kleine Spritzer ihres blutigen Auswurfs klebten Vater im Bart und auf der Nase. Er verzog nicht einmal den Mund.

Sie zog die Hand unter der Decke hervor, sie musste lange suchen, dann streckte sie sie Vater entgegen. Sie tappte nach Vaters Bart. Dann zerrte sie daran, erstaunlich kräftig. Vater verzog das Gesicht und beugte sich weiter nach vor. Sie strich mit der Hand über das verfilzte Haar, als wär's Seide aus dem Morgenland. Nun lächelte sie wieder ihr Lächeln. Vater nahm ihre Hand und führte sie an die dünnen Lippen, um sie zu küssen. Auch ihr Handrücken war mit schwarzen Knäueln überzogen.

Vater sah zu mir herüber, die Hand weiterhin an den Lippen, und verlangte ein Messer.

«Wieso?»

Ich solle nicht so dumm fragen. Er wisse schon damit umzugehen.

Mir fiel ein, wie ich ihm früher das Messer gereicht hatte, bei der Metzgete, wenn er einem unserer Schweine erst sanft über den Kopf strich, ihm leise zuredete, um ihm dann, nachdem Mutter der Sau mit dem Hammer den Schädel eingeschlagen hatte, mit einem einzigen Schnitt die Kehle zu durchtrennen.

Was es denn da noch zu zögern gebe? Ich solle es ihm reichen, sagte er.

Also streckte ich ihm das Messer hin. Er setzte es auf ihre Haut, gleich an einer großen Pustel unterhalb ihres Daumes, und schnitt den schwarzen Knoten mit einem Ruck ab. Die Frau schrie nicht, sondern stöhnte nur kurz auf.

Vom oberen Rand des Fensters begann die Sonne in den Raum zu scheinen, aber sie verfehlte die Bettstatt der Kranken, beleuchtete Vischer, Ulrich und mich dafür umso stärker, die wir uns doch im Dunkeln vor der Seuche hatten verstecken wollen. Der Gatte kniete am Kopfende des Bettes, ganz in der Ecke unter den Spinnweben, und betete wieder und wieder zu Maria, voll der Gnade, der HERR ist mit dir.

Und dann ließ Vater die Hand los. Sie landete erst auf der Brust der Frau und fiel dann aufs Laken. Aus der Wunde strömte Blut, das einen Flecken auf dem Laken hinterließ. Vater ließ sich davon nicht beirren, sondern packte ihren anderen Arm, auf dem weitere Furunkel waren, die er sämtliche abschnitt. Dann trat er einen Schritt zurück. Die Sonne traf jetzt sein Gesicht und ließ sein langes Haar leuchten. Er sah auf seinen Handteller, darauf lagen mehrere der schwarzen Knäuel, die er ihr geraubt hatte.

So GOTT wolle ..., hob er an, nur um gleich wieder abzubrechen. Der HERR solle ihm helfen, sie zu befreien, sagte er, riss die Lippen auf und schlug mit der hohlen Hand gegen den Mund. Er schluckte die Knöpfe, schien sie sich auf der Zunge zergehen zu lassen wie den Leib Christi. Wenn es ihn ekelte, so zeigte er es nicht.

Auf einmal ein Schrei. Die Frau schlug um sich, bis sie sich von der Decke befreit hatte, welche auf den Boden glitt. Ihr Nachthemd war fast bis zum Bauch aufgeknöpft. Ihre Brust, mager, sie hätte auch ein Knabe sein können, ging auf und ab. Sie zerrte weiter an der Bluse, bis sie riss und sie nackt dalag. Die schwarzen Pusteln überzogen ihren Leib, gingen über die Rippen bis hinunter zum dichten Haar der Scham. Sie schluchzte.

«Seht doch zu, dass sie damit aufhört», sagte Ulrich.

Der Gatte war weiterhin ins Gebet vertieft. Er schien sich nicht zu trauen, die Augen aufzureißen. Die Pusteln verteilten sich über ihre Brüste bis hin zum Bauchnabel, fast wie von GOTT gepflügt. Sie musste schön gewesen sein, vor der Krankheit. Die beiden waren wohl frisch vermählt, hatten sich vielleicht gefreut, bald Kinder zu haben.

Bald werde sie gehen können, sagte Vater.

Es wurde still im Raum. Die Frau schluchzte nicht mehr. Der Mann hielt in seiner Litanei ein. Wahrscheinlich merkte er, dass der HERR sich bereits entschieden hatte. Die Sonne leuchtete auf die linke Hand der Frau, die Hand, die Vater vorhin geküsst hatte. Eine Weile zappelte die Frau noch. Ihr Rücken streckte sich und fiel aufs Bett zurück. Die Bewegungen wurden langsamer und hörten schließlich ganz auf. Ein letztes Mal presste ihr Leib alle Luft aus sich heraus. Dann löste sich die Spannung. Vater sah an der Toten vorbei aus dem Fenster in die Landschaft. Er hat sie getötet, ging mir durch den Kopf. Ein Frevelgedanke. Den musste mir der Teufel eingeflüstert haben.

Vater ging zum Mann, der auf den Boden starrte, packte ihn unter den Achseln und zog ihn hoch. Dann erklärte er ihm auf Welsch, er solle ihr die Lider schließen. Der Gatte tat, wie ihm geheißen wurde.

XI.

«Wir sollten jetzt gehen», sagte ich, nachdem ihr Ehemann ihr endlich die Lider zugedrückt hatte.

Der Mann küsste Vaters Hände.

«Bitte erweist mir einen letzten Dienst», sagte er.

«Was ist denn?», fragte Ulrich.

«Helft mir, sie zu bestatten.»

Vater sagte, sofern der Mann es nicht alleine schaffe, sei er gerne bereit.

«Ist das wirklich nötig, Niklaus?», sagte Ulrich.

Vater nickte.

«Zier dich mal nicht so, Ulrich», sagte ich, und bereute es sogleich.

Ulrichs Nase bebte, aber er sagte nichts.

Weshalb half Vater diesem Fremden, weshalb ließ er andere links liegen? Die Jahre in der Ranft hatten ihn verwandelt, nicht von Blei zu Gold, sondern zu etwas anderem, Fremdem.

Der Witwer zog seiner Gattin ein frisches Nachthemd an, knöpfte es aber nicht richtig zu. Es spannte sich schräg über ihren Leib. Der Kerl hängte sich sein Weib über die Schultern wie den Storch, ebenso weiß, ebenso tot.

«Wohin mir ihr?», fragte ich.

«Ans Dorfende. Da ist der GOTTESacker.»

Auf dem Weg fiel der Witwer drei Mal, weigerte sich aber, sich helfen zu lassen.

Schließlich erreichten wir die Kapelle. Über uns hatten sich graue Wolken zusammengeschoben.

«Jacques!», rief der Witwer, da ging die Tür auf, und der Mann, den wir vorhin beim Graben beobachtet hatten, trat auf uns zu.

«Ta femme?»

«Oui.»

«C'est dommage.»

«Oui.»

«Tretet ein», sagte der Mann, wohl der Totengräber. «Ich habe euch erwartet.»

Die Kapelle roch nach Russ. Zwei Reihen niedriger Bänke gab es darin, mit einem Durchgang in der Mitte, der zum Altar führte, auf dem eine Kerze im Silberhalter still und rot auf ein geköppeltes Tuch tropfte, weil jemand den Wachsfänger vergessen hatte.

Der Witwer ließ die Tote vor der Schwelle liegen. Unsicher schwankend ging er zum Altar und küsste den kalten Stein.

«Lasst uns beten», sagte er, ließ sich längs auf den Boden fallen und streckte die Arme kreuzgleich von sich.

Der Totengräber tat es ihm gleich.

Vater stieg auf die Bank und stimmte ins Gebet mit ein.

Die Frau möge ihren Weg ebenso sicher finden wie wir den unsrigen. GOTT der HERR möge uns mit Blindheit schlagen, damit wir im Dunkel ganz ihm ergeben, ihm vertrauend, den rechten Weg finden können.

Ich verzog mich ins Freie. Ich war allein mit einer Toten, aber die Stimmung kam mir fast lebendiger vor als drinnen. Erste, zaghafte Regentropfen fielen auf ihr Haar.

Schon ging die Tür wieder auf. Kurz konnte man das Gemurmel von drinnen hören. Vischer trat neben mich.

«Ist dir zu viel, wie?»

Ich nickte.

«Mir reicht es. Ich gehe nach Hause.»

«Das kannst du deinem Vater nicht antun.»

Ich schloss die Augen und sah vor mir, wie ich wieder auf unseren Hof zurückkehrte, wie ich von Sachseln aus den Hang hochstieg, durch den Wald ging, und dann am Felsen vorbei zu Mutters Hof gelangte. Wie ich anklopfte, wie sie die Tür öffnete und wie sie sah, dass ich alleine zurückgekommen war, ohne Vater. Wo ist er?, fragte sie, und ich antwortete ihr: Ich weiß es nicht.

Nein, es ging nicht.

Ich rieb mir mit beiden Händen die Schläfen. Da hörte ich den Henker lachen.

«Schau mal!»

Er hatte ein Grasbüschel ausgerissen und sich unter die Nase geklemmt.

«Lass das.»

Ich legte mich auf die feuchte Wiese und schloss die Augen.

«Ich will nichts hören.»

Einen Augenblick waren da nur mein Herzschlag und der Regen. Doch auf einmal kam es mir so vor, als spürte ich einen zweiten Herzschlag durch die Erde. Vielleicht den der Toten. Vielleicht, so GOTT wollte, war es aber Elsis Herzschlag, den ich hörte. Ich stellte mir vor, wie sie mit dem Rücken auf der Wiese vor unserem Hof lag und für das Kind betete und wie der HERR ihren Herzschlag so stark machte, dass er bis zu mir in die Fremde drang.

Da hörte ich Ulrichs näselnde Stimme: «Bezeugt der Toten gefälligst euren Respekt.»

«Wenn ihr mich fragt, bezeugt man ihr den größten Respekt, wenn man sie unter die Erde bringt, bevor sie zu müffeln beginnt», sagte Vischer und schniefte.

Ich öffnete die Augen und sah, wie Vater nach draußen trat.

Da habe Vischer Recht, sagte er. Es sei Zeit. Der Regen werde stärker.

Der Totengräber brachte zwei Taue und ein großes Tuch. Wir traten zur Grube. Sie war nicht besonders tief, aber es musste reichen. Er legte das Leichentuch auf die Wiese. Es war groß genug für die Frau. Der Totengräber und ich legten sie in die Mitte. Daraufhin wickelte Vischer das Tuch um ihren Körper und band es mit zwei Tauen fest.

«Saubere Arbeit», sagte der Totengräber.

«Ich mach das auch nicht zum ersten Mal.»

Als die Tote verschnürt war, legte der Totengräber die zwei anderen Taue auf die Wiese und bettete das Bündel darauf. Damit würden wir die Toten in die Grube hinunterlassen können, meinte er. Vischer und der Totengräber nahmen je ein Ende des ersten Stricks, ich nahm das eine Ende des zweiten.

«Wir brauchen einen vierten Mann», rief ich. «Ulrich?»

Aber der war in der Kapelle verschwunden.

Vater meinte, er würde mir helfen. Ulrich solle sich schämen, sich vor der Arbeit zu drücken.

Er beugte sich vorüber, um das nasse Tau zu greifen. Es rutschte ihm aus der Hand. Er bückte sich noch einmal. Jetzt klappte es.

«Ziehen!», rief der Totengräber, und wir spannten das Seil. Der Leichnam hob vom Boden ab.

«Vorsicht jetzt», sagte der Totengräber und gab einen Takt vor, «eins, zwei, eins, zwei», und bald schwebte das Bündel über dem Erdloch. Der Stoff triefte vor Regenwasser und schmiegte sich an die mageren Beine der Toten.

«Dreht euch um! Und jetzt aufeinander zugehen!»

Wir gingen Schritt um Schritt aufeinander zu. Vater konnte den Rücken kaum gerade halten. Es kostete ihn große Mühe, das Seil zu halten.

«Noch einen Schritt.» Die Frau war bereits zur Hälfte in der Grube.

«Noch einen», rief der Henker.

Wir taten wie geheißen. Das Bündel setzte sanft auf dem Grund auf. Ein schmatzendes Geräusch folgte.

«Seid ihr schon fertig?», fragte Ulrich, der just in diesem Augenblick mit dem Witwer nach draußen getreten war.

Der Totengräber griff bereits nach der Schaufel und schickte sich an, die Grube zuzuschütten.

Vischer packte ihn am Ärmel.

«Ulrich macht das schon.»

«Den Teufel werde ich tun», sagte Ulrich.

«Wo ist dein Respekt geblieben?»

Vischer streckte Ulrich die Schaufel hin.

Er solle sich nicht zieren, die Arbeit würde ihm guttun, sagte Vater.

Da wusste Ulrich nichts mehr zu sagen. Er füllte die Schaufel halb mit Erde, schlurfte zur Grube und warf die Erde auf die Tote, ohne hinzuschauen.

Nach einer Weile war vom Tuch nichts mehr zu sehen. Als die Grube gefüllt war, warf Ulrich die Schaufel zur Seite. Der Witwer und der Totengräber traten die Erde fest. Vischer nahm die Kappe vom Kopf und wrang sie aus.

«Und jetzt?», fragte er.

Ganz einfach, meinte Vater. Wir würden nach Westen weiterziehen, heute noch. Dort erwarteten uns, das spüre er, wunderbare Dinge.

«Die erwarten uns auch noch morgen», sagte ich. «Lass uns für die Nacht hierbleiben.»

«Du sollst deinem Vater nicht widersprechen», sagte Ulrich.

Der Witwer hob abwehrend die Hände.

«Ihr könnt doch jetzt noch nicht gehen.»

«Genau. Es regnet viel zu stark. Wir holen uns noch den Tod», sagte Vischer.

«Bleibt zum Leichenschmaus. Ich brate den Storch», sagte der Witwer.

Vater sagte, wir sollen uns nicht zieren, wir würden weitergehen, wir seien jung und kräftig. Wir sollen ihm vertrauen.

«Das tun wir auch», sagte ich.

Aber gehorchen würden wir ihm nicht, sagte er.

«Es tut mir leid. Wir haben Hunger.»

Vater riss die Augen auf.

Hunger. Immer hätten wir Hunger. Er habe auch Hunger. Hunger nach GOTT, Hunger nach Erlösung. Es brauche Geduld. GOTT spreche zu ihm. So sei das halt. Er spreche zu ihm und nicht zu mir. Er wisse schon, wohin er uns führe.

Er machte einen Schritt auf mich zu und sah zu mir herunter. Ich wich seinem Blick nicht aus.

Er wolle mich nicht zwingen, sagte er dann. Wenn wir es für besser hielten, die Nacht über zu bleiben, wolle er sich uns nicht in den Weg stellen.

Er lächelte.

Er kenne mich ja. Ich sei ein sturer Bock. Da käme ich ganz nach ihm, nach meinem Vater.

So aßen wir beim Witwer. Er hatte aus dem Storch einen Eintopf bereitet. Sogar Pfeffer hatte er hineingetan. Auch der Totengräber nahm teil. Weitere Trauergäste gab es keine. Am nächsten Morgen brachen wir auf. Obwohl der Storch nicht übel geschmeckt hatte, wäre ich ungern länger geblieben.

XII.

So war das. Und so ging das weiter. Wochenlang irrten wir herum, ohne lange an einem Ort zu verweilen. Vater befahl uns, immer weiterzugehen. So zogen wir an Langres und Courban ebenso vorbei wie an Clamecy und Chârost. Die Vogesen hatten wir längst hinter uns gelassen, trotzdem reisten wir weiter gen Westen. Der Hunger blieb uns dicht auf den Fersen. Einmal erwischten wir ein Karnickel. Ansonsten ernährten wir uns von Eichhörnchen und Kolkraben. Ihr habt sie wohl noch nie gegessen, Amgrund, aber lasst Euch gesagt sein, es sind beides Tiere mit widerlich süßem Fleisch. Keiner wollte der Erste sein, der es zugab, aber bisher fühlte sich wohl niemand geläutert. Weiter und weiter gingen wir. Und gelangten in ein Städtchen, das Issoudun hieß.

Über den Stadttorschlund hatte man eine große schwarze Stoffbahn gehängt, unter der wir durchschlüpfen mussten. Das Gatter war nur halb heruntergelassen. Wir kamen ohne Mühsal durch, nur Vater musste sich bücken.

«Mir ist es hier nicht geheuer», sagte ich.

Vischer blieb stehen.

«Versuchen wir unser Glück. Vielleicht finden wir doch was.»

«Und wo denn, bitte?», fragte ich.

«In den Häusern, die leerstehen.»

«Das können wir nicht machen.»

«Wieso? Wenn die Leute tot sind, ist es ihnen doch gleich, was wir mit ihrer Speisekammer machen.»

«Schauen können wir einmal», warf Ulrich dazwischen.

Vater schwieg.

Wir schritten den Ort ab und traten in alle Häuser, an deren Türen man rote Kreuze gepinselt hatte, gingen die Treppen hoch und schlugen die Bettdecken zurück, zerrten das Kochgeschirr heraus, so dass es auf den Boden fiel, und wagten uns gar in die Keller. Aber es war uns nicht beschieden, etwas zu finden, weder Speis, noch Trank, noch Leben. Diese Häuser waren ebenso leer wie unsere Bäuche, da gab es nichts zu holen. Unter einem Kopfkissen fand ich einen prallvollen Geldbeutel. Ich hielt ihn lange in der Hand, legte ihn dann aber wieder zurück. Wir ließen uns durch die Stadt treiben wie Schwalben durch die Luft, nur nicht ganz so anmutig und auch nicht ganz so frei. Vielleicht glichen wir eher Maulwürfen, die sich blind durch die Dunkelheit wühlen. Der Westwind zerrte an unserer Kleidung, als wollte er uns noch das letzte Hemd vom Rücken rauben. Auf der Suche nach etwas Wärme machten wir bei einer Schmiede Halt, aus der es angenehm glühte. Der Schmied, ein Mann mittleren Alters, glattrasiert und mit einer Adlernase, hämmerte auf einem Eisenstück herum und gähnte in die Landschaft. Die Funken stieben. Zwischen den Schlägen hörten wir ein Husten, das aus dem oberen Stockwerk zu kommen schien.

«Grüß dich, Schmied», sagten wir.

«Morgen.»

Ich fragte: «Wer hustet da so?»

«Meine Mutter. Tut's nicht mehr lange.»

Ob er sich denn nicht um sie kümmern wolle, fragte Vater. Er könne sie doch nicht alleine zurücklassen.

«Doch, ich muss. Sie meinte, ich solle mich von ihr bloß nicht aufhalten lassen, solle weiterarbeiten. Also hämmere ich halt.»

«Können wir denn etwas für sie tun?», fragte Vischer.

«Meiner Mutter kann nur noch GOTTVATER helfen. Bin vor zwei Tagen zuletzt oben gewesen. Seither habe ich mich nicht mehr hochgetraut.»

«Der HERR, ja, das ist ein gutes Stichwort. Wir sind Pilger und bieten besondere Dienste an.»

Vischer machte einen Kratzfuß.

«Na, wenn ihr zu der Sorte gehört … Der Marktplatz ist da drüben. Vielleicht geht Euch da einer auf den Leim.»

«Ihr wisst nicht, mit wem Ihr es zu tun habt», sagte Ulrich.

«Will ich auch gar nicht.»

Der Schmied hämmerte wild auf ein glühendes Eisenstück ein. Dann sah er auf, überrascht, dass wir immer noch da waren.

«Was wird das?», fragte ich.

«Scheren.»

«Was für Scheren?»

«Für Hebammen. Um die Nabelschnur durchzutrennen.»

Da wusste ich auch nichts mehr zu sagen, also gingen wir zum Marktplatz weiter, der im Herzen des Ortes lag.

Zwei, drei Buden standen noch auf dem Platz, aber sie waren verlassen. Ihre Stoffdächer flatterten im Wind.

«Zwecklos», sagte ich.

In der Mitte des Platzes gab es eine Marienfigur, die da in einem Schrein stand. Man hatte ein Gitter um sie herum gebaut, als müsse man sie von der Flucht abhalten. Der Henker kletterte auf den Sockel des Schreins, sodass seine Arschbacken direkt vor der MutterGOTTES zu sitzen kamen. Er hielt sich die beiden Hände wie einen Trichter vor den Mund.

«Bruder Klaus, Leute!»

Niemand antwortete. Niemand kam, der sich vor Vater auf die Knie werfen wollte, niemand, der den HERRN um Vergebung hätte bitten, niemand, der uns was zu essen hätte geben wollen. Einmal huschten zwar ein paar Gestalten am Rand des Platzes vorbei, aber sie sahen uns nicht an. Sie hatten sich Kapuzen über den Kopf geschoben, als könnten sie sich so vor dem Blick GOTTES schützen.

«Wartet doch!», riefen wir.

Sie rannten davon.

Vater meinte, wir sollten wieder gehen. In der Wildnis würde der HERR schon für uns sorgen.

«Willst du denn noch viel weiter?», fragte Ulrich.

So weit wie nötig, sagte Vater. GOTT belohne die, die durchhalten.

«Lasst uns wenigstens der Mutter des Schmieds helfen! Vielleicht ist es noch nicht zu spät.»

Vischer wolle doch nur wieder an Essen kommen, sagte Vater.

«Nein, das stimmt nicht. Ich will ihr helfen. Wenn wir ihr helfen, hilft uns vielleicht der HERR.»

«Der Schmied lässt uns nicht», sagte Ulrich.

«Er muss ja nichts davon wissen.»

Der Schmied, der immer noch am Arbeiten war, machte einen solchen Lärm, dass er uns nicht hörte. Wir schlichen an ihm vorbei zur Haustüre, die neben der Werkstatt und in seinem Rücken lag. Als ich die Tür hinter mir schloss, sah ich durch den Spalt, wie er gerade eine der Scheren in ein Wasserfass tauchte. Es zischte und dampfte. Im Haus roch es nach faulen Äpfeln und Pisse. Staub tanzte über der Treppe. Ein Haufen Kreuze hingen an den Wänden.

Über jeder zweiten Treppenstufe, die wir nahmen, hing ein neues. Eines war heruntergefallen und zerbrochen, ein anderes hatte man so befestigt, dass es kopfüber hing. Dem armen Christus, der da mit geschlossenen Augen am Kreuz hing, fast so mager wie wir, musste speiübel sein.

«Kommt nur herauf!», hörten wir eine Stimme, trocken wie Holzraspel.

Die Tür zum Schlafzimmer stand offen. Das Mütterchen lag im Bett und winkte uns heran. Ihr Bett war sauberer als erwartet. Weder waren Blutspritzer auf dem Laken zu sehen, noch war ihre Haut mit Furunkeln übersät. Sie hatte auch keine schwarzen Beulen. Aber ihr Gesicht glich einer Dörrbirne, und ihre Augen sahen aus, als wären sie nicht echt. Ihr dicker grauer Zopf lag auf dem Kissen wie auf einem Präsentierteller. Ihre Augenlider flatterten.

«Wir sind hier, um zu helfen», sagte der Henker und ging auf das Bett zu.

Ob er für sie beten könne, fragte Vater.

«Beten? Was wollt Ihr noch beten?»

Sie lachte.

Vischer nahm ihre Hand, diesen Lederlappen, und führte sie sich an die Lippen. Die Frau kicherte. Das Kichern klang gleichzeitig sehr alt und sehr jung.

Der Henker zeigte auf Vater, der einige Schritte näher kam.

«Das ist Bruder Klaus aus der Ranftschlucht», sagte Vischer. «Ein Eremit, der weder Speise noch Trank bedarf. Ein großer, ein gütiger Mann.»

Die Alte sah zu Vischer, dann zu Vater. Sie verzog das Gesicht und streckte die graue Zunge heraus.

«Den will ich nicht, pfui Teufel, der is' ja zum Fürchten! Aber du ...»

Sie sah zu Vischer hoch. Ihr Blick wurde weich. Vischer zuckte mit den Schultern, nahm die Kappe ab und stellte sie auf den Boden. Seine Glatze glänzte wie ein Stück Speck.

«Ich kann auch helfen, auf meine Art.»

Ehe wir begriffen, was geschah, senkte er sich zu ihr herab wie ein GOTTverdammter Sukkubus. Die Frau streckte die Hände aus, bis sie seinen breiten Rücken fand, dann zog sie ihn an sich, dass seine Brust auf der ihren zu liegen kam. Vischer schloss die Augen, wohl um sie nicht sehen zu müssen, dann presste er seine breiten Lippen auf die ihren. Ein schmatzendes Geräusch, wie wenn man sich einen Blutegel vom Bein pult. Vater schüttelte den Kopf und rannte aus dem Raum, ohne etwas zu sagen.

«Lass das, du Sau!», rief Ulrich.

«So wirst du nur selbst krank!», sagte ich.

Vischer hatte sich die Strümpfe heruntergezogen. Kurz blitzte seine Latte unter dem Laken hervor. Die beiden lachten.

Ulrich packte Vischer an den Schultern und versuchte, ihn wegzuzerren. Vischer trat mit dem Fuß um sich und erwischte Ulrichs Magengrube. Der krümmte sich zusammen, verzog das Gesicht zu einer Fratze und packte dann mit einem Schrei Vischers Bein. Vischer zappelte und wand sich wie ein Wurm. Ich stürmte hinzu und nahm das andere, sodass sich die beiden Beine spreizten wie beim Vierteilen. Die beiden ließen nicht voneinander ab. Das Weib umklammerte Vischer, ihre Fingernägel bohrten sich in seinen Rücken. Vischer schrie, wir sollten ihn in Ruhe lassen. Er wolle das zu Ende bringen. Wir ließen uns nicht beirren und zerrten weiter an seinem Leib – bis wir auf einmal schwere Schritte die Treppe hochpoltern hörten.

«Maman!»

Der Schmied stand im Türrahmen. Seine Faust umklammerte einen Hammer. Er umklammerte ihn so stark, dass die Adern unter der Haut hervorsahen. Der Hammer glühte. Die beiden bumsten weiter, als drohe keine Gefahr. Der Schmied stürmte auf das Bett zu, GOTTlob sprangen Ulrich und ich gerade rechtzeitig zur Seite.

Der Schmied fauchte sein Mütterchen an. Ich hörte: *«Merde!»* und *«Putain!»* und *«Salaud!»* Wahnsinnig geworden sei sie, sie wisse nicht, was sie tue, dahinter müsse ein böser Geist stecken.

Vater stellte sich zwischen den Schmied, den er um einen halben Kopf überragte, und die beiden Liebenden und breitete die Arme aus.

Wir sollten aufhören oder uns zumindest mäßigen, ehe der HERR uns alle fürchterlich strafe.

«Aus dem Weg, Gerippe!»

Der Schmied packte Vaters Arm und zog so stark daran, dass Vater taumelte und zu Boden fiel. Der Schmied hob den Hammer über den Kopf, bereit, Vischer ein Loch in den Schädel zu schlagen.

«Vischer, Achtung!», schrie ich.

Vischer rollte weg und landete auf dem Boden. Der Hammer traf trotzdem, schlug auf den Bauch der Alten. Ihre Augen weiteten sich. Sie röchelte. Ein dünner Streifen Blut lief aus ihrem Mundwinkel. Dann schoss ihr sehniger Arm durch die Luft, und sie packte ihren Sohn am Kopf und zog ihn zu sich herunter. Gleich frisst sie ihn, dachte ich.

«Gib mir den Hammer!»

Sie schlug ihm mit der flachen Hand auf die Wange.

«Du kannst damit nicht umgehen!»

«Ja, Mutter.»

Er klang wie ein Bub, der mit der Hand unter der Decke erwischt worden ist. Er reichte ihr den Hammer.

«Komm näher», hauchte sie.

Er legte sein Ohr an ihren Mund, da griff sie ihm mit der linken um die Gurgel und drückte ihn auf ihre Brust, schwang den Hammer und ließ ihn mitten auf seinen Schädel sausen. Ein feuchtes Knacken. Ein Grunzen. Er sah sie mit verständnislosem Blick an. Sein Mund schnappte auf und zu. Dann sackte er in sich zusammen. Sein Körper lag auf dem ihren. Die Alte hatte noch nicht genug. Noch einmal schlug sie ihm auf den Kopf. Noch mehr Blut und etwas Hirn besudelten die Decke. Wir wichen alle zurück. Ihr Lachen war nicht von dieser Welt.

«Aufhören, bitte aufhören! Er ist doch schon tot!», schrie Vischer.

Ich merkte, wie mir schwindelig wurde. Die Alte lachte.

«Nie hat er sich um mich gekümmert! Wollte mich einfach sterben lassen!», schrie sie und schwang den Hammer noch einmal in die Höhe, GOTTlob sprang Vischer rechtzeitig hinzu und entriss ihn ihr. Hinter mir hörte ich, wie sich jemand erbrach. Es war Ulrich, er stand in der Zimmerecke und kotzte sich die Angst und den Ekel aus dem Leib.

«Du!»

Die Alte packte Vischer am Hemdkragen und zog ihn zu sich.

«Küss mich.»

«Was?», Vischer riss die Augen auf.

«Küss mich.»

«Ich ... Das Blut ...»

«Küss mich! Ihr wollt doch zu essen oder?»

Vischer nickte.

«Kriegen wir dann zu essen?», fragte er.

«So viel ihr wollt.»

Vischer presste die Augen zu und senkte seinen offenen Mund langsam auf den ihren. Eine ganze Weile dauerte das, dann riss er den Kopf von ihr weg und atmete gierig, wie einer, dem sie den Kopf unter Wasser gedrückt haben. Er wischte sich das Blut am Ärmel ab. Ich hatte ihn noch nie so zittern gesehen. Im hinteren Teil des Raumes wimmerte Ulrich, es soll vorübergehen, er ertrage es nicht mehr, er wolle weg. Der Sohn blutete vor sich hin. Ich glaube, der Alten klebte sogar Hirn im Haar.

«Wir sind Mörder!», schrie Ulrich.

Vischer ließ den Hammer, den er die ganze Zeit in der Hand gehalten hatte, los. Er fiel kopfvoran auf den Boden.

Vater holte tief Luft, dann sagte er mit einer Stimme, die mir unheimlich ruhig vorkam, wir seien Sünder, Diebe und Sodomiten und wären, das gäbe er zu, nicht wenig vom Wege abgekommen. Eines aber seien wir nicht: Mörder.

«Da hat das Gerippe Recht!», blaffte die Alte. «*Ich* war's!»

«Was machen wir bloß?»

Ulrich schien wieder ein wenig zu sich zu kommen.

«Würde vorschlagen, wir verschwinden», sagte der Henker.

«Ja! Geht! Mich finden sie schon, spätestens, wenn ich zu stinken anfange.»

Erst wolle er für sie beten, sagte Vater.

«Von mir aus. Das Essen ist unten im Keller, in der Speisekammer.»

Ich merkte, wie mich meine Füße die Treppen hinuntertrugen, ich wusste nicht recht wie, und wie Vischer und Ulrich mir folgten, während Vater oben Ave-Marias betete, ich weiß nicht, war es für sie, für uns oder für ihn. Wir nahmen uns, soviel wir tragen konnten. Ich fand einen Käselaib, den man sich mit einem Lederband über die Schultern hängen konnte. Vischer legte sich eine Kette Trockenwürste um den Nacken. Wir hielten es für das Beste, im Haus auszuharren, bis es eindunkelte. Als der Mond durchs Fenster schien, brachen wir auf.

XIII.

Am nächsten Morgen, wir waren in den nahen Wald geflüchtet und hatten dort die Nacht zugebracht, riss mich ein Husten aus dem Schlaf. War die Alte gar nicht gestorben, sondern uns gefolgt? Ich rieb mir die Augen. Das Feuer war längst ausgegangen. Nur die Glut verbreitete etwas Wärme. Vischer saß gegen eine Eibe gelehnt da. Seine Wangen wirkten hohler als sonst. Er hustete. Hinter ihm, auf der anderen Seite des Baumes, löste sich ein Schemen. Es war Vater, der sich über ihn beugte und ihm die Hand auf den Brustkorb hielt. Wir tauschten einen Blick aus.

Der Henker sei krank, sagte er, schwer krank. Er sehe sein Herz. Schwarz und klebrig sei es geworden. Das könne nur von der Sünde herrühren, die er angehäuft habe, zuvorderst aber vom vergangenen Tag. Doch er wolle den HERRN um Hilfe bitten.

Er ging in die Knie, bekreuzigte sich, faltete die Hände und schloss die Augen zum stummen Gebet.

Vischer stemmte sich hoch.

«Keine Angst, Hans, dein Vater wird mir helfen», sagte er mit halbgeöffnetem Mund. «Dein Vater hat ein großes Herz. Es geht schon vorbei.»

Ich weiß nicht, ob er von seinem Leben sprach oder von seinem Leiden.

«Ist euch auch so heiß? Mir ist, als hätte ich einen Ofen in der Brust.»

Er knöpfte sich das Hemd auf. Seine Fingerspitzen waren dunkel verfärbt. Schließlich lagen Brust und Bauch frei. Rötliche Knoten verteilten sich über die dichte schwarze Behaarung. Das Alraunenmännchen lag ihm auf dem Brustkorb und sog sich mit Schweiß voll.

Vater erhob sich. Es sei nun an GOTT zu entscheiden, sagte er.

Ulrich trat dazu. Er musste ein wenig abseits geschlafen haben. Wir versammelten uns um die tote Feuerstelle und verschlangen Brot und den Käse aus der Speisekammer der Frau. Der Henker hatte sich inzwischen gänzlich entkleidet. Ich wagte einen Blick auf seine pustelübersäten Plattfüße. Der Basler Wirt hatte Recht gehabt: Am rechten Fuß fehlte der große Zeh. Übrig war nur ein Stummel.

«Für den muss er gar nicht beten», flüsterte mir Ulrich zu, «der landet sowieso in den Flammen.»

Als wir fertig gegessen hatten, merkten wir, dass der Henker in der Zwischenzeit einen Ast spitz zugeschnitten hatte. Mit dem stach er nun eine Pustel nach der anderen, mit der größten Seelenruhe, als würde er in einem Heuhaufen nach Mäusen stochern.

«Gehen wir weiter?», fragte Ulrich, an Vater gerichtet.

«Darauf kannst du Gift nehmen!», sagte Vischer und stand auf. Er hatte noch nicht mal etwas gegessen.

«Es wäre besser, wenn du eine Weile hier bleibst. Du siehst nicht gut aus», sagte Ulrich.

«Nein, es geht schon. GOTT ist mit uns.»

«Kannst du überhaupt gehen?», fragte ich. «Hast du dich einmal angeschaut?»

Er faltete seine Kleider zu einem Bündel und legte sie in seinen Beutel. «Dein Vater ist ja zum Glück dabei. Mit ihm kann uns nichts geschehen. Lasst uns weitergehen.»

Ich spürte, wie mir die Röte ins Gesicht stieg und wie ich, ohne es zu wollen, viel zu laut sprach.

«Weitergehen? Einfach so weitergehen? Wir wissen doch gar nicht wohin. Ja, wir wissen noch nicht einmal, wo wir eigentlich sind. Wir haben Hunger, wir stinken, und du stehst kurz davor zu verrecken. Und da willst du, dass wir weitergehen?»

«Genau», sagte der Henker.

Was wir denn sonst tun sollten, fragte Vater, und ob ich denn glaube, mehr zu wissen als er.

Ich schwieg. Mir war, als ob wir Vaters Hunger, dem Hunger eines Mannes, der keinen Hunger zu kennen glaubte, einer nach dem anderen zum Opfer fallen müssten. Bis wir gar nicht mehr da wären, nichts als Hüllen, die durch die Landschaft stolperten wie Wiedergänger.

Wir suchten einen Weg aus dem Wald, aber wir kamen kaum voran. Der breite Rücken des Henkers trug einen falschen Sommer auf dem Rücken, einen Sommer voll schwarzer Fliegen. Das süße Blut hatte sie angezogen, und sie schwirrten um unsere Köpfe. Gegen Mittag brach der Pfad, dem wir bislang gefolgt waren, mitten im Nirgendwo ab. Er endete einfach im dichten Gehölz.

«Was jetzt?», fragte ich.

Vater meinte, wir sollten mitten hindurchgehen. Ein gerader Pfad, das entspräche GOTTES Willen.

Mir kam es vor, als spräche nicht er, sondern Ulrich. Vaters Worte hatten sämtlichen Glanz verloren. Sie waren nichts als ein Lufthauch. Wegen eines Lufthauchs hatte ich Haus und Hof zurückgelassen. Äußerlich ließ ich mir nichts anmerken, doch in mir gärte es. Nur konnte ich es ihm nicht zeigen.

Wir gingen geradeaus weiter, schlugen ab und an nach links und rechts aus, weil uns Geäst oder ein umgefallener Stamm den Weg versperrte, krochen Hügel hinauf, wobei wir unsere Hände zu Hilfe nahmen, und strauchelten sie wieder hinunter. Einmal stolperte Vischer über eine Wurzel, fiel hin und blieb liegen, da half Vater ihm auf. Er stützte Vischer, der halb an ihm hing und kaum mehr die Füße zu heben vermochte. Ulrich verzog das Gesicht. Ich schwieg beharrlich. Einmal spürte ich Vaters Hand auf meiner Schulter.

Ich solle, sagte er, Vertrauen haben. Er wisse, dass es schwer sei.

Ich nickte, sagte aber nichts. Ich hatte einen Entschluss gefasst. Er glich den Bäumen um uns herum, war fest verwurzelt und unerschütterlich.

Als wir endlich einen Weg aus dem Wald fanden, dämmerte es. Wir machten ein Feuer neben einem einsamen Feldweg und aßen etwas, wobei wir versuchten, den Henker nicht anzusehen, der immer noch nackt war. Das war nicht leicht, denn seine Pusteln wirkten im Licht der Flammen fast wie Augen. Vischer aß nicht, aber er fuhr sich immer wieder mit dem Zeigefinger über die Pusteln, worauf er sich den Finger in den Mund steckte.

«Was tust du?», fragte Ulrich.

«Schmeckt nach Honig.»

Ulrich stieß mich in die Seite und flüsterte: «Der steht morgen nicht wieder auf.»

Wir legten uns hin. Vischer hatte kaum die Augen geschlossen, schon schnarchte er vor sich hin. Es rasselte in seiner Brust.

Der Boden war kalt. Ich wälzte mich hin und her. Der Waldgeruch, ein Geruch nach verwesenden Blättern und süßlichen Blüten, hielt mich wach. Mir ekelte. Ich glaubte zu spüren, wie die Seuche Vischer aus den Poren kroch und mir über den Nacken strich. Selbst die Sterne schienen mir viel zu hell. Ihr Licht stach mich durch die Lider.

Nachdem ich die ganze Nacht kaum Schlaf gefunden hatte, war ich froh, als zwischen den Wipfeln endlich die Sonne aufging. Ich erhob mich stumm, gähnte und streckte mich. Ulrich scharrte mit dem Fuß das Feuer aus. Dann zeigte er auf den Henker. Der klebte auf dem Boden wie Moos auf einem Stein. Sein Körper leuchtete weiß im Sonnenlicht. Die Pusteln sahen verdorrt aus. Sie waren ganz dunkelrot geworden, fast schwarz. War er tot? Ich versuchte, mich traurig zu fühlen, aber da war nichts in mir außer einer zähen Mattigkeit und dem Bedürfnis, weit weg zu sein, bei Elsi, bei der Familie und dem Vieh. Beinahe so leer war ich, wie es Vater in Liestal gewesen sein mag, als ihm der Erzengel Gabriel ein Loch in den Bauch gebrannt hatte.

«Den hat's erwischt», sagte Ulrich.

Da hörten wir ein lautes, lustvolles Gähnen. Tatsächlich: Der Kerl fuhr auf, streckte die Arme über den Kopf, kratzte sich im Schritt, rülpste und beschied uns einen guten Morgen.

Ulrichs Miene verfinsterte sich.

«Das geht nicht mit rechten Dingen zu!»

Vischer zuckte mit den Schultern, drehte uns den Rücken zu und pisste ins Gestrüpp.

«Das sind die Wunder GOTTES – und von Bruder Klaus», sagte er, währenddem Dampf vom Boden aufströmte.

Dann nahm er sein Hemd, das er als Kissen verwendet hatte, und schüttelte es aus, dass die Erdkrümel durch die Luft tanzten.

«Auf!», sagte er, und lachte.

«Auf und immer weiter, zu GOTT!»

XIV.

Ich floh am nächsten Tag. Wir hatten wieder im Wald geschlafen, hatten ein Feuer gemacht, das nach einer Weile – der Mond stand hoch am Himmel – ausgegangen war. Es wäre ein Leichtes gewesen, mich davonzustehlen, während alle schliefen. Aber mir war, dass Vater ebendies erwartete. Er rechnete jedoch nicht damit, dass ich mitten am Tag verschwand. Das traute er mir nicht zu. Also tat ich es.

Es war zur Mittagszeit gewesen. Wir gingen an einem weiten Feld vorbei. Ich ließ mich langsam zurückfallen. Dann rannte ich über das Feld davon. Ich hörte sie erst schreien, als ich schon ziemlich weit weg war, drehte mich aber nicht um. Ich lief durch Dornengestrüpp, das mir durch meine Ledersohlen in die Zehen stach, aber das war mir ganz recht, denn das bedeutete, dass ich auf dem rechten Pfad war, keinem nämlich – oder meinem eigenen.

Manchmal musste ich stehenbleiben, um auf mein Herz zu horchen, wie es in meiner Brust hüpfte wie ein kleiner Vogel. Es war besser so, dachte ich. Wenn ich weg war, würde Vater nichts mehr an sein früheres Leben binden. Dann konnte er endlich seine Klause finden.

Ich war allein. Weder wusste ich, wo ich war, noch, wie ich jemals an den Sarnersee zurückgelangen könnte. Zu essen hatte ich auch nichts. Auf einer Lichtung lag eine umgefallene Birke. Der zog ich die Rinde ab, um dann die Schicht darunter abzuschälen und zu kauen. Sie war faserig, aber ich froh drum, wenigstens ein bisschen was zum Beißen zu haben. Zum Schlafen legte ich mich neben dem Baumstamm ins Laub. Zwar schützte er mich ein wenig vor dem Wind, aber mir war dennoch kalt. So stand ich lange vor

Sonnenaufgang wieder auf und schleppte mich weiter. Mein Bauch war so leer, wie es wohl mein Blick gewesen sein mag. Ich dachte nicht. Ich ging einfach. Ging und ging, bis ich wieder aus dem Wald gefunden hatte – und auf einmal eine sandfarbene Stadtmauer vor mir sah. Die Sonne stand an ihrem höchsten Punkt und gab der Stadt ein freundliches Antlitz. Ich rannte auf die Mauer zu und drückte meine Lippen gegen den Stein. Endlich eine Stadt. Endlich Menschen. Endlich Wärme. Endlich Essen.

Das Tor war unbewacht. Ich passierte es problemlos. Die Gassen der Stadt waren so eng wie ein Sünderherz und zogen sich schräg in alle Richtungen. Das Weibervolk wich mir aus und steckte die Hauben zusammen, als es mich vorbeigehen sah. Ein Fremder, ein Bettelmönch sicher, ein Wegelagerer, was immer sie denken mochten.

Auf dem Marktplatz standen die Leute in Scharen um einen Stockfischverkäufer, als böt' er die Erlösung feil. Fast hätte ich ihn angebettelt, aber da erblickte ich einen Kirchturm und beschloss, dorthin zu gehen. Die Pfaffen haben noch am ehesten Erbarmen mit mir, dachte ich. In einer Seitengasse rannten Kinder in weißen Gewändern an mir vorbei. Ein Mädchen blieb kurz stehen und sah zu mir hoch.

«J'ai faim», sagte ich, da rannte es davon.

Als ich mich im Wasser eines Brunnens besah, wusste ich auch, weshalb: Mein Hemd und meine Weste waren voll Blattwerk, Tannennadeln und Dreckbatzen. Gelbe Schweißringe klebten mir unter den Achseln. Mein Haar reichte mir bis zu den Schultern, lang und strähnig war es und klebte auf der Haut wie nasses Novemberlaub. In meinem Gesicht ein widerlicher Bart. Meine Stirn war voll dunkler Striemen, weil ich mir ständig mit der erdigen Hand den Schweiß weggewischt hatte. So würde mir kaum jemand ein Almosen geben. Ich tauchte meine Hände ins Wasser und klatschte mir auch welches ins Gesicht. Dann erst ging ich zum Kirchplatz. Da stand ich und sah zur Kirche. Es war ein grauer Steinkasten. Vorne, an der Westfront, gab es eine rote Tür. Kein einziges Figürchen war an der Fassade angebracht. Es kratzte mich im Hals, also rotzte ich auf den Boden. Als ich die Augen wieder aufschlug, trat mir aus einer Gasse eine Prozession entgegen, ganz in Weiß. Vorne ging ein Kruzifer. Er war ziemlich alt für einen Ministranten, kaum jünger als ich. Er trug einen roten Talar, so lang, dass der Saum voll Unrat war. In den Händen hielt er eine armdicke Holzstange, an der ein großes Eisenkreuz befestigt war. Das Kreuz glitzerte in der Sonne. Unser Heiland hing am Kreuz und schimmerte golden. Hinter dem Kruzifer sang ein Kinderchor. Die Kinder hatten Buchsbaumzweige in den Patschen.

«Coetus in excelsis te laudat caelicus omnis», sangen die Kinder, «et mortalis homo et cuncta creata simul.»

Es war also bereits Palmsonntag. Wir mussten seit bald zwei Monaten unterwegs sein.

Ich drehte mich so um, dass mir die Menschen ins Gesicht sehen mussten, ging auf sie zu und streckte die Arme weit aus.

«J'ai faim!», rief ich. *«J'ai faim!»*

Die Prozession war nur noch einige Schritte von mir entfernt. Es waren gewiss vierzig Menschen. Ich sah dem Kruzifer ins Gesicht. Er war kleiner als ich, hatte zu lange Ärmchen, dürre Augenbrauen und eine Nase, so krumm, als sei sie ihm von einer Windböe abgeknickt worden. Als er meinen Blick bemerkte, blähte er die Nasenflügel auf.

«Aus dem Weg!», brüllte er.

Ich schloss die Augen und spürte, wie die Leute dicht an mir vorübergingen. Ich schlug die Augen wieder auf: Die Menschenmenge hatte sich links und rechts von mir geteilt wie einstmals das Rote Meer. Keiner berührte mich. Nicht einmal ein Hemdsärmel streifte mich. Die Menschen richteten ihren Blick stur nach vorne, wohl auf die Rückseite des Kreuzes, dabei gab es dort nichts zu sehen, außer den krummen Nägeln, die den Heiland am Holz festhielten.

«Hi tibi passuro solvebant munia laudis», sangen die Kinder.

Das Kreuz wogte auf und ab. Ich wartete, bis alle vorüber waren, selbst der dicke Esel, der zuhinterst ging. Mir schien, als hätten die weißen Gewänder alle meine Sünden aufgesogen. Ich fühlte mich gereinigt. Die Herde strömte durch die rote Tür in den Kirchkasten. Die ersten Töne eines Orgelstücks ertönten aus dem Inneren, dann fiel die Tür zu, und die Melodie war nur noch gedämpft zu hören. Ich überlegte, ob ich hineingehen sollte, aber der Hunger war zurück. Manche werden vom Hunger dazu getrieben, still zu sitzen und sich nicht zu rühren, aber nicht ich. Ich bog in die Gasse ein, durch die die Kirchgänger gekommen waren, vorbei an Eselsmist, in dem ein Buchszweig klebte.

Nach einer Weile kam ich zu einem Haus, dessen Bewohner ich um Almosen bitten wollte. Es war besser zu betteln, bevor der Hunger dermaßen stark war, dass ich mir die rechten Worte nicht mehr über die Lippen kamen. Vor dem Haus war ein Garten. Als ich durch das Tor eintrat, schlurfte mir ein dicker Hund entgegen, blieb neben mir sitzen und hechelte mich an. Ich streichelte ihn hinter den Ohren, dann folgte ich einem Weglein, das an einem Vogelbeerbaum vorbei zur Tür führte. Ich nahm die drei Stufen und wollte gerade anklopfen, als die Tür nach draußen schwang – ich wich zurück. Ein paar Beine kamen mir entgegen. Die Haut war bleich wie der Mond, wobei die Beine allerdings mit schwarzen Haaren übersät waren. Es sah aus, als wären sie voller Spinnenbeine. Die Beine baumelten aus einer Schubkarre. Ein Tuch war über die Fuhre geworfen. Ein Bursche mit rotem Haar und einem missglückten Bart stand dahinter und schob die Karre hinaus.

«Pardon», sagte ich und wich ihm aus.

«Macht nichts», sagte er.

Schon war er an mir vorbei beim Tor. Wusste wohl nicht recht, was er mit mir anfangen sollte.

Dann ging die Haustür erneut auf: Ein zweiter Kerl trat hinaus, etwa vierzig, ebenfalls mit rotem Haar. Er tippte sich an das schlabbrige Barett, das ihm auf dem Kopf saß. Ich streckte ihm die Hand hin.

«Hans von Flüe.»

Der Mann sah bloß auf meine Hände, nahm den Hut ab und kratzte sich am Kopf. Er stellte sich als Pierre Couteau vor und erklärte, er sei Medicus und habe in Heidelberg studiert.

«Könntet Ihr einen Bissen für einen armen Pilger entbehren?», platzte ich heraus.

«Du siehst mir nicht wie ein Pilger aus.»

«Bin ich aber.»

«Wie du meinst. Trotzdem, wir geben nichts.»

«Bitte. Ich habe großen Hunger.»

«Das sagen sie alle.»

«Schaut mich doch einmal an!»

Er musterte mich von Kopf bis Fuß. Ein Wunder, dass er mir nicht noch den Mund aufriss, um sich die Zähne zu besehen.

«Wenn du wirklich so hungrig bist, musst du es mir beweisen.»

«Gerne. Ich könnte zum Beispiel Euren Hund auffressen.»

«Sehr witzig. Unser Apotheker ist gestorben. Geht meinem Neffen und mir zur Hand, dann gibt's Suppe.»

Ich nickte und streckte ihm die Hand noch einmal hin.

«Einen Augenblick», sagte er und streifte sich seine gelben Lederhandschuhe zwischen den Beinen ab. «Die haben Tote berührt.»

Nachdem er endlich meine Hand geschüttelt hatte, hieß er mich, die Schubkarre durch die Gassen zu stoßen. Ich tat, was er verlangte.

«War's das große Sterben?», fragte ich, obschon es mir herzlich egal war.

«Eher das kleine. Seine Gemahlin berichtet, er habe sich beim Frühstück an die Brust gefasst und wie ein läufiger Hund gehechelt. Dann sei er längs hingefallen und das war's.»

«Der hatte eben Glück», meinte der Neffe.

Der Medicus zeigte auf die Kirche. «Da hinten!»

Also schob ich den Karren hinter die Kirche. Dort führten ein paar Treppenstufen zu einer Kellertür hinab. Sie hießen mich mit der Karre warten. Der Medicus trat vor und schlug an die Tür, in einem seltsamen Takt, fast wie ein Geheimzeichen. Wäre ich vom Hunger nicht so verblödet gewesen, ich hätte merken müssen, dass an der ganzen Sache etwas faul war. Die Tür ging drei Finger breit auf. Ein Augenpaar spähte heraus. Der Medicus flüsterte etwas, da ging die Tür ganz auf. Auf der anderen Seite stand der Kruzifer. Als er mich sah, wollte er die Tür wieder zuziehen, aber der Medicus schob seinen Fuß dazwischen.

«Das ist nur ein armer Pilger, der uns helfen will.»

«In Ordnung. Bringt den Toten herunter.»

Der Medicus zog das Tuch weg. Der Neffe hielt den Toten bei den Schultern, ich bei den Füßen. So trugen wir ihn in eine steinerne Kammer und legten ihn auf einen Tisch, über den der Medicus das Tuch ausgelegt hatte. Der Kruzifer verriegelte die Tür, sodass es recht finster im Raum wurde.

«Wartet kurz», sagte der Kruzifer, öffnete eine andere Tür und verschwand. Wir hörten ein Lied zu GOTTES Lob, die Tür musste direkt ins Kirchschiff führen. Dann kam er mit einer brennenden Kerze zurück. Die benutzte er, um ein paar andere Kerzen im Raum anzuzünden.

Der Tote lag auf dem Tisch. Der Medicus nahm seinen linken Arm.

«Parfait», sagte er, mehr zu sich selbst, und bat seinen Neffen, ihm ein Messer zu reichen. Er setzte die Klinge an der Kuhle zwischen Ober- und Unterarm an und machte einen Schnitt. Erst war nur eine dünne rote Linie zu sehen. Nach einer Weile fing das Blut an, aus der Wunde zu strömen. In dunklen Flecken tropfte es auf das Tuch.

«Was macht Ihr da?»

«Das siehst du ja», sagte der Medicus und setzte die Klinge erneut an.

Es schien mir, sie wollten dem Mann die Haut abziehen. Ein Stück Haut lag bereits frei. Die gelben Handschuhe des Medicus waren ganz fleckig vom Blut. Er hielt inne, sah mich an und meinte: «Natürlich, das habe ich ganz vergessen! Magst du einen Bissen?»

«Wovon? Vom Toten etwa?»

«Unsinn. Schau, da!»

Der Neffe nahm eine silberne Hostienschale hervor, in der wohl an die dreißig Oblaten lagen.

«Nimm, soviel du willst!», sagte er.

«Das ist Frevel.»

«Ach was, die sind noch ungeweiht.»

«Komm schon, Lump, hast du Hunger oder nicht?», warf der Medicus ein.

Mein Hunger war größer als meine Ehrfurcht vor dem Heiland. Ich stapelte gleich ein gutes Dutzend Hostien auf die Zunge. Wenigstens kaute ich sie nicht. Meine Spucke verband sich mit dem Leib Christi und löste ihn langsam auf.

Der Medicus, sein Neffe und der Kruzifer bekreuzigten sich. Sie taten das verkehrt, ich hab's mit eigenen Augen gesehen, Amgrund, fingen bei der Stirn an, gingen dann zum Bauchnabel und zogen sich ein Kreuz quer über den Bauch. Ich starrte den Medicus an, die Backen voller Hostien, wie er dann das Messer langsam dem Arm entlangführte. Darauf hielt er den Arm mit der Linken fest, um mit einer Pinzette die Haut abzuziehen, fast, wie wenn man einer Wurst die Haut abzieht. Er stülpte die Haut um, faltete sie weg, damit das Fleisch darunter sichtbar wurde. Mir wurde schlecht. Couteau kniff sein linkes Auge zusammen und beugte sich über den Arm. Der Neffe reichte ihm eine Glasscheibe, die er sich auf die Nase klemmte, ich weiß nicht recht, wozu. Dann machte er weiter. Geschickt war er ja, das musste man ihm lassen. Er schabte so lange, bis der Knochen zu sehen war.

Ich hatte inzwischen alle Hostien gegessen, bis auf eine, die ich übrig ließ. Nun, da der schlimmste Hunger gestillt war, gestand ich mir ein, wo ich gelandet war. Unter Teufelsanbetern.

«Wozu tut Ihr das?», fragte ich vorsichtig.

«Um herauszufinden, wie ein Arm aussieht.»

«Das tun wir doch schon lange», sagte ich und hielt meinen eigenen Arm hoch.

«So nämlich.»

«Nein, mein Bester», sagte Couteau und zeigte auf das Gemetzel, das er auf der Tischplatte hinterlassen hatte.

«So.»

«Das hätte euch jeder Reisläufer sagen können, dass ein Arm blutet, wenn er auf eine Klinge trifft.»

«Ignoramus.»

Der Medicus nahm ein Pergament hervor und legte den Bogen auf den Tisch, neben den Kopf des Toten. Bildete ich es mir ein, oder klatschte der Kruzifer in die Hände, und auf einmal war das Blatt da? Er erklärte, er wolle ganz genau abzeichnen, wie so ein Arm aussähe, das sei seine Pflicht.

«Wenn der HERR gewollt hätte, dass wir wissen, wie's in uns aussieht, hätte er uns durchsichtig wie Fensterglas gemacht», sagte ich.

Couteau tupfte mit den behandschuhten Fingerspitzen ein wenig Blut von der Wunde. Darauf nickte er den beiden anderen zu. Die traten auf mich zu und klemmten mir die Arme hinter den Rücken. Sie hielten mich im Schraubstock. Ich wand mich. Couteau trat auf mich zu und malte mir mit den blutigen Fingern über die Wangen, dass ich so teuflisch ausgesehen haben mochte, wie er, sein Neffe und der vermaledeite Kruzifer es in ihren Herzen waren. Blutgeruch stieg mir in die Nase.

«GOTT wird Euch strafen!»

«Darauf kommt es jetzt auch nicht mehr an.»

«Ihr werdet Euch noch wundern!»

«Wunder gibt's nicht», sagte Couteau.

«Da kennt Ihr meinen Vater schlecht.»

«Und was soll das für einer sein?»

«Ein Eremit ist er. Gegen den habt ihr Höllenhunde keine Macht.»

«Ein Eremit?», fragte der Kruzifer.

XV.

Der Medicus öffnete die Tür, die ins Kirchinnere führte, und der Kruzifer stieß mich hinein. Wir standen an der Seite, sodass man uns nicht sehen konnte, aber ganz in der Nähe des Altars. Das Kirchschiff war rappelvoll. Orgelklänge und Weihrauchschwaden erfüllten die stickige Luft.

Der Medicus zerrte mich vor den Altar. Ein Priester stand davor, hinter ihm lehnte das Vortragekreuz, das vorher bei der Prozession dabei gewesen war. Der Priester hatte die Hände gefaltet und trug etwas auf Latein vor. Die Gemeinde antwortete ihm, ein schwarzer Schwarm, der sich auf den Bänken eingenistet hatte. Manchen floss das Wasser aus den Augen und der Rotz aus der Nase, andere hatten den Mund aufgerissen und zeigten dem Priester die Zähne.

«Amen», sagte der Priester.

«Amen», antworteten die Leute.

Dann bemerkten sie mich, wie ich dastand, auf dem Teppich im Mittelgang vor dem Altar, die Hände vom Kruzifer und Couteaus Neffen hinter dem Rücken zusammengehalten. Ich zappelte und trat um mich, aber ich kam nicht frei.

Der Medicus baute sich vor dem Pfarrer auf. Er zeigte auf die Blutstriemen in meinem Gesicht.

«C'est le sang de notre pharmacien», sagte er.

Dann berichtete er in kurzen, hastigen Worten, dass ich mich an der Leiche des Apothekers vergriffen hätte, aus reiner Lust am Zerstören der schönen Schöpfung GOTTES.

Erst sagte keiner etwas. Dann schrie die Menge durcheinander. Einige standen auf und hetzten auf mich zu, ihre Sohlen polterten über den Steinboden. Schon klatschte mir eine Mutter die Hand an die Backe, dass es brannte.

Ihre Bälger jubelten ihr zu. Die Menschen stießen mich zu Boden und traten mir abwechselnd in die linke und in die rechte Seite. Der Kruzifer, der Priester, der Neffe und der Medicus standen an eine Säule gelehnt da und sahen zu.

Als es glaubte, dass ich genug hatte, trug mich das Volk nach draußen in die Sonne, auf dass es mich besser beschauen konnte. Große Hände spürte ich, kleine Hände, alte Hände, junge Hände. So musste sich Vater in Straßburg vorgekommen sein, als wir ihn dem Volk überlassen hatten. Ich verspürte keine Angst. Ich war zu einfältig, um glauben zu können, dass es noch schlimmer kommen könnte. Ihre Finger bohrten sich mir in den Rücken.

Dann ließen sie mich plötzlich hinunter. Man bildete einen Kreis um mich. In der zweiten Reihe erschien das Gesicht des Medicus, dann teilten seine gelben Handschuhe die Menge.

«Geduld, die Suppe kommt», raunte er mir ins Ohr.

Der Kruzifer drückte ihm ein Seil in die Hand. Damit fesselte er meine Handgelenke.

Man führte mich durch die Stadt, die, wie ich erst jetzt erfuhr, Châteauroux hieß. Ein paar Schaulustige folgten uns und grölten irgendwas, was ich nicht verstand. Die meisten von ihnen verschwanden allerdings, als sie merkten, dass ich kein Feuer spuckte.

Nach einer Weile hielten wir vor einem Eisentor. Der Medicus öffnete es und führte mich in einen leeren Hof. Er schob mich durch eine Haustür, dann gingen wir einen Gang entlang, an dessen Ende einer in einem Korbstuhl saß und an einem Holzfrauchen schnitzte. Diesem Kerl übergab mich der Medicus. Ein ganz schmächtiger Kerl war das, den hätte ich leicht verdreschen können.

Der Kerl stand wortlos auf und führte mich eine Treppe hinunter. Dann ging es durch einen weiteren, von einer einzigen flackernden Fackel erhellten dunklen Gang. Am Ende des Ganges befand sich eine Kammer. Der Kerl wies mich an einzutreten, was ich auch tat. Die Kammer glich einem breitseitig auf die Erde gestellten Sarg: kaum Platz zum Sitzen oder zum Liegen, dafür viel Luft nach oben. In einer Ecke lag etwas Stroh. Es war nicht nur feucht, sondern auch kalt. Der Wächter verriegelte die Tür. Ich drehte mich einmal um meine Achse, so gut es ging, um meine Zelle in ihrer Fülle zu betrachten. Wie im hintersten Urnertal: Steinwände, wohin man blickte. Wenigstens das winzige Fenster lag nicht allzu hoch; wenn ich mich, was ich gleich erprobte, auf die Zehen stellte, konnte ich hinaussehen. Aber viel war da nicht, nur eine Gasse, leer, soweit ich sie überblicken konnte. Sonnenlicht kam nicht herein, aber ich wusste, dass die Sonne noch schien, weil das Kopfsteinpflaster hell war. Der Zellboden war mit Eisenplatten ausgelegt. Die hohen Herren hatten sich dieses Ungemach ausgedacht, weil sie es dem Lumpenpack, das sonst hier eingekerkert wurde, nicht gönnten, ausgestreckt zu liegen. Zusammengekrümmt sollte das Pack darben, bis alle Glieder verkrampften. Aber unsereins weiß sich zu helfen. Zuerst versuchte ich dazusitzen. Aber dazu musste ich die Beine so arg anziehen, dass mir die Knie gegen die Stirn drückten, weil die Wand sich weigerte, meinen Füßen nachzugeben. So verfiel ich darauf, mich auf die Seite zu legen. Doch auch das war kaum besser, denn nun drückten mir die Platten gegen die Rippen. In einer Ecke lag fauliges Stroh, das legte ich mir unter den Leib, um die Platten weniger zu spüren. So schlief ich ein und träumte von

Gerippen, die auf einem Hügel um einen Suppentopf tanzten und Branntwein tranken. Ich fragte sie, ob ich auch etwas davon haben könnte, da rissen sie ihre Kinnladen vom Schädel und warfen sie mir an den Kopf.

Ich erwachte, weil der Wächter die Tür aufriss und mir eine Holzschüssel mit Hafersuppe und einen Tonbecher mit schalem Bier hineinreichte. Da hatte ich nun meine Suppe. Weil er mich mochte, ließ der Wächter mich sogar die Beine aus der Zelle strecken, während ich aß.

So vergingen die Tage. Während ich still blieb, wuselten die Leute draußen herum, als hätte ihr ganzes Schaffen einen Sinn. Es war seltsam, nichts tun zu müssen. Da lag ich und faulte vor mich hin, während die Welt sich draussen drehte und nicht nach mir rief. Ich schlief und wachte, ich wachte und schlief. Das ging ineinander über. Tagsüber rüttelte das Volk an meinem Gitter. Man spuckte mir ins Gesicht. Ich versuchte, mich zu verstecken, aber es gab keinen Ausweg. So nahm ich es halt hin. Vater hätte es auch hingenommen. Zuweilen kam es mir vor, als wäre ich gar nicht da. Die Kinder veranstalteten Mutproben, indem sie die Hand in meinen Käfig steckten. Ich tat ihnen den Gefallen und hielt ihre kleinen Hände kurz fest, als wollte ich sie fressen.

Die Wände meiner Zelle waren über und über mit Lettern bedeckt, mit Schwänzen, Brüsten, Mösen, Totenschädeln, Sanduhren und Kreuzen. Alle von Leuten angefertigt, die vor mir in der Zelle gehockt hatten und jetzt unter der Erde lagen oder, hatten sie Glück gehabt, wieder unter freiem Himmel herumzottelten. Ein Bild war so nahe am Boden, dass ich mir nicht vorstellen konnte, wie man es hatte hineinmeißeln können. Der, der es gemeißelt hatte,

hatte womöglich sein Ende vorweggenommen: Es zeigte einen Mann, der an einem Baum hängte.

«Du siehst dir die Zeichnungen an, wie? Glaubst wohl, dass es dir auch so ergehen wird?», hörte ich eine Stimme.

Ich sah zum Fenster. Dort saß der Kruzifer im Schneidersitz, sein Kopf weit nach vorne geneigt, damit er wie ein Schwan zu mir runtersehen konnte. Eine große grüne Fliege hockte auf seiner Stirn.

«Verschwinde!»

Ich schoss zum Gitter, streckte die Hände durch die Stäbe, schnappte nach seinen Schienbeinen und erwischte tatsächlich eins. Ich zerrte daran, aber er fiel nicht um.

«Kommst du, um mich zu verhöhnen?»

«Wieso sollte ich dich verhöhnen?»

«Weil ich euch auf den Leim gegangen bin.»

«Ach was. Du hast ganz alleine den Weg hierhergefunden.»

«Das ändert nichts daran.»

«Doch, tut es.»

Der Kruzifer drückte mit dem Daumen auf die Fliege, die nicht rechtzeitig wegflog. Dann klaubte er sie sich von der Haut und schnippte sie in eine Ecke.

«Du brauchst ihn nicht», sagte er.

«Wovon redest du?»

«Deinen Vater meine ich. Du kommst ohne ihn zurecht.»

«Was geht dich das an, verdammt?»

«Ach, man hört so dies und das. Man erzählt sich, dass er keiner Speise bedürfe.»

«Das ist so.»

«Und du findest das gerecht, dass er nicht essen muss und du schon?»

«Ist halt so. GOTT ist bei ihm.»

«Und bei dir?»

«Bei mir ist niemand.»

«Doch. Ich. Wir. Wir werden dir helfen.»

«Verzieh dich!»

«Immerhin haben wir dafür gesorgt, dass du was zu essen und ein Dach über dem Kopf bekommst. Sei nicht so undankbar.»

«Lass mich in Frieden.»

«Gut.»

Er stand auf.

«Wann werdet ihr mich verurteilen?», rief ich ihm nach.

Keine Antwort.

Der Kruzifer war verschwunden, hatte sich aufgelöst gleich einer Nebelbank in der Sonne. Ich seufzte und drehte mich um. Mein Ungemach erschien mir auf einmal größer als vorher, schien sich in alle Richtungen auszudehnen – da sah ich seine Fratze vor mir, die Zähnchen bloß eine Fingerlänge von meinem Gesicht entfernt. Sein Atem roch nach Schwefel.

«Du wirst niemals verurteilt werden.»

«Unsinn. Rädern werden sie mich.»

«Das hättest du wohl gerne.»

«Man hält mich für schuldig. Also braucht es ein Urteil.»

«Ist es nicht unerträglicher, auf ein Urteil zu warten, das man nie erhält? Liebt mich GOTT? Liebt mich mein Vater? Meine Frau? Immerwährende Hoffnung, das ist das Schlimmste. Das bist du dir schon gewohnt – da kannst du auch noch länger warten. Bis dir das Haar bis zu den Füßen gewachsen ist und deine Fingernägel zu den Gitterstäben reichen.»

In mir tobte und gewitterte es. Ich stieß ihm mit der Hand gegen die Brust ... Wollte, dass er gegen die Blechwand klatschte, der Satansknecht. Aber nein ... Er schlug an der Wand auf, doch dann war es, als rutschte sein Leib glatt hindurch. Schon stand er wieder draußen vor dem Fenster. Er schob seinen Kopf vor die Stäbe. Seine Augen funkelten.

«Man wird dich hier drin vergessen. Dafür haben wir gesorgt», sagte er.

«Ist mir auch recht.»

«Sicher?»

«Hier ist es nicht übler als anderswo.»

«Es ist nicht alles Gold, was gleißt. In ein paar Monaten wirst du anders reden. Aber dann wird es zu spät sein.»

«Was willst du?»

«Dir einen Ausweg bieten.»

Ich schwieg.

«Wir haben einen Vorschlag.»

Er zückte ein Pergament.

«Eine Abmachung, gewissermaßen. Wenn du sie erfüllst, so wollen wir nicht nur dafür sorgen, dass du stracks wieder ein freier Mann wirst ...»

«... sondern?»

«Sondern auch dafür, dass dir das beschieden wird, was du dir in deinem Herzen schon lange wünschst.»

Ich schloss die Augen und war zu Hause. Stand oberhalb des Sarnersees und sah aufs Wasser, in der Ferne Rossflue und Schafnase. Ich drehte mich um und erblickte erst das Stanserhorn, dann den Huetstock. Ich spürte, wie mir jemand die Hand auf die Schulter legte. Vater. Er sagte, es freue ihn, dass ich meinen Weg hierhin gefunden hätte.

Ich riss die Augen wieder auf.

Der Kruzifer grinste.

«Weiche!», rief ich und bekreuzigte mich, um ihn in die Flucht zu treiben.

Aber er zuckte bloß mit den Schultern. Für mich war das ein Zeichen, dass er kein echter Teufel sein konnte, ja, womöglich gar ein Engel war, der sich verstellte. In der Beichte wird es Euch oft genug begegnet sein, Amgrund: Ist der böse Entschluss einmal gefasst, so sucht man sich alle möglichen Gründe, um sich glauben zu machen, er sei nicht böse.

«Du siehst, du musst dir keine Sorgen machen, dein Seelenheil ist nicht gefährdet. Denn alles, was du tun sollst, ist beten!»

«Du lügst.»

«Wenn du zu dem da oben» – er zeigte mit seinem Zeigefinger, dessen Nagel lang und gelb war, hoch zum HERRN, unserem GOTT – «wenn du zu dem da oben betest, genug betest, dann wird er dich retten. Dann wird er deinem Vater im Traum erscheinen und eingeben, dass er hierherkommen soll. Er ist schon ganz nah. Sie sind nur ein paar Dörfer entfernt. Wenn du Glück hast, kommen sie an deiner Zelle vorbei.»

Der Kruzifer streckte mir das Pergament hin. Ich nahm es in beide Hände. Es war über und über mit einer fremdländischen Schrift bedeckt: kleine Schnörkel und Dreiecke, unterlegt von dutzenden Augenpaaren.

«Viel wollen wir nicht von dir. Bloß eine Haarsträhne von deinem Vater brauchen wir.»

Er streckte mir eine kleine Klinge hin, wie man sie zum Aufbrechen von Briefsiegeln benutzt.

Ich dachte daran, wie Vater eines Morgens am Frühstückstisch erklärt hatte, er wolle uns zurücklassen, GOTT rufe ihn. Ich dachte daran, wie ich Mutter damals in der Kammer hatte weinen hören, sie hatte geglaubt, ich würde es nicht merken. Ich dachte an Vaters Versprechen, diese Reise würde alles ändern … Nichts dergleichen war eingetroffen. Er hatte mich links liegengelassen, es war ihm nur um sich selbst gegangen. Ich war alleine. Und es war alles seine Schuld.

«Und?», fragte der Kruzifer.

Ich nickte.

«Du erlaubst doch?» Der Kruzifer fuhr mir mit der Messerspitze über den Handteller, bis grad oberhalb der Herzlinie ein roter Streifen zu sehen war. Mir war, als fiel ein Gewicht von mir, etwas, das auf meiner Brust gehockt hatte.

Wir sahen uns an.

«Siehst du?», sagte er. «Du tust das Richtige. Dein Vater wird einsehen, dass er nicht recht gehandelt hat. Er wird nun immerfort bei dir sein.»

Er hielt mir das Pergament hin.

Ich presste meine Hand darauf. Es war kalt wie Neuschnee.

Der Kruzifer machte einen Kratzfuß und ließ das Blatt verschwinden, indem er es in die Luft hineinschob wie in eine Tasche. Er sagte, in drei Tagen würden meine Gefährten hier auftauchen und mich retten. Bis dahin solle ich mich gedulden und ihn nicht erwähnen. Dann fuhr er sich durch das Haar, wurde ganz dünn und verschwand zwischen den Gitterstäben.

XVI.

Es kam, wie es der Kruzifer vorausgesagt hatte. Drei Tage später, ich döste gerade zusammengekrümmt im Stroh, war mir, als hörte ich jemanden Deutsch sprechen.

«Wir sollten weiterziehen», näselte eine Stimme. «Stadtluft ist Sünderluft.»

«Schlimmer als auf dem Land ist es auch nicht», sagte eine hellere, fast knabenhafte Stimme.

Ich trat zum Gitter, gerade im rechten Moment. Die Beine, die passierten, kannte ich: Ulrichs magere, von bläulichen Adern übersäte Greisenwade. Ich streckte die Hände heraus und riss daran. Ein Schrei und Ulrich fiel hin. Ich hörte den Henker prusten. Schon sah ich Ulrichs Augenringe, seine dicken Lider, die er, als er mich erkannte, fest zusammenpresste. Als könnte er mich dadurch zum Verschwinden bringen.

«Grüß dich, Ulrich», sagte ich.

Er würdigte mich keines weiteren Blickes, sondern erhob sich, wobei er sich an der Wand des Gebäudes abstützte. Steinstaub rieselte in meine Zelle. Ich dachte schon, das sei es jetzt gewesen, sie würden ohne mich weiterziehen.

«Was war denn das? Warum bist du gestolpert, Ulrich?», fragte Vischer, und schon erschien sein Kopf vor dem Gitter.

«Unverhofftes Wiedersehen!», rief er, als er mich entdeckte.

Er setzte sich im Schneidersitz auf die Gasse.

«Wie kommt ihr hierher? Ich hatte die Hoffnung schon aufgegeben.»

«Wir wollten dich auch schon aufgeben, seiest ja selbst schuld, meinte Ulrich, aber dein Vater bestand darauf, dass wir dich suchen. He, Bruder Klaus! Euer Sohn!»

Vater streckte sein langes Gesicht vor mein Zellenfenster. Er lächelte ein feines Lächeln, als vergäbe er mir bereits für meinen Verrat. Dabei konnte er davon nichts wissen. Ich konnte seinem Blick nicht standhalten, rollte ins Heu zurück und blickte zur Decke.

«Weshalb haben sie dich denn in den Kerker gesteckt?», fragte der Henker.

«Man hat mich reingelegt.»

«Dumme Sache.»

«Ja.»

«Weißt du, wann sie dich verurteilen?»

«Nein.»

«Wir holen dich da raus. Oder, Bruder Klaus?»

«Schon gut», sagte ich.

Ein Teil von mir wollte im Ungemach bleiben. Vielleicht wäre es besser gewesen, ich wäre geblieben. Viel enger als in der Klause war es dort auch nicht, und wenigstens war mein Herz weiter, damals. Wenn ich geblieben wäre, trüge ich wenigstens weniger Schuld an dem, was danach geschehen ist.

«Am Schluss sperren sie auch uns auch noch ein», hörte ich Ulrich.

Aber er konnte auch nichts ausrichten. Vischer und Vater hatten längst beschlossen, dass Vater Fürsprache für mich einlegen solle. Ulrich und Vischer zottelten los, um den Priester zu suchen. Nur Vater blieb. Er sah zu mir hinunter.

«Du hast mich gerufen», sagte er.

«Ja», sagte ich.

Etwas war anders an ihm. Die Kälte, die sonst von ihm ausging, sie war verschwunden. Er kam mir wie der Alte vor, wie früher, bevor er in die Klause gegangen war.

«Ich bin froh, dass ich dich gefunden habe», sagte er.

«Und ich froh, dass du mich gefunden hast», sagte ich. Auch wenn mir nicht ganz wohl dabei war.

«GOTT hat mir den Weg gewiesen.»

«Du vergibst mir, dass ich weggerannt bin?»

«Gewiss. Ich war weg. Ich war anderswo.»

«Bei GOTT.»

Vater nickte. Ich spürte, wie sich mir die Härchen auf den Armen aufstellten.

«Aber das wird sich ändern. Ich werde wieder für dich da sein.»

Ich nickte.

«Die Reise wird bald vorbei sein», sagte er.

Ich verstand nicht, wie er das meinte, sagte bloß, ich würde mich freuen. Ich dachte nicht daran, dass alles einen Preis hat und der nicht immer so aussieht, wie man sich das vorstellt.

«Warte hier.»

Also legte ich mich hin und döste bis in die frühen Abendstunden hinein. Ich erwachte vom Geräusch rostiger Scharniere. Der Wächter öffnete die Tür.

«*Voilà*», sagte er.

Die anderen standen hinter ihm im Gang.

«Du kannst gehen», sagte der Henker. «Dein Vater hat beim Priester und beim Richter vorgesprochen und ausgehandelt, dass er für die ganze Stadt betet, wenn sie dich freilassen. Sie glauben, dass dein Vater ihnen mehr Gutes bringt, als du ihnen Schlechtes angetan hast.»

So mussten wir eine Messe besuchen, die sie wegen uns zu geben beschlossen hatten. Lange zögerte ich, die Kirche zu betreten, nach allem, was mir dort drin widerfahren war. Als ich endlich eintrat, waren die Bänke bereits voll. Das Volk schnatterte durcheinander. Ich stand ganz hinten, wo man mich nicht sehen konnte.

Die längste Zeit war es eine normale Messe mit den üblichen Litaneien. Aber dann hieß der Priester Vater, nach vorne zu kommen. Ein Raunen ging durch die Menge, als Vater den Mittelgang entlang zum Altar schritt.

«Das ist ein Heiliger, ein Mann GOTTES!», rief der Priester.

«Ach was», sagte Vater. «Ich bin doch einfach ein Bauersmann.»

Der Priester hatte ihn wohl nicht verstanden. Die Leute sollen eine Schlange formen, ganz, wie wenn sie den Leib Christi empfangen dürften, fuhr er fort.

Ihr könnt Euch vorstellen, wie das endete: Die Meute strauchelte über jede Bank, das Gesinde schubste herum und stellte einander den Fuß, nur um zu den Ersten zu gehören, die Vergebung erhielten. Vater schüttelte langsam den Kopf. Er bemühte sich nicht zu verbergen, wie lächerlich ihm das Ganze vorkam. Die Bälger zerrten an seiner Kutte. Große, ernste Zunftleute streckten ihm MutterGOTTESfigürchen hin und bettelten ihn an, er möge sie doch mit seinen Lippen berühren. Unablässig zeichnete er Kreuze über alle Stirnen der Stadt, wobei er so dreinsah, als sei das nicht ungewöhnlicher, als ein Huhn zu rupfen oder eine Kuh zu melken. Er schien sich gefangen zu haben, aber unangenehm war es ihm doch, das merkte ich. Er versuchte, die Menschen nicht anzusehen. Die Leute zitterten. Einigen lief der Rotz aus der Nase, so bewegt waren sie. Es kam mir vor, als wolle die Messe kein Ende nehmen. Einmal sah ich, wie der Pfaffe und der Kruzifer einen Blick austauschten. Dann entdeckte ich, wie der Kruzifer hinter Vaters Rücken herumschlich, eine Schere in den Händen. Schon schwebte sie vor Vaters Hinterkopf, drohte sein langes Haar zu fressen – da brüllte ich: «Achtung!»

Ich rannte nach vorne, ohne es selbst recht geplant zu haben. Mir war, als drohte ich nun zu verlieren, was ich eben erhalten hatte, als wolle man mir Vater gleich wieder wegnehmen, nachdem er gerade eben wieder auf die Erde gestiegen war.

Vater drehte sich um, entdeckte den Kruzifer und legte die Stirn in Falten.

Der Kruzifer ließ die Schere sinken, lächelte unterwürfig und senkte den Blick.

«Verzeihung – es ist nur – dürfte ich eine Strähne von Euch haben?»

«Was willst du denn mit der Strähne, du Sau?», sagte Vischer, der auch nach vorne gekommen war.

«Seine Strähne hat besondere Kraft.»

«Samson», sagte Ulrich, «lass dir Samson eine Lehre sein, Niklaus.»

«Ach was, ich bin kein Samson», sagte Vater. «Wir haben es den Leuten versprochen.»

«Du hast ihnen nicht versprochen, dass sie dich scheren dürfen!», sagte ich.

Der Kruzifer legte mir die Hand auf die Schulter. Das Kirchschiff begann sich zu drehen. Ich konnte mich nicht rühren.

Der Kruzifer sagte: «Es ist nur eine kleine Strähne.»

«Nur eine Strähne», wiederholte Vater.

Mir war, als ob eine große Traurigkeit in seiner Stimme läge.

Der Kruzifer schnitt ab.

XVII.

«Hast du ihn gefunden?», fragte ich Vater, als wir unter dem Stadttor durchgingen. Wir verließen die Stadt, so schnell wir konnten.

«Wen?»

«Den Ort für deine neue Klause.»

Ich bereute es, kaum dass ich es sagte.

Vater blieb stehen, räusperte sich.

«Bald.»

Ich sagte nichts mehr. Ich sah erst auf meine Zehen, dann auf ein paar Maiglöckchen, die neben dem Weg blühten und die weißen Köpfchen hängen ließen. Sie ließen ihre Köpfchen hängen, aber der Wind mochte daran zerren, wie er wollte, sie blieben standhaft. Ich sollte sie mir zum Vorbild nehmen, dachte ich, wacker weitergehen. Immerhin hatte Vater mich gerettet. Er würde schon wissen, wo uns GOTT haben wollte. Er musste.

So ging es weiter nach Westen. Immer Vater nach, der stets zu wissen schien, wohin wir als Nächstes gehen mussten. Wochenlang schlugen wir uns durch, ergatterten hier einen Happen und schliefen dort eine Nacht unter freiem Himmel. Der Große Wagen hatte sich verschoben, wie er sich immer verschob, wenn es wärmer wurde. Ich fragte mich, wer ihn stieß, wenn ich sah, wie er einige Schritt breit über den Himmel zog, über Le Blanc und Chauvigny, Montmorillon und Bouresse, Chaunay und Montalembert. Der Wagen machte immer weiter, er fiel nicht vom Himmel, er ruhte nicht aus, genauso wenig wie wir.

Immer wieder blieb einer aus unserem Grüppchen an einem Ort stehen, der ihm gefiel, am Waldrand, auf einer Weide oder am Kiesstrand eines Flüsschens, und rief, das sei er nun doch, das sei endlich der Ort, nach dem wir gesucht hatten. Dann blieb Vater stehen, lachte und meinte: «Geduld.»

Wir kamen dem Meer immer näher. Es mochte nun Mai sein. Die Eisheiligen waren noch nicht vorüber. Die Wiesen waren grün geworden. Sie standen voll Waldmeister und Immergrün. Buche, Hasel und Erle blühten auf. In den Wäldern wurde es täglich lauter. Mir war, als mahnten uns die Vögel von Tag zu Tag eindringlicher umzukehren. Wir mieden die Städte, so gut es ging, jagten mit selbst gebauten Schleudern Spatzen und Eichhörnchen. Des Nachts schliefen wir ohne Feuer, weil sich keiner bereiterklärte, zu den Flammen zu schauen.

Wir waren wieder einmal im Wald unterwegs, fernab eines kleinen Weilers namens Landrais. Eben hatte ich gemeint, dies sei nun aber wirklich der rechte Ort, dieser Wald, hier solle Vater seine Klause aufbauen, wenn er das denn überhaupt noch wolle – er könne zugeben, dass er es nicht wolle, er brauche sich nicht zu schämen –, da schreckte uns ein Knurren auf. Zwischen den Bäumen stieg Rauch auf. Wir waren nicht allein.

«Lasst uns lieber eine andere Richtung einschlagen», sagte Ulrich.

«Unsinn.»

Vater ging in Richtung des Rauches. Eine Lichtung tat sich vor uns auf. Unweit davon erhob sich ein rauchender, menschengemachter Berg: ein Kohlenmeiler. Auf der

Lichtung stand ein Mann mit traurigen Augen, der einen Eichenstamm zersägte. Er trug einen groben Jutekittel, der von oben bis unten schwarz beschmiert war. Selbst sein Gesicht war schwarzgefärbt. Ein Köhler. Er war wohl an die vierzig und fast so dürr wie Vater. Der Köhler sägte weiter und sah dabei nicht auf, obwohl wir vor ihm standen und ihn angafften. Er sägte ganz andächtig. Weil mich die Späne in der Nase kitzelten, musste ich niesen. Da unterbrach der Köhler endlich sein Sägen und wischte sich den Schweiß und die Späne von der niedrigen Stirn.

«Tag», sagte er.

«GOTT zum Gruß», sagte Vater.

Aber der Köhler sägte schon wieder weiter, als wäre er es sich gewohnt, bei der Arbeit von Fremden beobachtet zu werden.

Neben dem Baumstumpf lag ein Beil, das ich aus einer Laune heraus in die Hand nahm. Der Köhler nickte mir zu und hieß mich stumm, näherzutreten. Er drückte mir ein Buchenscheit in die Hand. Das legte ich auf den Baumstumpf und ließ das Beil herunterdonnern. Sauber zerteilt.

«Warte», sagte er, ließ die Säge im Baum stecken und rannte davon.

«Das ist er», sagte Vater. «Wir haben ihn gefunden. Der Mann, nach dem wir gesucht haben. Er wird uns helfen.»

«Ein Köhler?», fragte Ulrich.

«Unser Heiland war ein Schreiner», gab Vischer zu bedenken.

«Das ist etwas anderes.»

Da kam der Mann zurück, zwei Beile in den Händen. Eines streckte er Vater hin.

«Willst du?»

«Gern.»

Vater nahm ein Holzscheit, schwang das Beil über den Kopf und zerteilte das Scheit in zwei schöne, gleichmäßige Hälften.

Er zwinkerte mir zu.

«Tut gut, was, Hans?»

Die Kraft, die von ihm ausging, war neu. Er kam mir wieder so vor, wie er früher gewesen war. Es war, als wäre ein Wunsch in Erfüllung gegangen. Und doch fand ich, als ich tief in den Bauch und ins Herz hineinhorchte, keine Freude. Um nicht daran herumstudieren zu müssen, hackte ich ebenfalls drauflos. Auch der Henker bekam eine Axt. Er war es sich ja gewohnt, eine zu schwingen. Der Baum, der auf dem Boden gelegen hatte, löste sich in kurzer Zeit in Bruchstücke auf, so wie sich die Heilige Schrift unter euch Pfaffen in Verse und Sprüche auflöst. Es roch nach Baumharz und Holzspänen, nach Rinde und Erde.

«Fragst du dich nicht, wer wir eigentlich sind?», fragte Vischer den Köhler nach einer Weile.

«Ich weiß, wer ihr seid. Ihr seid die Leute, um die ich GOTT gebeten habe.»

«Wofür hast du denn gebetet?», fragte ich.

Der Köhler schwieg.

Als das Tagewerk verrichtet war, brachte er uns eine grüne Suppe, in der Efeu schwamm und Brennnesseln und dunkles Fleisch. Wir setzten uns im Kreis ins Gras und schlürften. Einmal warf ich einen Blick zu den anderen. Mit ihren aufgerissenen Augen und spitzen Zähnen, zwischen denen grüne Flecken waren, erinnerten sie mich halb an Kühe, halb an Wölfe. Das Schlimmste war, dass ich selbst auch so ausgesehen haben muss. Vater, der sich abseits mit dem Köhler unterhalten hatte – es hatte ausgesehen, als würden sie auf dem Markt um den Preis für einen Fisch feilschen –, trat zu uns herüber und klopfte sich den Dreck von der Kutte.

«Hört zu. Hört alle zu. Auch du, Köhler.»

«Wie heißt du eigentlich, Köhler?», fragte Vischer.

«Bertin», sagte der Köhler. «Wartet. Meine Schwester soll es auch hören.»

Er faltete die Hände zu einem Trichter und rief: «Barbara!»

Wir erschraken, als ein Wesen aus dem Gebüsch auf ihn zugestürzt kam und ihn ungestüm umarmte. Es war ein Weib von schönem Wuchs mit wild zuckenden braunen Augen. Dann ließ sie von ihm ab und strich ihr rotes Haar zurück, das noch verfilzter war als meines.

«Tag.»

Als sie den Mund aufmachte, sah ich, dass ihr beide Schneidezähne ausgefallen waren.

«Bertin», sagte sie, «wollen unsere Gäste nichts zu trinken?» Sprach's, drückte ihm einen Kuss auf die Lippen, raffte den Rock und rannte davon, um uns Bachwasser zu bringen, das wir, auch wenn es von ihren Kohlefingern ganz trübe geworden war, gierig tranken.

Vater begann zu erzählen: «Als du gegangen warst, Hans, als ich sah, wie du wegranntest, dich nicht einmal nach uns umgedreht hast, stürzte ich und lag auf der Wiese. Mir war, als ob mich eine große Welle dazu gezwungen hatte. Ich lag da und fand keine Kraft aufzustehen.»

«Und seine Augen erst», sagte Vischer, «die Lider haben geflattert, der Mund geschäumt. Ulrich und ich mussten ihn an den Armen festhalten, gezappelt hat er, als ringe er mit dem Feind.»

Vater zog den Halsausschnitt seine Kutte herunter.

«Der Verführer hat sich mit glühenden Hufen in meine Brust gebohrt.»

Unterhalb des Schlüsselbeins war eine frische Narbe, krumm und rosa. Die Köhler bekreuzigten sich.

«Ja, da stand er vor mir. Der Teufel mit seinem Gabelbart und feurigen Augen. ‹Narr› hat er gefaucht, ‹alle haben sich von dir abgewandt. Du bist allein. GOTT wird dich nicht retten. Wende dich mir zu, und du wirst reich belohnt.› Er fuhr mit seinen Klauen durch die Luft, lang waren sie, wie Heuschreckenbeine, und streckte mir die Echsenzunge entgegen.»

Dann, auf einmal, erklärte Vater weiter, seien die himmlischen Heerscharen, er habe sie genau gesehen, herabgestiegen, um den Leibhaftigen mit ihrem Lichtstrahl zu bannen. Eine Fanfare, nein, mehrere Fanfaren seien erklungen, und die Stimme unseres Hirten habe ihm klar und deutlich gesagt, er solle sich noch weiter nach Westen wenden, über das Meer. Schon seien die Felder rundherum mitsamt dem Haus zum Meer geworden, weit und blau.

«Ich trieb auf dem Wasser», fuhr er fort, «ein kleiner Bauersmann, mehr nicht. Die Wellen fielen über mich und tauchten mich ins Wasser, hoch wie Kirchtürme waren sie. Aber ich fürchtete mich nicht, denn ich fühlte mich behütet. Und da wusste ich, Hans, dass wir zur See fahren müssen.»

«Das Meer?»

Ich sah Vater an. Er stand aufrecht da, zufrieden und stolz. Ich fühlte, wie meine Hoffnung, er könne sich doch noch ändern, in sich zusammenfiel.

«Willst du denn nicht nach Hause zurück?»

«GOTT ist unser Zuhause.»

«Amen», warf Ulrich dazwischen.

Vater umarmte mich. Er drückte mein Gesicht mit aller Macht gegen seine Brust, dass ich kaum atmen konnte. Erst nach einer Weile ließ er los. Mir war schwindelig.

«Es tut mir leid. Ich habe dir nicht immer alles gesagt. Ich wusste, dass die Reise lange dauern würde. Ich habe dir nicht davon erzählt, sonst wärst du nicht mitgekommen.»

«Wieso musste ich unbedingt mitkommen?»

«Weil es so besser ist.»

«Für wen? Für dich?»

Vater schüttelte den Kopf.

«Nein, für dich.»

«Und was ist mit meiner Frau? Mit Mutter? Meinen Geschwistern?»

«Für die auch.»

«Die Reise ist noch nicht vorbei, das stimmt. Aber sie hat uns doch mehr geläutert, als wir uns erhoffen konnten. Nun müssen wir uns GOTT ganz ergeben. Dann erst wird er uns reich belohnen. – Sag, vertraust du mir?»

Und schon sahen mich alle an. Vater, Ulrich, Vischer, die beiden Köhler. Schon wieder war mir, als wäre ich von Wölfen umgeben. Eine falsche Bewegung, und sie würden mich zerfleischen. Das Meer. Das war es also. Schon am Ufer des Sarnersees hatte ich es gerochen, aber ich war blind gewesen. Es hätte mir damals eine Warnung sein sollen, aber ich hatte ja den Geruch noch gar nicht gekannt. Wenn ich Vater nicht zustimmen würde, würde das ihn töten, das spürte ich. Er erwartete nichts so sehr von mir wie dieses eine Ja.

«Vertraust du mir?»

Ich nickte.

«Dann soll es so sein», sagte Vater.

Ich war nicht bereit, mit ihm aufs Meer zu gehen. Diesen letzten Schritt würden sie alleine machen müssen. Andererseits hatte ich nur mein Leben zu verlieren, und das schien mir von Tag zu Tag weniger wert.

Bertin war während der ganzen Unterhaltung immer erregter hin und her geschritten. Nun platzte er heraus: «Wir haben lange auf euch gewartet.»

«Hätte nicht gedacht, dass mir das mal jemand sagt», sagte Vischer.

«Wir wollen ebenfalls aufs Meer, genau wie ihr. Und wie Noah. Wir haben nur auf ein Zeichen gewartet. Gebt uns einige Tage, dann sind wir bereit.»

«Noah hatte ein Schiff», sagte ich.

Bertin zog den Rotz hoch.

«Wir brauchen kein Schiff.»

Am Abend saßen wir draußen vor ihrer Hütte und sahen zu, wie der Wald immer dunkler wurde, bis er fast so schwarz war wie das Holz im Kohlenmeiler. Hätten sich die Edelleute, denen der Wald wohl gehörte, einmal darin umgesehen und hätten sie die Hütte der Köhler erblickt, sie hätten sie sofort des Wildfrevels beschuldigt: Hasenfelle baumelten von den Fenstern, bunte Pfauenfedern steckten im Strohdach. Die Hütte selbst ruhte auf Baumstämmen, die zusammengenagelt und zusammengebunden waren. Neben der Tür hingen die Schädel von Rehen, Hasen und kleinen Vögeln. Vor der Tür war ein kleiner überdeckter Vorbau mit einem Geländer. Dort saßen wir.

«Das Jüngste Gericht ist ein großer Kohlenmeiler», sagte der Köhler. «Da stecken alle drin, bis man sieht, ob sie zu Kohle werden oder nicht.»

«Was passiert mit denen, die zu Kohle werden?», fragte Vischer.

«Die müssen auf immer brennen. Sie sind wie eine Flamme, die sich selbst verzehrt. Sie brennen auf immer, doch verbrennen nie.»

Vater nickte.

«Sehr bald wird es zu spät für jede Reue sein», fuhr der Köhler fort. «GOTT wird eine große Flut senden, um das Antlitz der Erde zu reinigen; alle Sünder werden in die Tiefe gerissen und jämmerlich ertrinken.»

Woher er das denn wisse, wollte ich ihn fragen, aber ich kam nicht dazu, denn Ulrich wedelte vor Begeisterung dermaßen mit den Armen, dass er mir mit dem Ellenbogen in die Seite stieß.

«Ganz recht, der Mann hat's erkannt! Die ganze Welt wird in Bälde verschwinden! Ich hab's euch doch gesagt, ich hab's doch gewusst! Sodom und Gomorrha! Die Sünden, die wir Menschenkinder angehäuft haben, sind einfach zu viel. Die Krankheiten, wir haben sie gesehen, sind nur ein Vorgeschmack. GOTT hat uns geprüft, und nun wird er uns belohnen.»

«Ja. Und unsere Arche ist hier.»

Der Köhler zeigte auf den Boden, auf dem wir standen. Die Hütte sah nicht nur aus wie ein Floß. Sie war ein Floß.

Ich trat mit dem Fuß auf dem Holz herum. Es knarrte und knackte.

«Das hier» – ich ging in die Hocke, klopfte nun mit den Knöcheln darauf – «soll alles sein, was zwischen uns und der See steht?»

«Unsinn», sagte Vater. «GOTT steht dazwischen.»

«Du musst Vertrauen haben», sagte Ulrich.

«Ach, red du nur!», rief ich.

«Was fällt dir ein?»

«Halt einfach mal dein Maul, Ulrich. Mehr als meinem Vater nachreden kannst du sowieso nicht.»

Mit einem Schrei stürzte Ulrich auf mich zu und versuchte, mir seine Faust ins Gesicht zu schlagen, aber er hatte vergessen, dass ich jünger und stärker war. Es gelang mir, ihn so zu stoßen, dass er torkelte. Ich holte mit der Rechten aus und klatschte ihm die Hand gegen die hohle Wange. Hinter mir johlten Barbara und Vischer.

Ich wollte mich schon über meinen Sieg freuen, da – ein Geräusch, wie wenn man einem die Hellenbardenspitze in die Gurgel rammt. Es war Vater. Er war zusammengebrochen, lag auf den Knien und krümmte sich wie eine Katze, bevor sie einen Haarknäuel ausspuckt. Vischer sprang zu ihm und hielt ihm die Stirn. Ein roter Schwall kam aus seinem Mund, landete auf dem Holzboden und breitete sich wie ein samtener Königsmantel darüber aus.

«Der Tüfel!», sagte Vater.

Seine Stimme klang gebrochen. Tränen liefen ihm über die Wangen. Dennoch sah er würdig aus in seinem Leiden. Ich wusste nicht, dass ein Mann dermaßen viel Blut in sich haben kann. Trotzdem blieb ich stehen und sah zu, wie sich das Blut ausbreitete, ich konnte mich nicht rühren. Ich spürte, wie mein eigenes Blut mir im Kopf pochte.

Als es, endlich, vorüber war, blieb Vater lange liegen, den Bart im eigenen Blut, und sah zum Himmel hoch. Wir standen im Kreis um ihn herum und wussten nicht recht, ob und wie wir ihm helfen konnten. Barbara brachte ein Tontöpfchen mit einer weißen Kräutersalbe, mit der sie Vater ein Kreuz auf die Stirn malte.

Auf einmal hörte ich ihn meinen Namen flüstern. Ich legte mein Ohr dicht an seinen Mund. Seine Lippen waren vom Blut ganz rot gefärbt. Er flüsterte etwas, aber ich verstand nicht. Er sagte es noch einmal, aber ich verstand es immer noch nicht, also beugte ich mich noch näher zu ihm. Ich fühlte seinen warmen Atem in meinem Ohr.

«Ich weiß alles. Aber ich vergebe dir.»

Ich fröstelte.

«Der Teufel hat dich geprüft, wie er mich geprüft hat. Jetzt müssen wir stark sein und zueinanderhalten! Noch kann ich ihn alleine im Zaum halten.»

Ich nickte, weil ich nicht wusste, was ich sonst hätte tun können.

«Hör zu.»

Er packte meinen Oberarm.

«Du bist mein Sohn. Du musst zu mir halten.»

Mir fuhr es kalt den Rücken herab. Ließe ich ihn im Stich, müsste er sterben. Dann würde ich im Höllfeuer enden. Bilder stiegen in mir auf: Horden von Dämonen mit spitzen Zähnen kochten mich in bauchigen Bottichen in schwarzem Pech, bis mir die Augen in den Höhlen schmolzen und meine Haut von den Knochen fiel, nach oben trieb und auf der Oberfläche schwamm.

«Das werde ich», sagte ich.

«Dann besteht Hoffnung!»

Vaters Stimme klang auf einmal wieder ganz kräftig. Mit einem Sprung stand er auf. Seine Wangen röteten sich.

«Morgen brechen wir auf!», sagte er. «Wohin uns die Reise auch führt: GOTT bereitet uns einen Tisch. Wollt ihr mir weiterhin folgen?»

«Was sollten wir denn sonst tun?», fragte Vischer.

«Wir verlassen dich nicht», sagte ich.

XVIII.

Am nächsten Tag wachte ich erst auf, als die Sonne an ihrem höchsten Punkt stand. Die anderen standen um das Hüttenfloß herum. Sie hatten Taue am Geländer befestigt.

«Hilf uns lieber, anstatt Maulaffen feilzuhalten», rief Ulrich, als er sah, wie ich mir die Augen rieb.

Die anderen lachten. Barbara stand unter dem Vordach und zeigte nach Westen. Die anderen nahmen sich die Tauenden und warfen sie sich über die Schultern. Auch Vater packte mit an.

«Los, los!», schrie die Köhlerin.

«Eins, zwei, eins, zwei!»

Sie setzten ab und zogen dann erneut, gaben sich ganz hinein, aber mehr als eine Daumenlänge brachten sie nicht zustande.

«Pack auch an, Hans, dann schaffen wir's!», rief Vischer.

Ich spuckte auf den Boden und nahm mir ein Seil. Wir zogen. Das Seil brannte in der Hand. Während ich die Fersen ins Gras bohrte, sah ich uns von oben: magere Männer, die sich wie Ochsen abmühten, die nicht wussten, was sie taten, warum sie es taten, und wohin das alles führen sollte.

Vater ließ den Strick als Erster fallen.

«Es ist zu viel irdisches Gut in dem Haus.»

«Warte.»

Bertin verschwand in der Hütte, Barbara folgte ihm. Man konnte hören, wie sie drinnen herumwühlten. Immer wieder erschien seine haarige Hand mit einem neuen Ding im Türrahmen. Ein Hammer surrte durch die Luft und bohrte sich vor Vischers Füßen in die Erde. Schnabelschuhe, zwei, drei löchrige Wollhemden, ein Butterfass, eine Sense und ein Hasenfell segelten am grauweißen Himmel vorüber und teilten die Wiese untereinander auf. Wir zogen erneut. Es ging zwar leichter, aber mehr als drei Fuß brachten wir nicht zustande.

«Es sind immer noch zu viele Dinge», sagte Vater.

«Fichu!»

Der Köhler rannte zurück in seine Wohnstätte. Wir hörten, wie er etwas Schweres über den Boden zerrte. Er brachte einen Tisch nach draußen, wobei er die Beine mit den Armen hielt und ihn wie ein Kind auf dem Rücken trug. Barbara ging ebenfalls hinein und kam rücklings heraus, wobei sie ihr Ehebett mit sich zog. Vischer eilte ihr zu Hilfe. Sie stellten das Bett unter drei Weißtannen ab, wo es ganz verloren dastand.

«Das reicht», sagte Barbara.

Sie hatte Recht. Das Floß glitt zwar langsam, aber beharrlich über den Boden. Wir zogen es bis ans andere Ende der Lichtung, wo wir uns fallen ließen und uns den Schweiß von der Stirn wischten.

«Und jetzt?», fragte ich.

«Jetzt dichten wir das Floß ab», sagte Bertin. «Sonst sinkt es noch in der ersten Nacht.»

Bis wir genug Birkenrinde beisammenhatten, um Pech daraus zu machen, stand der Mond am Abendhimmel. Wir bildeten einen Kreis um ein Loch, das Barbara in die Erde gegraben hatte. Eine Nachtigall gab uns ihr Einverständnis. Der Köhler trug zwei Tontöpfe heran. Den einen stellte er ins Erdloch. In den Boden des Zweiten schlug er mit einem Hammer und einem Nagel lauter feine Löcher. Dann stellte er den Topf auf den Ersten und stopfte die Birkenrinde und ein paar Zweige hinein. Wir setzten den

Deckel auf, legten Brennholz um die Töpfe, bis wir sie kaum mehr sehen konnten, und zündeten das Holz an. Wir wollten die Rinde im Feuer schmorenlassen, bis sie als Pech schwarz heraussträufelte. Auf die ganze Arbeit hin betranken wir uns mit Schlehenwein, den die Köhler für einen besonderen Abend wie diesen aufgehoben hatten. Der Wein hüllte uns in eine Wolke und sorgte dafür, dass wir bald wegdämmerten, während es um uns herum weiter rauchte und glühte.

Der Köhler und ich waren als Einzige vor Sonnenaufgang wach. Wir traten an die Feuerstelle. Vom Feuer war nichts als graue Glut geblieben. Der Topfdeckel war mit schwarzen Aschesprengseln bedeckt. Der Topf selbst hatte sich bis zum Rand mit Pech gefüllt. Damit dichteten wir nun die Ritzen zwischen den Stämmen ab. Dazu entrissen wir zusammen mit den anderen der Hütte die letzten Innereien und hoben das Floß mit einem Hebel aus kreuzweise aufeinandergelegten Ästen hoch, bis es kenterte. Die Unterseite des Floßes tupften wir mit tropfenden Lappen voller Pech ab und strichen die Ritzen aus. Danach ließen wir den Boden im Sonnenlicht trocknen und gingen alle in den nahen Bach, um ein Bad zu nehmen. Wir ließen uns das eisige Wasser über die Haut laufen, bis wir Gänsehaut kriegten. Ich versuchte, nicht zu sehr auf Barbara zu starren, während sie Bertin lachend mit Wasser bespritzte. Sie gefiel mir, auch wenn sie älter war als ich, ihr Leib war kräftig, ihre Hüften weit. Einmal sah ich aus den Augenwinkeln, ich hatte es nicht gewollt, Vaters Glied, das Glied, das mich gezeugt hatte, es sah ganz gewöhnlich aus, fast wie meines, schlaff und runzelig hing die Vorhaut herunter, und lang war es, lang und dünn und traurig. Ich hatte erwartet, dass Vater gar nichts mehr zwischen den Beinen hatte, dass ihm der HERR alles genommen hatte.

So verging ein weiterer Tag. Die nächsten zwei widmeten wir den letzten Vorbereitungen. Wir hetzten auf, was es im Wald an Wild gab, erlegten es, schlachteten es und trockneten das Fleisch. Wir füllten Bachwasser in die Krüge. Am Morgen des dritten Tages weckte uns lautes Gehämmere. Vater und Bertin trugen mit Hammer und Beil den Kohlenmeiler ab. Dann war es soweit. Wir konnten aufbrechen.

XIX.

Unser Floß ließ sich nur unter großer Mühe über die Wege und Wiesen ziehen. Wir wickelten Taue um den Mast und schleiften es neben der Landstraße über das nasse Gras. So nahm das Holz weniger Schaden. Dafür sogen sich unsere Schuhe mit Wasser voll. Die paar Menschen, die uns entgegenkamen, rissen die Münder auf. Manche fragten uns, wohin wir gingen. Als Vater sagte «zum Meer», schwiegen sie. Oftmals sahen sie uns lange nach. Bertin meinte zwar, das Meer sei nur einen Tagesmarsch entfernt. Doch mit dem schweren Floß zog sich der Fußmarsch in die Länge. Mehr als ein, zwei Meilen schafften wir kaum. Nachts stellten wir das Floß an Dorfrändern oder Flussufern ab. Das Köhlerpaar schlief im Häuschen, auf Stroh gebetet, wir auf den Feldern und Kiesbänken. Manchmal wachte ich in der Nacht auf und sah durch den Hütteneingang, wie Bertin über Barbaras Hüfte strich.

Und dann, eines Morgens, war da das Meer. Zuerst hörte ich es nur. Ein fernes Brausen. Ein kalter Wind fuhr mir durch das Haar. Wir gingen schneller. Das Dorf, eine Ansammlung verwaschener Häuschen, ließen wir links liegen. Wir zerrten das Holzgebilde über die aufgefurchte Ackererde. Kein Wölkchen war zu sehen. Am Ende des Ackers türmte sich eine mit dürrem Gras bewachsene Sanddüne auf. Wir brauchten drei Versuche, um das Floß hinaufzuzerren. Oben, auf der Kuppe, sahen wir es schließlich vor uns. Das Meer. Es sah aus, als hätte es kein Ende. Wir standen einfach nur da. Vaters Augen glänzten. Er ließ sich auf die Knie fallen und legte die Stirn in den Sand. Vischer streifte die Schuhe ab, schleuderte sie von sich und rannte auf das Wasser zu. Der Wind riss ihm die Kappe vom Kopf, lachend hetzte er ihr nach. Barbara und Bertin jauchzten und machten Gesichter wie große Kinder. Sie küssten sich, ausgiebig, als wären sie allein mit dem Meer. Ich wollte nicht zeigen, wie bang mir zumute war, also rannte auch ich zum Wasser und riss die Arme hoch. Das Meer war laut und dunkel. Weißgraue Vögel saßen auf den Wellen, kreisten über unseren Köpfen und meckerten uns an. Mit der letzten Kraft stießen wir das Floß die Düne hinunter und brachten es nahe am Wasser zu einem Halt, aber nicht zu nahe, wegen der Flut. Dann legten wir uns schlafen.

Am nächsten Morgen sammelten wir ausgebleichte Zweige, die das Meer an den Strand getragen hatte, und machten ein Feuer. Ulrich und Vater gingen in den nächstgrößeren Ort, Fouras hieß er, um einige letzte Dinge zu besorgen. Sie waren kaum gegangen, als wir Stimmen hörten, die vom Meer kamen. Ein Fischerboot landete am Strand. Sechs Männer mit düsteren Gesichtern kraxelten aus der Barke und wrangen das Salzwasser aus ihren Hüten. Sie hatten die Nacht wohl auf dem Meer verbracht, um die Fische in ihr Netz zu locken. Wir winkten ihnen zu. Sie winkten nicht zurück, sondern sahen uns an, als wären nicht sie, sondern wir aus der Nacht gekommen. Dann breiteten sie ihre Netze auf dem Sand aus und füllten ihren Fang in große Kessel um. Was für ein Fang es erst werden würde, wenn sie uns aus dem Meer ziehen würden, wenn sie unsere aufgequollenen Körper in der Sonne zum Trocknen auslegten, Vischer noch fetter als in seinen besten Tagen, Vater mit einem seligen Lächeln.

Vater und Ulrich brachten zwei Angeln, getrocknete Äpfel und sechs Tonkrüge, um darin Regenwasser zu sammeln. Ich half ihnen, alles in der Hütte zu verstauen. In die eine Ecke kamen die Tonkrüge. Wir füllten sie an einem nahen Bach auf und zurrten die Deckel mit Schnüren fest. Daneben platzierten wir zwei Eisentöpfe und all das Feuerholz, das wir hatten sammeln können. Es sollte für zwei Wochen reichen. Wir alle ahnten, dass das nicht genügte, doch niemand traute sich, die Stimme zu erheben. Außerdem war da ein Bastkorb. Den füllten wir mit dem getrockneten Fleisch, das wir noch bei den Köhlern erbeutet hatten. Obenauf legten wir die gedörrten Äpfel. In der anderen Ecke lagen sechs Wolldecken. Die Angelruten lehnten davor.

Am Abend, kurz vor Sonnenuntergang, wollten die anderen das Floß ins Meer stoßen. Wir warteten, bis die Fischer verschwunden waren. Ulrich glaubte, sie könnten uns aus mangelndem Vertrauen in den HERRN davon abhalten aufzubrechen. Während der Sonnenball ins Wasser tauchte, bereiteten wir uns auf die Reise vor. Der Henker ließ die Hosen herunter und pisste zum letzten Mal auf festen Boden, wie er sagte, wobei er seinen Arsch dem Land zuwandte und das Gesicht dem Meer und der Sonne.

«Das wird wunderbar», rief er über die Schulter.

Bertin und Barbara liebten sich abseits hinter einer Düne, ihr Stöhnen war klar zu hören, weshalb sich Ulrich mit lauter Stimme und verkniffenem Mund mit Vater über die Dreifaltigkeit unterhielt. Vater nickte bei jedem Wort, aber seine Augen wanderten ständig zum Meer und zu mir.

Schließlich hatte der Henker genug Wasser gelassen, hatten die Köhler genug im Venusberg gehockt, und Vater sagte, nun sei es Zeit. Wir zogen uns die Kleider und Schuhe vom Leib und legten sie als Bündel auf das Floß, daraufhin stießen wir es ins Wasser. Das Wasser war kalt und wurde schneller tief, als uns lieb war.

«Weiter können wir nicht», rief Ulrich, der mit Vater und Bertin voranging, «wir steigen aufs Floß!»

Das Floß wankte, als sie sich heraufzogen. Ich ging auf den Zehenspitzen. Das Wasser reichte mir bis zum Hals. Kurze Zeit darauf zog Vischer sich ebenfalls hinauf. Dann stand er über mir und Barbara und streckte uns die Hand hin. Ich wich seinem Blick aus. Die Angst schnürte mir die Kehle zu. Ich stellte mir vor, wie ich an den Strand geschwemmt würde und wie Mutter und das Elsi bis an ihr Lebensende vergeblich auf mich warten müssten. Ich wollte nicht. Ich konnte nicht. Auch wenn Vater mir nicht vergeben würde. Schon kniete Barbara auf dem Holz und ließ sich von Vischer aufhelfen. Jetzt thronten sie über mir und sahen zu mir herunter. Vischer streckte mir die Hand ins Gesicht.

«Komm, Hans, du musst nicht mehr stoßen, ist schon gut.»

Meine Hände rutschten vom Holz ab ... Ich drehte mich um ... Was kann ich dafür ... Die Angst übernahm das Ruder ... Ich schlug mit den Armen aufs Wasser ... Watete, watschelte zur Küste zurück ... Sie glänzte golden im Abendlicht ... Die See weigerte sich, mich passieren zu lassen ... Immer wieder schluckte ich Salzwasser ... Es würgte mich ... Meine Augen brannten ... Ich blinzelte, sah den Küstenstreifen nur ganz undeutlich ...

«Judas, Verräter, Teufelsknecht!», hörte ich Ulrich.

Ich drehte mich nicht um, sondern watete schneller. Hinter mir hörte ich, wie Arme auf das Wasser klatschten. Ein Strom von Flüchen rauschte durch meine Sünderseele. Das Klatschen kam näher, dann umschlang ein sehniger

Arm meine Brust. Man zog mich mit sich. HERR, lass es ein Ungeheuer sein, dachte ich, einen Walfisch. Aber es war Barbara, die mich packte und mich zurück auf das Floß brachte. Auf ein Stück Holz mit Menschen darauf, die umherschrien wie die Affen. Ich wehrte mich, ich zappelte und ich zerrte, aber es war mir nicht gegeben zu entkommen, ich kann ja nicht einmal schwimmen. Man hievte mich aufs Floß, man ohrfeigte mich, man betete für mich, für den armen Sünder, den Narren, den Ketzer, der seinem Vater nicht folgen will. Ich saß den Rest des Abends auf der Kante des Floßes, den Blick Richtung Land, die Beine ins tiefe Wasser hängend, Beute für die Fische. Das Land wurde kleiner und kleiner und verschwand im Dunkeln. Nichts war mehr übrig außer den Blinzelaugen der Sterne, die mich verhöhnten. Oder war es das Lachen des Henkers? Ulrichs? Als sie alle zu Bett gingen, wollte ich sitzen bleiben, aber sie ließen es nicht zu und zerrten mich in die Hütte. Ich lag eingepfercht zwischen Bertin und Vischer, zum Schlaf verdammt. Weder unsere Reise noch unsere Marter war zu Ende, sie fing erst richtig an.

XX.

Die Wochen vergingen. Wie viele es waren, vermag ich nicht zu sagen. Es gab keine Karte und keinen Pfad, dem wir hätten folgen können, nur Vater, der uns vorgab, wie wir das Segel zu drehen hatten. Es war seine große Zeit, denn wir wurden ihm ähnlicher, aßen kaum, lagen in der Sonne und schwiegen. Außer dem Angeln gab es nichts zu tun. Das Trockenfleisch hatten wir schon am vierten Tag aufgezehrt. Auch das Trinkwasser ging langsam zur Neige, da es kaum je regnen wollte. Weil wir nur zwei Angeln hatten, fischten wir abwechselnd. Nicht nur, um an Essen zu kommen, sondern auch, um die Langeweile zu bekämpfen. Jeden dritten Tag durfte ich gemeinsam mit dem Henker am Heck sitzen, er im Schneidersitz, während ich die Beine ins Wasser baumeln ließ, und wir Fleischstücke, später Fischreste ins Wasser hängten, bis einer anbiss. Das war die einzige Abwechslung. Die anderen Tage verbrachte ich damit zu dösen, egal, ob es Tag oder Nacht war. Sowieso hatten Tag und Nacht längst angefangen, ineinander überzugehen. Bald hatte ich keine Ahnung mehr, wo vorne war und wo hinten, wo falsch und wo richtig. Der Klang jener Tage ist mir noch immer im Ohr: das Schaukeln des Floßes auf dem Wasser, das leise Klatschen der Wellen, ein wenig Wind, das Gebetsgemurmel von Vater und Ulrich und das Liebesgetuschel der Köhler. Die Zeiten, zu denen ich mit Vischer angelte, sind in meiner Erinnerung zu einer einzigen zähen Suppe verschmolzen. Unsere Gespräche kamen mir stets so vor, als hätten wir sie um fünf Uhr morgens geführt, wenn man beim Melken nicht weiß, ob man wacht oder träumt. Meist lag die Köhlerin hinter uns in der Sonne, nackt, daneben der ebenso nackte Köhler. Sie lächelten die Wolken an. Sie wirkten gereinigt, geläutert. Kein bisschen Kohle klebte mehr an ihnen. Sie wuschen sich täglich im Meer. Bertin sprang ins Wasser, Barbara hielt seine Hand fest, damit er nicht davontrieb.

Einmal spürte ich einen enormen Durst. Ich stakste über die beiden Nackten und trat in die Hütte. Da sollte es noch ein wenig Trinkwasser geben. Drinnen roch es nach altem Schweiß und fauligem Atem. Die beiden GOTTESmänner verließen die Hütte kaum, außer, in Ulrichs Fall, um auszutreten oder wenn er zum Angeln eingeteilt war. Ulrich saß in einer Ecke, den Kopf auf die Brust gesenkt. Als er mich eintreten sah, schaute er mich aus trägen Lidern heraus an. Sein Hemd war bis zum Nabel aufgeknöpft. Der Schweiß rann an ihm herunter. Die armen Tropfen wussten nicht, wohin sie sollten, und verfingen sich im grauen Pelz seiner Brust. Vater kniete weiter entfernt auf dem Boden, den Rücken kerzengerade, und betete zum heiligen Brendan, der, wie Ihr wisst, eine ganz ähnliche Fahrt ausgestanden hatte. Ich ging zu einem der Wassertöpfe und hob den Deckel. Leer. Ein anderer barg bloß eine trübe Pfütze, der ich nicht traute. Nur der letzte Topf, der sechste, enthielt noch einen Schluck. Als ich eine Tasse hineintunkte, hob Ulrich den Kopf.

«Sauf nicht so viel.»

«Es regnet sicher bald», sagte ich. «Dann haben wir wieder genug zu trinken. Du betest dafür, gell, Vater?»

Vater nickte. Ich leerte die Tasse in einem Zug, aber es half nichts, meine Kehle fühlte sich immer noch an, als hätte sie jemand tagelang umgestülpt und zum Räuchern aufgehängt. Ich verstand, weshalb die beiden drinnen blieben. Drinnen blieb einem verborgen, wie hoffnungslos unser Unterfangen war. Einige Fuß Boden und dann nichts als dunkles Wasser.

Ich setzte mich wieder neben den Henker. Im Rücken spürte ich die Wärme der beiden Köhler.

An dem Tag fingen wir nichts mehr. Abends saßen wir allerdings trotzdem im Kreis vor der Hütte, so wie jeden Abend, und Barbara stellte uns den leeren Topf hin.

Die Tage vermochten sich kaum voranzuschleppen. Langsam, wie die Körner in einer Sanduhr, lief uns die Hoffnung davon.

«Was meint ihr, wo wir landen werden?», fragte Vischer einmal, als wir nachts draußen saßen.

«Irland», sagte Ulrich. «Gibt fromme Menschen da.»

«Hoffentlich», sagte ich.

Die Sterne flackerten. Hatte je ein Mensch sich so weit aufs Meer gewagt, wo es fast nichts mehr gab? Nur noch wilde Wellen, mal groß, mal klein, mal feindlich, mal wohlgesonnen und, wenn man Glück hatte, etwas Regen, der Süßwasser brachte? Es tut niemandem gut, soweit vom Land abzudriften, auch uns nicht. Auch Ulrich nicht. Sein Blick hatte etwas Fiebriges bekommen. Seine Augen zuckten wild in ihren Höhlen herum, sein Kiefer mahlte bei jedem Wort, als gelte es, die Sprache zu einem feinen Puder zu zermahlen. Der halte das Meer nicht aus, sagten der Henker wie die Köhler hinter vorgehaltener Hand, und sie hatten Recht.

Nur noch ein paar Schlucke schwappten im Topf hin und her. Niemand wollte der Erste sein, der davon trank. Die Sonne weigerte sich, sich zurückzuziehen, selbst in der Hütte verfolgte uns ihr Licht durch die Ritzen und warf

Muster auf unsere Kleider. Keine Brise war zu spüren. Das Floß trieb mit schlaffen Segeln vor sich hin. Ich wartete darauf, dass etwas geschah. Es war Nachmittag. Ulrich, der an jenem Tag angeln sollte, hatte nicht einen Fisch gefangen. Wenn man sich so ausgedörrt fühlt, dann spürt man das Schwanken des Floßes um einiges stärker, hin, zurück, links, rechts. Um mich abzulenken, hatte ich mich auf den Bauch gelegt und ritzte mit meinem Messer Schmetterlinge ins Holz. Eine Farbe hatten sie nicht, aber ich verpasste ihren Flügeln Schnörkel, damit sie schön aussähen, sollten sie sich entscheiden, doch einmal wegzufliegen. Ich hätt's ihnen nicht verübelt. Vor mir Ulrichs krummer Rücken. Er saß im Schneidersitz an der Floßkante, die Angel in der Hand, und stierte auf das Meer. Ich hörte ihn vor sich hinmurmeln, ich weiß nicht, waren es Verwünschungen oder Ave-Marias. Gerade ritzte ich ein Auge in den Schmetterlingsflügel, da spürte ich eine Brise in meinen Haaren. Ich sah auf. Eine Welle kam auf uns zu. Ich blieb liegen. Was sollte es, so was ließ man einfach über sich ergehen, die Sonne würde ja das Wasser wieder trocknen, auch wenn die Salzkruste auf meiner Haut dicker wurde. Ulrich indessen stand zu selten hier draußen, um zu wissen, dass man die Wellen mit Demut annehmen musste. Schon klatschte ihm das Wasser gegen die Brust. Er schoss auf.

«Genug!»

Er knallte die Angel auf den Boden und rannte auf mich zu. Sein Fuß trat auf den Schmetterling.

«Es reicht! Ich höre auf!»

«Du bist heute mit Angeln dran, also angelst du auch.»

«Das ist der falsche Weg! Wir müssen noch weitergehen. GOTT will, dass wir verzichten.»

«Und das hat er dir gesagt, ja?»

«Nein.»
«Wer dann?»
«Dein Vater.»
«Du lügst.»
«Ich habe in meinem ganzen langen Leben noch nie gelogen. – Kommt alle einmal hierher», sagte er.
Die Köhler kamen angezottelt. Ihre Augenlider hingen fast auf den Boden, so schlaftrunken waren sie. Der Henker blieb mit verschränkten Armen und einem Lächeln abseits stehen. Vater versteckte sich weiter drinnen.
«Wir müssen alles hinter uns lassen, um IHM zu gefallen!», rief Ulrich.
Er reckte die Angelrute zum Himmel hoch. Dann zog er ein Knie an, er wankte nicht wenig – und brach die Rute in zwei Hälften. Ehe wir auch nur nach Luft schnappen konnten, hatte er die Hälften ins Meer geschleudert. Da trieben sie noch einen Augenblick obenauf, bis eine Welle sie fortriss. Bertin klatschte Ulrich eine.
«Du verdammter Hurenbock!»
Ulrich verzog nicht einmal das Gesicht.

XXI.

Nun hatten wir also nur noch eine einzige Angel. In den ersten Tagen störte uns das nicht. Die Fische bissen an, und auch wenn wir weniger fingen, reichte es. Doch leider hielt unser Glück nicht lange. Bald schon gab es neue Schwierigkeiten. Bertin hatte einen fetten Brocken gefangen, eine schimmernde Makrele. Er schlug ihr den Kopf ab und filetierte sie mit einem präzisen Schnitt. Die ungenießbaren Teile warf er über Bord, wo sie noch eine Weile auf dem Wasser trieben. Dann spießte er den Fisch auf einen Zweig.

«Wir brauchen Feuer!», rief er zur Hütte hin.

Ulrich war zum Feuermachen eingeteilt, als Strafe. Jeden Abend füllte er einen löchrigen Kessel mit ein paar Zweigen, die er mit Schürhaken und Zunder entzündete. Der Kessel war eine Erfindung der Köhler. Durch die Löcher strömte die Luft hinein und brachte die Glut zum Lodern.

Ulrich kam aus der Hütte herausgewankt und grinste wie ein Hanswurst. Der Feuerkessel schepperte beim Gehen gegen seinen Oberschenkel. Dann ließ er sich auf den Boden fallen und stülpte sich den Kessel über den Kopf. Er fing zu lachen an. Es hallte dumpf von den Eisenwänden wider.

«Was soll das, wo ist das Feuerholz?», fragte Barbara.

«Wir haben keins mehr!», schallte seine Stimme aus dem Kessel. Dann riss er sich den Kessel vom Kopf und ließ ihn auf den Boden scheppern, er rollte Barbara vor die Füße.

«Nichts mehr. Wir haben nichts mehr», sagte er.

Die anderen scharrten mit den Füßen, schienen nicht zu begreifen.

«Wir haben doch so viel Holz mitgenommen», sagte Vischer.

Ulrich presste die Augen zu.

«Euer Fehler. Ihr wart zu gierig.»

Barbara und Bertin bauten sich vor ihm auf.

«Gib's zu, du hast das Holz nachts über Bord geworfen!»

Ulrich sah zu ihnen hoch. Sein Grinsen war verschwunden.

«Meint ihr, dass ich mich vor zwei Köhlern fürchte?»

«Wir können den Fisch ja roh essen», sagte der Henker und trat von einem Fuß auf den anderen.

Ulrich spuckte aus.

«Wir sind keine Tiere. Nein, das kann nur eins bedeuten: Hungern sollen wir! GOTT wird schon für uns sorgen.»

«Du meinst so, wie er bis jetzt für uns gesorgt hat?», fragte ich.

Die beiden Köhler standen noch immer dicht vor ihm. Ihr Blick war gierig. Ich sah zur Hütte. Vaters Schweigen war so laut, dass man es selbst draußen noch hörte. Da hatte ich einen Einfall.

«Wartet!»

Ich trat zwischen die drei. Mir war, als würde mir Vater eingeben, was zu tun war. Eine ungewohnte Kraft trieb mich an.

«Es gibt noch etwas, was wir verbrennen können: unsere Kleider.»

Vischer bekreuzigte sich.

«Wunderprächtig, das gefällt mir! Nimm alles von mir, was mich hindert zu dir!»

Er packte sein Hemd und riss es mit einem Ruck entzwei. Dann kniete er sich hin, riss den verdreckten Lappen in kleine Stücke, formte daraus ein loses Knäuel und stopfte es in den Kessel. Daraufhin beugte er sich über den Floßboden und schabte mit dem Messer ein paar Flocken davon ab, die er ebenfalls in den Kessel gab, als Zunder. Er erhob sich und schüttelte meine Hand.

«Hans, du gefällst mir! Bist ein kluges Kerlchen. Kommst eben nach deinem Vater.»

Er schlug mit dem Schlageisen auf den Zündstein. Der Funke ergriff bald vom Stoff Besitz. Weil das Hemd alles andere als sauber gewesen war, entstand jede Menge Rauch, der nach Schweiß roch, nach Erde, nach Krankheit und unserer ganzen Reise. Aber das tat nichts zur Sache, wir hatten Glut, und danach hatten wir Fisch. Wir mussten nicht darben. Der Fisch war zwar nicht richtig durch, aber das war uns einerlei.

So ging es die nächste Zeit weiter: Wir schabten das Floß Flocke für Flocke ab und hatten immer weniger an. Hemd um Hemd opferten wir den Flammen. Der Henker gab gar seine gelbe Kappe hin. Auch unsere Schuhe versuchten wir zu opfern, aber sie brannten nicht recht. So waren wir alle, bis auf Vater, der ja nichts aß, und deshalb, so fand ich, fanden wir, seine Kutte behalten konnte, bald nackt vom Scheitel bis zur Sohle. Nackt lungerten wir auf dem Floß herum und ließen uns von der Sonne braten. Die helle Haut der Oberschenkel, meines Glieds und meines Bauches, rötete sich immer mehr und fing an zu brennen, bis sie in Schuppen abfiel. Nach einiger Zeit wurde sie ledrig und dunkel. Die Fische wagten sich nun jeden Tag zu unserem Floß und in unsere Bäuche, ganz, als ob sie uns der Erzengel Gabriel an die Angel hängen würde. Die anderen schienen zufrieden mit dem Floßleben. Es schien ihnen nichts auszumachen, dass wir ganz Wind und Wetter ausgeliefert waren. Sie hatten zu essen, das reichte. Sie dachten nicht daran, dass auf jeden Sommer ein Winter folgt. Blieben wir noch lange auf See, würden wir erfrieren, wie entflohene Schafe, die ihren Stall nicht wiederfinden.

Ich betete oft zum HERRN, er solle der Reise ein Ende machen. Ich sah uns durch die Winternächte treiben, die wundgefrorenen Arme und Beine von uns gestreckt, ganz in Weiß gehüllt. Ich suchte immer mehr die Einsamkeit. So gut ich konnte, versteckte mich hinter der Hütte und sah aufs Meer, sah mich selbst im dunklen Wasser an, meinen Bart, der mir schon bald auf die Brust reichte, und mein verfilztes Haar, das auf meinen Schultern lag. Vater formte mich nach seinem Bilde. Vielleicht würde auch mein Sohn einmal so aussehen, dachte ich. Das Elsi würde ihm sagen, sein Vater sei mit seinem Großvater davongezogen und nie mehr zurückgekehrt. Es war meine Schuld. Eine Schuld, die ich nicht mehr wiedergutmachen konnte, nun, da ich nie mehr zurückkehren können würde.

Bald weigerte ich mich, dem Henker beim Fischen zu helfen.

«Das schaffst du schon allein», sagte ich ihm, als er in die Hütte trat.

«Setzt du dich trotzdem zu mir?»

Ich schüttelte den Kopf. Er fragte nicht warum, und ich hätte es ihm wohl auch nicht sagen können.

Ich begann, mich vor der Sonne zu fürchten. Mir war, dass sie mich langsam verbrennen wollte. Sie würde so stark auf mich herabscheinen, bis nur noch ein Aschehäuflein von mir übrigblieb, das dann von einem Luftstoß ins Salzwasser gefegt würde. Nur an einem Ort war ich sicher: in der Hütte, bei Vater. Er sagte es mir nicht, aber er freute sich darüber, dass ich bei ihm blieb. Wir lagen auf dem Boden, die Holzplanken stachen uns in den Rücken, hörten, wie das Wasser gegen die Floßunterseite klatschte, und beteten mit Hilfe von Vaters Gebetskranz. Vaterunser, eine Kugel wanderte, Ave-Maria, eine weitere.

Manchmal erschien Vischers Schemen vor dem Eingang, dann hob ich den Kopf.

«Willst du dich zu uns setzen? Wir essen gerade.»

«Ich habe keinen Hunger.»

«Du musst doch etwas essen, Hans.»

«Wieso? Vater isst auch nichts.»

Vater sah mich an, als wollte er etwas sagen, doch seine dünnen Lippen blieben geschlossen.

Eines Nachmittags traten sie zu Vater und mir in die Hütte. Breit standen sie da, den Rücken angespannt, die Hände zu Fäusten geballt, vollkommen nackt. Ulrich und Vischer. Mir schien, dass auch ihre Gesichter nackter waren.

«Was ist?», fragte ich.

Vischer machte einen Schritt ins Halbdunkel der Hütte.

«Barbara hat einen Fetten gefangen», sagte Vischer.

«Gut.»

«Aber wir haben nichts mehr, was wir verbrennen können.»

Auch Ulrich trat in die Hütte.

«Es wär eine Schande, den Fang verkommen zu lassen.»

«Esst ihn halt roh.»

«So weit sind wir noch nicht gesunken», sagte Ulrich.

Vischer ging vor Vater, der in der Ecke lag, in die Hocke.

«Bruder Klaus, wir brauchen Eure Kutte.»

Vater schüttelte den Kopf und schloss die Augen.

Auch Ulrich baute sich vor ihm auf.

«Niklaus, stell dich nicht stur. Wir haben Hunger, das ist alles.»

Ich stand auf.

Vater öffnete die Lippen einen Fingernagel breit. Seine Stimme klang, als sei er selbst überrascht, dass ihm die Worte noch gehorchten.

«Ich habe euch niemals gesagt, dass es leicht werden würde.»

«Ja. Nur wussten wir nicht, dass die Reise so lange dauern würde.»

«Schrecklich lange.»

«Bitte gebt uns die Kutte!», sagte Vischer.

«Nein.»

Vischer zückte ein Messer. Es war dasselbe Messer, das Vater benutzt hatte, um der Frau die Furunkel abzuschneiden. Rostflecken waren darauf zu sehen, aber es tat noch immer seinen Zweck. Vater lag in der Ecke.

Ich schnappte nach dem Messer, aber Vischer zog die Hand zurück, ich griff ins Leere.

«Hör auf, Hans, es hat keinen Zweck.»

«Vater isst nicht! Also muss er uns auch nicht helfen.»

«Die Reise war seine Idee», sagte Ulrich.

«Und ihr seid ihm gefolgt!»

Ich trat Ulrich, der nicht darauf gefasst war, in den Bauch. Vischer sprang auf mich zu und stieß mich gegen die Wand. Ich hörte, wie mein Rücken dagegen klatschte, spürte erst, wie die Hütte wackelte, darauf einen dumpfen Schmerz. Ulrich packte Vater unter den Achseln und zog ihn hoch.

«Es tut mir leid.»

Der Henker fuhr mit der Klinge zwischen Vaters Brust und den Stoff. Das Messer folgte Vaters Leib bis zu den Knien hinunter. Schließlich teilte es die Kutte in zwei Hälften und offenbarte Vaters Knochenkörper. Aus den Schultern ragten spitz die Knochen, und unter der Brust formten sie ein trauriges Lied. Ulrich riss ihm den Stoff vom Leib, da fiel Vater hin und blieb auf der Seite liegen. Die beiden gingen hinaus, das Stück Wollstoff zwischen den Krallen. Kaum waren sie draußen, hörte ich Vater schluchzen. Seine Brust wogte auf und ab. Ich fröstelte. Auf einmal merkte ich, dass sein Bart ergraut war. Es musste an mir liegen. Nur hatte ich nicht sehen wollen, wie jedes Mal, wenn ich ihn enttäuschte, ein neuer grauer Fleck auf dem Bart erschienen war, wie auch sein Haar langsam fahl geworden war, erst am Ansatz, inzwischen bis zu den Spitzen. Als er merkte, dass ich ihn ansah, drehte er mir den Rücken zu und krümmte sich zusammen. Mir war schlecht. Alles wäre mir lieber gewesen: Wenn er geschrien hätte, gelacht wie ein Irrer, wenn er herausgerannt wäre, nackt in die Wellen gesprungen, wenn er mir mit der Faust ins Gesicht geschlagen oder sich den Rücken blutig gepeitscht hätte. Nur das nicht. Einen Augenblick überlegte ich, zu den anderen zu gehen, aber mir war, dass das ein Sprung war, zu dem mir die Kraft mangelte. Ich blieb sitzen und sah auf seinen Körper, der mir unmenschlich vorkam, fast, als wäre er ein ganz seltsames Tier. Mir war, dass die Sonne auf- und wieder unterging, bis er endlich wieder mit dem Schluchzen aufhörte, seufzte und sagte, was ich schon lange dachte: «Es ist alles ganz anders gekommen, als ich gedacht habe.»

«Ich dachte, du wüsstest den Weg», antwortete ich.

«Nein.»

«Und GOTT? Gibt er dir keine Zeichen mehr?»

«Jemand gibt mir Zeichen. Aber ich weiß nicht, wer es ist. Oder was.»

Durch den Eingang waren die anderen zu sehen, die ums Feuer hockten und einen gebratenen Fisch herumreichten.

«Der Hunger treibt uns alle dem Teufel vor die Füße», sagte ich.

Er sah mich an und streckte mir die Hand hin. Seine Augen waren nass, sein Blick weich. Ich setzte mich neben ihn. Seine Hand fühlte sich an wie ein Stück Leder, kalt und glatt. Wenn er nicht mein Vater gewesen wäre, ich hätte die Hand wieder weggezogen. Mir war schlecht. Ich wollte alles herauskotzen, was ich auf der Reise gegessen und getrunken hatte, das ganze Fleisch, das Brot, den Wein, ich wünschte, dass ein Engel käme und mir den Bauch ausbrannte, damit ich wie Vater sein konnte.

Draußen ein Donnern. Ein Blitz erhellte Himmel und Hütte.

«Ich wünschte, du wärst nie geboren worden», sagte er.

Mir war, als hätte er mir einen Körperteil abgeschnitten, von dem ich nicht wusste, dass er existierte, und nun lief die Lebenskraft langsam aus mir heraus. Vater sprach weiter, auf einmal schneller, und seine Stimme schwankte, als ob auch sie sich auf dem Wasser nicht gerade halten konnte.

«Ich hätte von Anfang an auf GOTT hören sollen. Ich hätte nie heiraten sollen. Von Anfang an hätte ich in die Berge flüchten sollen und warten, bis alles vorüber ist. Der Teufel hat die Welt geschaffen. Es hat keinen Zweck, in ihr zu leben. Als ich dich zum ersten Mal in meinen Händen hielt, Hans, habe ich daran gedacht, dir den Hals umzudrehen, damit du nicht leben musst. Ich wollte nicht, dass noch mehr Menschen in der Welt sind, die aus demselben Holz geschnitzt sind wie ich. Aber ich konnte nicht. Ich wusste, dass mir deine Mutter nicht verzeihen würde. Sie hätte es nicht verstanden. – Und jetzt hast du mich getötet.»

«Was?»

Vater beugte sich über mich. Sein Gesicht, das sonst blass war, glühte auf einmal rot, seine Augen strahlten.

«Der Feind hat mich immer schon geplagt, und er plagt mich weiterhin! Ständig sehe ich Feuer überall, immer, wohin wir auch gehen! Brennendes Haar, die Schreie der Frauen, der Männer, der Kinder, der Sünder, Schwefel. Gestank, wie wenn man eine tote Sau verbrennt. Überall Feuer, das mich ruft. Gib's zu!»

Vater riss den Mund noch weiter auf: «Gib's zu!»

Er zeigte mir die Zähne, gelb und spitz waren sie.

«Gib's zu, es ist auch in dir, darum hast du es getan, darum hast du mich verraten und verkauft!»

Seine Stimme kam mir fremd vor, als sei das nicht er, der da spräche. Ich wünschte mir, dass das Elsi bei mir wäre oder meine Geschwister, Mutter, selbst Vischer oder die Köhler, selbst ein Fremder, irgendwer, damit ich mit diesem Mann nicht allein sein musste.

«Manchmal hatte ich Lust, ein Feuer an unseren Hof zu legen, bis alles zu Rauch geworden wär, ihr, die Tiere, die Felder, das Haus. Die Flammen haben mir gesagt, ich solle es tun, ich solle ihnen helfen, größer zu werden, bis dass sie die ganze Welt verzehren, bis nichts mehr übrig ist, das sich versündigen kann.»

«Bitte hör auf!»

«Ich kann nicht aufhören. Niemand kann das. Der einzige Weg, sich zu schützen, ist wegzugehen, weit weg, weg von den Menschen, in die Einsamkeit.»

«Wieso hast du mich dann auf die Reise mitgenommen?»

«Ich dachte, ich müsse dich vor dir selber schützen.»

«Alles war gut, bis du gekommen bist», sagte ich.

Vater legte sich auf den Boden und faltete die Hände.

Draußen donnerte es weiter. Der Regen fing an, aufs Dach zu prasseln. Schon drängten die anderen herein, um Schutz zu suchen. Aber sie konnten nicht helfen.

XXII.

Es regnete die nächsten Tage, und es wurde immer schlimmer. Auch in mir selbst hatten sich mächtige Wolken zusammengeschoben, und ich spürte, wie meine Seele strampelte, um nicht unterzugehen. Wie die Murmeltiere drängten wir uns in der Hütte zusammen und versuchten zu schlafen, nur zu schlafen, bis alles vorüber war. Ich presste mich dicht an Vischer und Barbara, aber ihre Nähe konnte mich nicht wärmen. Der Wind kam, wie es ihm passte. Die Seeluft nagte an unseren Gliedern. Das Floß schwankte immerzu und drohte oft zu kentern. Die See schwappte über die Baumstämme, sie lud uns zu sich ein, aber wir wollten der Einladung nicht folgen. Um uns abzulenken, erzählte uns Ulrich von Heiligen, die Schlimmeres ausgestanden hatten, dem heiligen Georg, der den Drachen getötet, und Simeon, der 40 Jahre auf einer Säule gelebt hatte. Immer wieder donnerte es, und die Hütte leuchtete taghell auf. Dann sahen wir, wie blass und entsetzt unsere Gesichter waren. Vater weigerte sich, irgendetwas zu sagen, und gab auch keine Antwort, wenn man ihn etwas fragte. Er lag bloß in der Ecke, die Hände gefaltet, und betete. Wir schliefen und wachten, bis die Grenze zwischen Tag und Nacht verschwamm. Es war ein leichter Schlaf, wie man ihn wohl in einer belagerten Stadt hat, wenn man den Feind draußen trommeln hört. Unsere Haut fand keine Zeit zu trocknen, sondern saugte sich mit Salzwasser voll.

Und dann kam der Tag. Ein lautes Krachen riss mich aus dem Schlaf. Das Floß schwankte, und ich fiel gegen die Wand. Blitzlicht. Barbara riss den Mund auf, aber ich konnte ihren Schrei nicht hören. Eine Welle schlug gegen die Wand. Die See rann in die Hütte und umspülte unsere Füße. Noch eine Welle! Vater fiel auf die Knie, sein Gesicht landete im Wasser. Als wir ihm aufhalfen, tropfte es von seinem Bart. Immer wieder Blitze.

«Wir kentern!», schrie ich, aber das Brausen des Sturms übertönte mich.

Die Tontöpfe fielen um und zerbrachen, unser Trinkwasser rann über das Holz und vermengte sich mit dem Salzwasser, bevor es zwischen den Ritzen versank. Noch eine Welle und Vischer landete mitten in den Scherben, die seine Haut aufschnitten. Seine Brust war voller roter Striemen. Sein Mund verzerrte sich im Blitzlicht zu einem großen Schlund, wieder und wieder rief er etwas, aber wir verstanden es erst, als es einen Augenschlag lang ruhiger wurde.

«Ein Seil!»

«Dort!», schrie Bertin.

Vischer wühlte in einem der umgefallenen Körbe und fand darin ein langes Hanftau.

«Wir müssen uns an den Mast binden!», rief er.

Kriechend kämpfte er sich zum Mast vor, wand das Tau um die Hüfte und knotete sich fest. Das nasse Segel klatschte ihm ins Gesicht. Wieder und wieder warf es ihn hin und her, aber das Tau hielt, er fiel nicht um.

«Kommt!», rief er und riss sich das Segel vom Gesicht, «wir müssen GOTT vertrauen!»

Ulrich warf sich auf den Boden und ließ sich vom Henker das Tauende hinwerfen. Dann kämpfte er sich zum Mast vor, umschlang ihn und zog sich hoch. Vischer band ihn fest. Daraufhin Vater, der nicht kroch, sondern ganz ruhig ging, obwohl die See seinen mageren Körper peitschte. Auf halber Strecke blieb er stehen, drehte sich um und sah mich an. Dann streckte er den Zeigefinger aus und wies auf die andere Floßseite. Da sollte ich hin.

Ich glaube, ich nickte. Die Worte, die er mir gesagt hatte, waren in mich gefallen wie schwere Steine in einen Brunnen. Jetzt zogen sie mich in die Tiefe. Ich wollte dem himmlischen Vater noch mehr vertrauen als Vater, mich ganz in seine Arme werfen, schließlich hatte er das Meer und das Trockene gemacht. Wenn ich wirklich ein Sünder war, sollte er mich auf den Grund hinabziehen.

Barbara kroch auf den Mast zu, der Köhler kroch hinterher und ließ ihren Knöchel nicht los. Dann ließen sie sich nebeneinander anbinden, Hand in Hand. Ich blieb in der Hütte und sah zu, wie das Meer noch ungestümer wurde, wie der Himmel sich entzündete, und der Boden wankte.

«Hans, wo bleibst du?»

«Hans!»

«Komm!»

«Beeil dich!», schrien sie, ich aber blieb sitzen.

Ich stellte mir vor, wie das Floß an einen Strand angeschwemmt würde, ohne Segel, aber mit einem Mast, um den sich ein Reigen ausgetrockneter Knochenmenschlein mit leeren Augenhöhlen versammelt hatte.

Die anderen schrien noch immer. Ich verstand keine Silbe, der Sturm war zu stark, sah nur, dass sie ihre Münder aufrissen, als sängen sie mir ein Abschiedslied. Vaters Mund allerdings blieb zu, er war in die Knie gegangen und hatte die Hände zum Gebet gefaltet. Auch Bertin betete, ich weiß nicht, ob für sich, für mich oder für uns. Hinter ihm der weite Ozean, man wusste nicht, wo der Himmel anfing und das Meer endete. Was Jona gedacht haben mag, als er erkannte, dass das Meer allein seinetwillen stürmte?

Ich erhob mich und kroch Richtung Heck. Ich konnte mich nicht gerade halten. Es warf mich auf der kurzen Strecke dreimal auf den Bauch. Salzwasser lief mir in Augen und Mund. Endlich erreichte ich das Heck. Ich stellte mich so hin, dass ich die Hüttenwand im Rücken hatte. Nun sah ich meine Gefährten nicht mehr. Ich war allein mit der See. Lange Zeit sahen wir uns an, sie und ich. Komm zu mir, sagte sie, vollziehen wir die ewige Vermählung. Wer mich zur Braut nimmt, bekommt die größte Mitgift, die einem Menschen möglich ist: all die Fische des Meeres, all das Gewürm. All die Schiffe, die zu meinen Füßen schlafen, sollen dein sein, komm. Ich sah zum finsteren Himmel und bat GOTT, uns endlich zu erlösen. Da schlängelte sich vor mir ein breiter Feuerstrahl ins Wasser und ließ es aufdampfen. Ein Donnern erklang über mir, so laut, dass ich mir die Ohren zuhalten musste. Die Wellen schlugen hoch. Mir war, als umklammere eine kalte Hand meinen nackten Schenkel. Die See gierte nach meinem Leib, und der HERR wollte, dass ich dieses Opfer brachte. Eine Welle türmte sich vor mir. Ich drückte die Augen zu und ließ mich fallen. Schon klatschte ich über das Holz, und mein Körper war im Wasser. Ich wollte mich ans Floß klammern, aber es hob sich, und meine linke Hand glitt vom Holz, nur mit der rechten bekam ich es noch zu fassen. Da sah ich eine große Gestalt im Mantel vor mir stehen. Sie sah aus wie Vater, nur älter, Bart und Haar waren weiß, die helle Kutte prachtvoll in ihrer Schlichtheit. Ungläubig sah ich zu ihr hoch.

«Wer bist du?»

«Man heißt mich den heiligen Brendan. Fürchte dich nicht, sondern lasse los.»

Meine Hand drückte das Holz, als gelte es, Harz draus zu pressen. Ich versuchte, mich hochzuziehen. Die Gestalt schüttelte den Kopf. Die Wellen schlugen über ihn, aber weder wurde er nass, noch wankte er. Der Heilige setzte seinen Fuß auf meine Hand. Mir war als hätte er sie mir mit einem glühenden Speer durchstochen. Der Schmerz war zu stark. Meine Hand öffnete sich. Ich trieb vom Floß weg.

Immer wieder tauchte ich ab, kam wieder hoch, hustete. Ich schluckte Salzwasser, küsste meine neue Gemahlin. Wie feindselig ihr Verlangen war! Sie wollte mich so sehr, dass ich kaum atmen konnte, wollte mich mit Haut und Haar. Ein, zwei Mal sah ich das Floß noch, wie ein Traumbild erschien es mir. Wie klein es war. Lange Blitze sah ich. Sie schlugen am Rand des Horizonts ins Meer. Ich roch den Unmut der Fische, die sich tief in die See hatten zurückziehen müssen. Ich strampelte, ich rang mit ihr, doch sie lachte nur ihr tiefes Wellenlachen. Mein Herz schlug gegen die Brust, als wollte es hinaus zur See, der es nun allein gehörte. Vor Durst trank ich Schluck um Schluck aus ihrem Becher. Dann wurde ich müde.

XXIII.

Ich erwachte, weil sich spitze Kieselsteine in meinen Rücken bohrten. Um mich herum Nacht. Mondlicht. Mir war kalt. Meine Glieder fühlten sich an, als hätte man mich zwei Tage lang auf eine Streckbank gespannt. Mein Herz raste. Quer auf meinem Bauch ein Stück Treibholz, vollgesaugt mit Salzwasser. Dieses Treibholz war es wohl gewesen, das mich gerettet hatte. Eine himmlische Macht musste es mir geschickt haben, kurz, bevor alles schwarz geworden war. Ich sah mich um. Ich war allein. Allein an einem Strand. Ich war gerettet.

Weshalb ich gerettet worden war und die anderen nicht, war mir unbegreiflich. Mich hätte die See verschlingen müssen, nicht die anderen. Ob sie wohl bereits auf dem Grund des Meeres lagen? Oder ob sie weiterhin vor sich hintrieben? Vielleicht hatte Vater sie dazu gebracht, in die Wellen zu springen. Vielleicht trieb er nun bis ans Ende seines Lebens allein übers Meer, auf den Knien, die Hände gefaltet, für immer allein mit GOTT.

Ich nahm meine Kraft zusammen und stieß das Holz von meinem Bauch. Eine klebrige, eingedickte Flüssigkeit benetzte meinen Nabel. Ich tauchte den Zeigefinger hinein und leckte ihn ab. Eisengeschmack. Mir war schwindlig. Die Sternenbilder, die ich am Himmel sah, waren mir fremd. Vielleicht war ich der erste Mensch, der je an diesen Strand gespült worden war. Vielleicht war es Neuland. Ein Stück Erde, von dem der HERR uns nicht erzählt hatte, das er eben erst dem Meer entrissen hatte, fernab von den Menschen, weil es nicht für sie bestimmt war.

Und erneut fiel ich in einen tiefen Schlaf.

Als ich wieder erwachte, stand die Sonne über einem Meer aus Tannen, die auf den Klippen, die den Strand auf beiden Seiten einschlossen, in den fahlen Himmel wuchsen. Da, wo ich lag, in der Mitte des Strandes, fielen die Felsen zum Strand hin sanfter ab, sodass es einen Weg nach oben gab. Es sah nicht aus, als wäre der Wald je gerodet worden. Ich fühlte mich leer. Auf meinem Bauch war eine langgezogene Wunde. Das Blut war eingetrocknet und bildete eine dunkelrote Kruste. Wahrscheinlich hatten die Fische meine Eingeweide angenagt, zur Strafe für all ihre Geschwister, die, die wir verzehrt hatten. Auf einmal verstand ich: Meine Strafe war noch nicht zu Ende. Die Prüfung hatte erst richtig begonnen. Unsere Pilgerschaft war nicht genug gewesen, mich reinzuwaschen, auch die Entbehrungen auf See hatten das nicht vermocht. Ich sollte noch mehr leiden. Wenn ich wenigstens eine Waffe dabeigehabt hätte, ein Messer, so wär's ja gegangen. Aber ich war mit leeren Händen angespült worden.

Ich trat so fest wie nur möglich auf den Kies, damit es knirschte, und pfiff laut gegen die Stille an. Da mir nichts übrigblieb, suchte ich den Strand nach einem Stein ab, der mir in die Faust passte. Nach einer Weile, sie kam mir sehr lange vor, fand ich einen, mit dem ich mich in den Wald wagte.

Nadelbäume, nichts als Nadelbäume. Gehölz auf den Kuppen, Gehölz in den Senken. Einige Raben mit weiten Flügeln segelten über mir und krähten, als wollten sie den anderen Tieren von meiner Ankunft verkünden. Oder als warteten sie darauf, dass ich stürbe, damit sie mir die Augen aushacken konnten. Einmal landete einer vor mir, zuckte mit dem Kopf und sah mich aus schwarzen Augen an, bevor er wieder davonflog. Der Waldboden war voll gelber Nadeln, bei jedem Schritt stachen sie mir in die Fußsohlen. Mein Bauch gab keine Ruhe. Ich kaute auf Tannenschösslingen und Moos herum, um ihn zu besänftigen, aber es half nichts, ich fühlte mich bloß noch ausgehungerter.

Erst kurz vor Sonnenuntergang gelangte ich an einen kleinen See, einen Tümpel eher, der wie ein Auge inmitten des Grüns lag. Gierig trank ich sein Wasser. Ich erkannte den Mann kaum wieder, der mir von der anderen Seite her eine Fratze schnitt: der Kopf mehr Schädel als Gesicht, die Augen leer, die Lippen blutig und aufgerissen. Um mein Spiegelbild nicht sehen zu müssen, tauchte ich den Kopf ins Wasser. Die Kälte tat mir wohl. Ich hielt die Augen geöffnet. Fische sah ich keine, nur Steinchen und einige Äste auf dem Grund.

Danach legte ich mich einige Fuß vom See entfernt in eine Kuhle, um zu schlafen. Der Wind nagte an mir und fraß sich durch die nackte Haut bis an die Knochen. Vom See her stiegen Mücken auf, die meinen Leib löcherten und das wenige Blut tranken, das in mir geblieben war – und doch schlief ich bald ein, ganz, als wollte der HERR, dass ich schliefe. Mir träumte, dass ich auf einer Wiese lag, gleich neben der Kapelle von St. Niklausen, und mich von der Sonne wärmen ließ. Bis sich ein Schatten vor die Sonne schob. Vater. Was er da tue, fragte ich, aber er gab keine Antwort, sperrte nur den Mund auf und schrie.

Am nächsten Morgen fand ich einen Heidelbeerstrauch. Ich entriss ihm all seine Beeren, zerdrückte sie in der Faust zu Mus und leckte sie mir von der Hand. Doch mein Hunger wollte nicht kleiner werden. Mich fröstelte. Was lechzte ich nach Flammen! Ein Mensch ist nie so alleine, dachte ich, als wenn er ohne Feuer ist. Auch bei Vater in der Klause hatte immer eine Lampe gebrannt. Selbst der heilige Antonius wird in der Wüste unter seinem Felsenbogen ein Feuer angezündet haben. Rot wird das Feuer die Wände seiner Höhle gefärbt haben und ihn vor der Kälte und den wilden Tieren beschützt haben. Nur für mich gab es keine Möglichkeit, eines zu entzünden, denn unser Zundzeug lag auf dem Grund des Meeres.

Ich weiß nicht, wohin ich ging, ich ging bloß immer weiter. Überall hatte der HERR Pflanzen für mich gesät, die ich ausriss und verschlang. Im Schatten der Sträucher entdeckte ich Klebkraut. Das riss ich mitsamt der Wurzel aus und zerkaute Blätter und Blüten. Unter einer jungen Birke wuchs jede Menge Löwenzahn, ich ließ kein einziges Köpfchen übrig.

Obwohl ich gewiss nicht im Kreis gegangen war, fand ich mich bald am Meer wieder. Ich kam an eine Felsklippe, von der ich auf einen langgezogenen, flachen Strand sah. In der Ferne war ein Inselchen zu sehen, das grünlich durch den Dunst schimmerte. Ich ging zum Meer hinunter, erst über Wurzelwerk und Gestrüpp, dann auf allen Vieren einen steilen Hag hinab, bis ich kalten Sand unter mir spürte. Ich sprang ins Wasser. Dieses Mal wollte ich meinen ganzen Körper waschen, nicht nur mein Gesicht. Häufiges Waschen, das gibt Hornhaut. Die Ritter bräuchten ihre Rüstungen nicht, wenn sie sich nur mit Eiswasser einreiben würden. Auf einigen Steinen sah ich Seegras liegen. Sofort sprang ich auf, knüllte es zusammen und steckte mir in den Mund, soviel ich konnte. Es schmeckte nach Salz und nach Fisch. Ich merkte, wie es mir aus dem Mund hing und meinen Bart um ein paar grüne Strähnen ergänzte. Ich werde ausgesehen haben wie ein Wilder Mann, als ich, so zwischen den Steinen kauernd, plötzlich von irgendwas, es musste eine Ahnung gewesen sein, aufgescheucht wurde. Mit weit aufgerissenen Augen starrte ich ans andere Ende der Bucht. Da stieg nämlich Rauch auf. Rauch schlängelte sich zu den Wolken hoch. Er kam von einem Feuer. Vier Gestalten standen um die Flammen und hielten lange Spieße hinein.

Ich ging langsam näher, bereit, beim geringsten Anlass zu fliehen. Sie hatten mich noch nicht gesehen. Die vier Männer trugen unförmige Lederkittel und waren, das sah ich von Weitem, stämmig und wohlgenährt. Der Wind trug Fleischgeruch zu mir hinüber. Ich ging schneller. Mein Hunger war stärker als meine Angst.

Da tat einer der vier einen Ausruf und zeigte in meine Richtung. Die anderen drehten die Köpfe. Rote Linien zogen sich über ihr bartloses Gesicht, das ein wenig dunkler war als meines, wie bei den Südländern. Ihr rabenschwarzes Haar war lang, so wie meines, aber weit weniger verfilzt. Vielleicht dreißig Fuß waren noch zwischen uns, da fingen sie auf einmal an, mit den stumpfen Enden ihrer Spieße einen Takt in den Sand zu schlagen. Einer hob zu singen an, die anderen stimmten ein. Wie bei den Dominikanermönchen kam mir das vor. Es war aber bestimmt kein Latein, sondern ganz unverständliches Zeug. Freundlich klang es auch nicht gerade. Als derjenige, der mich zuerst gesehen hatte, einen Schritt auf mich zu machte, rannte ich weg, hoch in den Wald, obwohl mich doch alles zum Feuer hingezogen hatte. Als ich merkte, dass sie mir nicht gefolgt waren, sank ich unter einer Fichte zusammen.

Ich hielt mich bis kurz vor Sonnenuntergang versteckt. Dann scheuchte mich der Hunger auf, und ich rannte zum Strand zurück, wie ein Wolf, der im Winter aus Verzweiflung bis ins Tal vordringt. Es war niemand mehr da. Die Männer hatten das Feuer nicht richtig gelöscht, eine letzte Glut war geblieben. In der Glut lagen ein paar Knochen, auf die ich mich stürzte. Sie waren noch warm. Ich pulte mit den Zähnen die Fleischreste ab. Das Fleisch war zwar verkohlt, aber mir kam es nach der langen Fastenzeit besser vor als jede Schweineschwarte. Als ich alle Knochen abgenagt hatte, fühlte ich mich noch hungriger. Wie bei den Reisläufern. Die werden auch vom ersten Hurenkuss nur noch geiler. Erst nachdem ich die Knochen ins Meer hinausgeschleudert hatte, merkte ich, dass ich besser nach dem Feuer geschaut hätte. Die Glut war aus. Hätte ich den Hunger nur länger zurückgehalten, ich hätte ein Feuer für die Nacht gehabt. Einen Augenblick kniete ich in den Sand und bohrte mein Gesicht tief hinein. Ich überlegte, dass ich es abscheuern könnte, bis nichts mehr zu sehen war, weder Nase noch Mund, kein bisschen Hans – da fiel mir ein, dass die Wilden jederzeit zurückkommen konnten, um mich zu morden. Auch sonst gab es keinen Grund, am Strand zu bleiben. Hier würde es nachts nur kälter.

Bis es eindunkelte, irrte ich weiter durch die Wildnis, danach kauerte ich mich unter einem umgefallenen Baumstamm zusammen und versuchte, trotz meiner Bauchkrämpfe Schlaf zu finden.

Am nächsten Morgen taumelte ich weiter durch den Wald. Es war ein schöner Tag. Der Himmel war klar, und die Sonne schien mir auf den Pelz. Ein Hohn, so im Tageslicht und mitten im Spätsommer darben zu müssen. Gegen Mittag stieg ich einen Hügel hinauf, um mir einen Ausblick zu verschaffen. Rechterhand, im Osten, war Meer, ebenso im Norden. Im Süden und Westen nichts als Nadelgehölz.

Ich warf mich auf die Knie und wollte beten, als ich sah, dass im Norden Rauch aufstieg, ganz nahe am Meer. Da mussten die Wilden sein. Ich beschloss, mich ihnen zu ergeben. Sollten sie mir doch meinen Schädel spalten oder mir einen Pfeil ins Herz schießen. Alles war besser als dieser Hunger. Ich rannte den Hügel hinunter. Dabei stolperte ich über eine Wurzel und verstauchte mir den Fuß, aber ich lief weiter, entschlossen, es hinter mich zu bringen.

Die Tannen gaben eine große Lichtung frei. Auf der Lichtung stand eine Hütte, von deren Wänden lauter Seegras hing. Vor der Hütte brannte ein Feuer, und um das Feuer standen zwei hagere Männer. Der eine hatte ein Beil in der Hand, der andere war unbewaffnet. Der Unbewaffnete schien dem anderen mit ausladenden Gesten etwas zu erklären. Die beiden trugen dunkelbraune Lederkittel mit nach innen gekehrtem Fell, die ihnen bis zu den Hüften reichten, darunter weder Beinlinge noch Schuhe. Ich sah sie an und erschrak: Es waren Vischer und Ulrich. Anscheinend hatte der HERR auch sie gerettet, anscheinend war auch das Teil seines Plans. Es überraschte mich nicht sehr, dass sie lebten, nach allem, was passiert war. Vater würde wohl auch bei ihnen sein. Ich machte ein paar Schritte auf sie zu. Es raschelte.

«Wer da?», rief Ulrich.

Vischer hob das Beil.

«Sicher die Wilden.»

«Schert euch weg!»

Ich machte ein paar Schritte in die Lichtung hinein. Vischer ließ das Beil langsam sinken.

«Hans!»

Die beiden tauschten einen Blick aus, als wäre ich ein Gespenst.

Ich stolperte auf sie zu, nackt und dreckig, wie ich war. Ulrichs Blick ging von meinen Füßen bis zum Kopf hoch. Ekelte er sich etwa vor mir? Er war doch eben noch selbst nackt gewesen.

«Wo kommst du bloß her? Wir dachten, du wärst ertrunken.»

Es klang nicht unbedingt, als freue er sich, mich zu sehen.

«Wieso hast du dich denn nicht festgebunden?», fragte Vischer. «Der Sturm hat sich nach einer Weile wieder gelegt.»

«Wann hat er denn aufgehört?», fragte ich.

«Kurz, nachdem du verschwunden bist.»

«Das dachte ich mir.»

Ich setzte mich vors Feuer, spürte, wie es meine durchnässten Glieder wärmte.

«Wo ist der Rest?»

Ulrich spuckte ins Feuer. Die Flamme zuckte kurz auf.

«Die Köhler sind beim Strand.»

«Und Vater?»

Ulrich zuckte mit den Schultern.

«Verschwunden.»

«Das macht er manchmal, verschwinden. Er kommt sicher wieder.»

Der Henker setzte sich neben mich. Er machte ein Gesicht, als hätte er saure Milch getrunken.

«Da wär ich nicht so sicher. Er ist weggerannt, kaum hat es uns an den Strand getrieben. Mitten in den Wald ist er gerannt. Ohne ein Wort.»

Ich schwieg, sah in die Flammen und versuchte, an nichts zu denken. Aber da war ein Bild, das ich nicht abschütteln konnte: Ich sah Vater, wie er auf Stroh gebettet dalag. Ein paar Wilde beugten sich über ihn und kühlten ihm die Stirn. Er schlug wild um sich, rief meinen Namen.

Vischer hatte einen Spieß ins Feuer gehalten, den er mir nun in die Hand gab. Ich riss das Fleisch Stück um Stück ab. Der Saft tropfte mir das Kinn hinab.

«Das war ein Geschenk von den Wilden», sagte Vischer. «Heute Morgen haben die uns das gebracht. Zu zweit haben sie es zu uns getragen. Frag mich nicht, warum.»

«Damit wir ihnen vertrauen!», sagte Ulrich.

«Vielleicht ist ja Vater bei ihnen.»

«Mag sein, aber wir können nichts für ihn tun. Wir müssen uns zuerst um uns selbst kümmern.»

Ich antwortete nicht. Monatelang hatten sie Vater an den Lippen gehangen, hatten jedem seiner Befehle Folge geleistet, und nun kümmerten sie sich auf einmal nicht mehr darum, was mit ihm war. Kalte Wut stieg in mir auf.

Ich ging zum Strand. Er lag in der Nähe der Hütte, nur einen Augenblick ging es noch durch ein lichtes Wäldchen. Ich wollte so lange aufs Meer sehen, bis mein Zorn verraucht war.

Vom Ast einer verkohlten Tanne hing unser Segel. Es war ausgefranst und durchnässt und tropfte in den Sand. Es gab kein Alleinsein am Strand, denn die beiden Köhler standen barfuß um etwas herum, das das Floß gewesen sein musste. Ohne Segel, Mast und ohne Hütte war es nicht mehr als ein Brett. Ein Wunder, dass wir damit dem Meer getrotzt hatten. Sie knieten auf den vom Wasser glatt gescheuerten Stämmen und versuchten mit spitzen Steinen, die Seile durchzuschneiden. Ich begriff: Sie waren dabei, das Floß auseinanderzunehmen. Einige hatten sie bereits durchgeschnitten, sie lagen auf dem Kies wie erschlagene Schlangen.

«Grüß dich, Hans», riefen sie, «da bist du ja!»

Barbara war nicht mehr nackt, sie hatte sich ebenfalls eine Weste angezogen, durch die ihre Brüste zu erahnen waren.

«Willst du uns helfen?»

Sie reichte mir einen spitzen Stein. Es gab wohl kein Zurück. Und es war wohl am besten so.

Wir brachten den Nachmittag damit zu, die Schnüre vom Floß zu lösen. Es brauchte jedes Mal mehrere Versuche, denn sie waren durch die Monate im Salzwasser steif geworden. Als wir alle Stämme voneinander getrennt hatten, trugen wir sie auf den Schultern zur Lichtung.

«Was sollen wir mit dem Holz?», fragte ich Ulrich, der am Feuer saß. «Es ist zu groß zum Verfeuern.»

«Wir machen einen Zaun draus.»

«Wozu?»

«Ich traue diesen Wilden nicht.»

«Du hast doch noch nie einem Menschen über den Weg getraut.»

«Darum lebe ich auch noch.»

Am Abend ritzte ich, bevor ich mich neben die anderen schlafen legte, eine Kerbe in den Stamm einer Lärche. Tag eins.

XXIV.

Den nächsten Morgen verbrachten wir damit, die Baumstämme so scharf zuzuspitzen, dass niemand über die Palisade würde steigen können. Dann trugen wir sie zur Hütte und rammten sie rundherum in die Erde. Gegen Mittag, die Hälfte der Pflöcke stand schon, saßen wir alle um unser Feuer und aßen, was noch vom gestrigen Fleisch übriggeblieben war. Da hörten wir, wie sich Schritte näherten.

«Wer da?»

Keine Antwort.

«Wer da?»

Ulrich sprang auf und wuchtete einen der zugespitzten Baumstämme hoch. Er hielt ihn wie einen Speer, obwohl er viel zu schwer war und ihm den Rücken krümmte.

Da traten sie vor. Es waren zwei Wilde, gut genährt, mit freundlichen Gesichtern. Über der Schulter trugen sie zusammengebundene Vögel, weiß und schwarz mit rot-grau gestreiften Schnäbeln.

Wir standen auf. Ulrich stieß mit dem Speer in die Luft.

«Lasst uns in Frieden!», schrie er.

«Nicht so vorschnell», flüsterte Vischer.

Ulrich hörte nicht hin.

«Verschwindet!», sagte er. «Wir brauchen eure Hilfe nicht!»

«Vielleicht doch», sagte Barbara.

«Wenigstens jetzt», ergänzte Bertin.

«Abhauen sollt ihr!»

Die beiden Fremden blickten einander an, nickten, und legten dann die toten Vögel vor uns auf den Laubboden, ganz langsam, die Augen auf Ulrich gerichtet.

«Haut ab! Wir brauchen keine Almosen!», brüllte der wieder.

Die Wilden schüttelten den Kopf. In ihren Augen lag eine große Traurigkeit. Schließlich wussten sie, wie schwer es war, von dem zu leben, was diese karge Gegend hergab. Dann drehten sie sich um und zottelten davon. Anscheinend hatten sie keine Angst vor uns. Dabei hätten wir ihnen mit unseren Messern in den Rücken fallen können.

Kaum waren sie nicht mehr zu sehen, stürzte sich Vischer auf die Vögel und trennte die Schnüre auf. Er nahm einen der Vögel, schnupperte daran und lächelte.

«Ganz frisch.»

Sie hatten uns also wieder zu essen gebracht, aus freien Stücken. Hielten sie uns für Könige? Für Verlorene? War es gar Vater, der sie gesandt hatte? Oder wollten sie uns bloß mästen, uns fett und selbstzufrieden machen, damit sie uns umso besser am Spieß würden braten können? Ich vermochte es nicht zu sagen. Ulrich dagegen wusste es ganz genau.

«Das ist eine Falle. Aber nun haben sie gemerkt, dass wir nicht auf sie hereinfallen.»

«Wenn das eine Falle war, wieso haben sie dann das Essen hier gelassen?», fragte ich.

Vischer setzte sich wieder hin.

«Vielleicht hat sie uns ja der HERR geschickt», sagte er.

Ulrich strich sich ganz gemächlich den Bart, als wolle er, dass wir alle sehen, dass er sich jetzt den Bart streicht.

«Das könnte es sein. Vielleicht will er, dass wir ihnen helfen, aus der Dunkelheit ins Licht zu finden.»

Bertin gähnte.

«Von mir aus. Aber erst, wenn wir den Zaun gebaut haben.»

Ulrich war zu den Vögeln getreten. Jetzt legte er sie neben das Feuer.

«Und, nicht zu vergessen: eine Kapelle!»

Bis die Sonne untergegangen war, hatten wir alle Pflöcke in die Erde gerammt. Für mehr als fünf Fuß Zaun reichte das Holz nicht. Es gab also noch zu tun. Wenigstens das.

Am Tag, an dem ich den neunten Strich in meinen Kalenderbaum ritzte, beendeten wir den Bau des Zauns. Die kleine Palisadenburg, die jetzt auf der Lichtung stand, wirkte wie ein fremdes Wesen, das sich an Land verirrt hatte. Sogar ein Tor hatten wir errichtet, indem wir mehrere Stämme zusammengebunden hatten. Nun hatten wir einen Ort, an den wir uns zurückziehen konnten.

Barbara hatte sich bereiterklärt, für uns jagen zu gehen. Sie hatte sich aus jungen Zweigen Pfeile mit Steinspitzen und aus Tiersehnen einen Bogen gebaut. Fast jeden Abend brachte sie ein, zwei dieser fettigen Vögel, manchmal auch einen Happen Wild, aber nie das ganze Tier, sondern immer ein Stück, das gerade groß genug für uns war. Oft machten wir Suppe daraus: Wasser aus dem Bächlein, das in der Nähe floss, frische Fichtennadeln und fettige Fleischbrocken. Dazu einen Schuss Meersalz, das wir gewannen, indem wir Salzwasser verdampften. Ich war dafür zuständig, es zu holen, wofür ich jeweils mit einer Holzschüssel zum Strand ging. Oft sah ich dabei zu lange auf den Horizont. Das war nicht gut. Nicht nur würde von dort nichts kommen, auch würden wir nie wieder dorthin zurückkehren. Aber etwas zwang mich doch hinzusehen.

Nachdem wir die Palisade gebaut hatten, war die Kapelle dran. Tagein, tagaus fällten wir Tannen. Der Erdboden rund um unsere Hütte war mit Stümpfen übersät, und unsere Lichtung fraß sich immer tiefer in den Wald hinein. Wir hatten sogar die Bäume hinter unserer Behausung gefällt, was ein dummer Einfall war, denn nun sah man vom Strand aus gut, wie wir wie Kobolde herumwuselten. Ich hatte ihnen gesagt, dass es müßig sei, eine Kapelle zu bauen, denn wir hatten keinen Pfaffen, niemanden, der die Kapelle weihen würde. Es bliebe eine Holzhütte mit einem Kreuz drauf, in der weder der HERRGOTT noch der Heilige Geist hausen würde. Aber sie wollten nicht hören. Sie waren froh, etwas zu tun zu haben.

Es war Mittag, und wir saßen ums Feuer, ruhten uns aus und wärmten uns die Glieder. Wir hatten nichts zu essen. Barbara war frühmorgens ausgezogen, um etwas aufzutreiben. Den ganzen Morgen hatten wir gearbeitet, ohne dabei auch nur ein Wort zu wechseln. Auch jetzt sahen wir in die Flammen und schwiegen. Der Gedanke an Vater plagte mich. Beim Aufstehen dachte ich als Erstes daran, was ihm widerfahren sein mochte, und er war auch der Grund, warum ich bis tief in die Nacht in unserem Zelt wach lag, während die anderen wie Teigklumpen dalagen und schnarchten. Wo war er? Lebte er noch? Alleine konnte ich ihn nicht suchen. Wir würden uns zusammentun müssen und gemeinsam jeden Winkel durchstreifen. Wer weiß, wie groß dieses Land war. Es würde schwer werden. Vater konnte sich gut verstecken, wenn er nicht gesehen werden wollte, wie damals, kurz, bevor wir ihm die Klause bauten, als er sich wochenlang im Melchtal auf der Alp Chlisterli versteckt gehalten hatte.

«Ich hoffe, Barbara bringt uns etwas Gutes», sagte Vischer.

«Wahrscheinlich wieder Vögel», sagte ich.

«Nein, das glaube ich nicht. Dazu ist sie zu lange weg. Wahrscheinlich ist sie einem Reh oder einem Hirsch auf der Spur. Oder einer Wildsau.»

«Oder sie hat Vater gefunden.»

Vischer sah mich an, als wolle er mir erklären, dass es den Butzemann nicht gibt.

«Dein Vater kommt nicht wieder, Hans.»

Ich schüttelte den Kopf.

Ulrich ergänzte, er sprach langsam, als drohte er mit jedem Wort abzugleiten: «Kaum hatten dich die Wellen fortgetragen, hat sich etwas in deinem Vater verändert.»

«Red nicht um den heißen Brei herum», sagte Vischer. «Es war so: Auf einmal hörten wir ihn brüllen, sahen, wie er in die Knie geht, nackt, wie er war. Ich habe selten jemanden so brüllen gehört, selbst auf dem Richtblock nicht. Sein Gesicht hatte er ganz tief in seine Hände vergraben, vielleicht, damit man seine Tränen nicht sehen konnte. ‹GOTT, warum prüfst du mich so›, hat er gerufen, ‹ich bin nicht stark genug!›»

«Wir konnten ihn nicht trösten», sagte Ulrich. «Der Sturm war noch stärker geworden, die Wellen warfen das Floß hin und her wie Treibgut in der Strömung.»

«Blitz um Blitz kam heruntergeschossen! Aber zum Glück hatte der HERRGOTT doch Erbarmen mit uns! Aber da riss sich dein Vater auf einmal los. Ja, losgerissen hat er sich, hat mit einem Ruck das Tau entzweigerissen, ist aufgestanden und hat gebrüllt, es sei aus, der Feind habe ihn! ‹Satan, gib mir meinen Bub wieder!›, schrie er, und gekrümmt hat er sich, wie ich es zuletzt gesehen hab, als ich einen armen Teufel mit der Glühzange traktiert habe. Auch als sich der Sturm gelegt hatte und der Regen schwächer geworden war, als wir uns vom Mast losmachten, als die Wolken fort waren, die Sonne uns auf den Pelz schien, ja, selbst als Bertin uns zurief, er hätte Land, Land, Land gesehen, blieb dein Vater am Floßrand liegen und schluchzte. Er meinte, der Teufel hätte seinen Leib in seiner Gewalt.»

Ich spürte Schuld im Bauch. Als läge ein Mühlstein darin.

«Am nächsten Morgen», fuhr Vischer fort, «weckte uns Bertin. Wir waren angekommen. Auch wenn's nur Felsen waren, wir jubelten alle. Alle außer deinem Vater. Wir ließen das Floß zwischen den Felsen hindurch in die Bucht treiben. Barbara ist als Erste an Land gerannt, wir riefen ihr zu, sie solle vorsichtig sein. Ich seh sie noch vor mir, wie sie gejubelt hat, die Hände in der Luft. In den Sand hat sie sich fallenlassen, eine Handvoll genommen und in die Luft geschleudert. Wir haben erst das Floß an Land gezogen, dann folgten wir ihr in den Wald hinein, Messer und Beil gezückt. Dein Vater hinter uns. ‹Es war ein Fehler›, murmelte er vor sich hin, ‹alles war ein Fehler.›

«Wir sollten aufs Meer zurück, meinte er. Und dann den ganzen Weg bis in die Ranft zurück. Stell dir das einmal vor!», sagte Ulrich.

Ich stellte mir vor, wie wir den ganzen Weg noch einmal auf uns nahmen, wie wir Zaun und Kapelle abrissen, ein Floß bauten, das Meer durchsegelten und dann, um schneller voranzukommen, nur auf den großen Straßen reisten, durch Paris und Reims und Straßburg, nur immer durch die Städte, unter Menschen, bis wir wieder zu Hause waren, ich Vater umarmte und ihm zuwinkte, worauf er in die Klause zurücktrottete, während ich an der Tür meines Hofs anklopfte.

«Was starrst du so blödsinnig vor dich hin?», fragte Ulrich. «Hörst du uns nicht zu?»

«Ich dachte daran, wie es wäre zurückzukehren.»

Ulrich lachte freudlos.

«Am besten, du denkst gar nichts mehr. Wir können nicht mehr zurück. Es ist ein Wunder, dass wir es überhaupt hierhin geschafft haben.»

«Jedenfalls», sagte Vischer, «dein Vater, wie er gemerkt hat, dass wir ihm nicht gehorchen wollten, da hat er auf den Boden gespuckt. Er wäre von uns allen enttäuscht, hat er gemeint. Und dann verschwand er zwischen den Tannen. ‹Klaus›, haben wir noch gerufen, ‹komm zurück, sei kein Narr!› – aber er wollte nicht hören.»

«Wieso seid ihr ihm denn nicht nach?»

Ulrich zuckte mit den Schultern.

«Wir dachten, der kommt schon zurück.»

Ich stand auf.

«Wohin gehst du?», riefen sie mir nach.

«Der kommt wieder, ganz schnell kommt der wieder», hörte ich sie sagen, «der ist nicht aus demselben Holz geschnitzt wie sein Vater», aber ich drehte mich nicht um, auf schnurgerader Linie rannte ich in den Wald hinein, trat auf die trockenen Nadeln, als wollte ich sie zermalmen. In den Wipfeln raschelte der Wind, und die Bäume rückten näher zusammen, um sich gegen mich zu verbünden. Ein, zwei Tannzapfen stürzten knapp vor mir aus den Baumkronen herab, um mich zu erschlagen.

Ich rannte und rannte, ohne daran zu denken, ob ich wieder zurückfinden würde. Ich versuchte mir auszumalen, wie ich den Rest meiner Tage zubringen würde, ohne Familie und ohne Heimat. Vater hatte wohl das einzig Rechte getan und war in die Wildnis verschwunden. Das Problem war das

Gerede überall, das Geplapper, die Lüge. Der Wald log einen nicht an, er wollte auch nichts von einem, er hatte keine großen Ideen, keine Pläne. Aber er half einem auch nicht.

So ganz in Gedanken versunken war ich, dass ich nicht merkte, wie sich jemand anschlich, auf mich zustürzte, meine Wade packte und daran zog, sodass ich vornüberfiel und auf meinen Händen landete.

«Hans», sagte eine Stimme. «Was machst du hier?»

Es war die Köhlerin. Einen Augenblick lang blieb ich liegen und sah zu ihr hoch. Sie war schön, wie sie so dastand, den Pfeilköcher auf dem Rücken und Tannnadeln im Haar, die Augen ganz ernst.

«Bist gekommen, um mir zu helfen?»

«Ja», sagte ich.

Ich traute mich nicht, ihr die Wahrheit zu sagen.

«Na gut. Komm, ich zeig dir, wo ich das Wild finde. Bertin wollte nie mitkommen.»

Sie griff nach meiner Hand. Ihre Haut fühlte sich hart an, sie war mit Hornhaut überzogen, genau wie meine. Ich ließ nicht los und sie auch nicht. Wir gingen eine Weile durch den Wald. Der Boden schien mir noch weicher als sonst, er gab nach, wenn wir auftraten, als wolle er einen verschlingen. Harzduft lag in der Luft.

Nach einer Weile bedeute sie mir, dass wir uns auf die Erde legen sollten. Ich tat wie geheißen. Dann kroch sie los. Ihr Hintern wogte wie eine Kirchenglocke hin und her. Als ich versuchte, seitlich von ihr zu gehen, um meinen unzüchtigen Gedanken den Anlass zu nehmen, zischte sie mich an, es sei wichtig, dass ich in hinter ihr bliebe. Dabei windete es uns in den Rücken, die Tiere würden uns schon von Weitem erschnuppern können.

Wir krochen einen Hang hinauf. Als wir auf der Höhe angekommen waren, öffnete sich vor uns ein längliches Tal, fast wie im Glarnerland, wenn auch nicht so steil. Am Talboden, vielleicht fünfzig Fuß weiter unten, verteilten sich hellbraune Zelte, aus denen Rauchschwaden züngelten. Vier, fünf Lagefeuer verteilten sich über den Grund. An langen Stangen hingen Schwarzbärenfelle. Es roch nach gutem Eintopf. Am liebsten hätte ich mich wie ein Weinfass hinabrollen lassen, knapp vor ein Feuer, um ihn zu probieren.

Was wollen wir hier?, wollte ich sagen, aber Barbara hielt mir ihren mit Walderde beschmierten Finger an die Lippen. Ein bisschen geriet in meinem Mund. Da packte ich, ohne es geplant zu haben, ihre Hand, die mir trotz des Drecks schön schien, küsste sie und sah ihr in die Augen. Barbara zog sie nicht wieder zurück, sondern lächelte bloß, als hätte sie schon geahnt, dass es so kommen würde. Schon viel zu lange war ich einer Frau nicht mehr so nah gewesen. Elsis kleine, feste Brüste kamen mir in den Sinn und wie schön es war, nachts einfach neben ihr zu liegen und zu wissen, dass es diese Frau gab. Barbara war anders, und doch fühlte ich einen Hunger in mir aufsteigen. Ich legte meine Hände um ihre Hüften, da tat sie einen Sprung weg von mir und schüttelte den Kopf, dass ihr Haar durch die Waldluft wirbelte.

«Lass das, ja?», sagte sie, bevor sie den Hang hinunterstrauchelte.

Ich ihr nach.

Sie gab einen Jauchzer von sich. Ein paar Wilde sahen zu uns hoch, wandten sich aber gleich wieder ab, so schien mir, als sie sahen, dass es Barbara war. Sie rannte so schnell, dass ich über eine Wurzel stolperte und beinahe nicht nachkam.

Schon waren wir im Dorf der Wilden. Wir taten einige Schritte durch das Dorf. Augenpaare richteten sich auf uns, kühl wie der Morgen. Unter einer Tanne spalteten zwei Weiber mit starken Armen Feuerholz. Das Dorf war so groß wie St. Niklausen, wenn nicht sogar größer. Allerdings standen die Zelte alle in großem Abstand voneinander, wie Inseln. Manche saßen vor ihren Zelten und arbeiteten. Manche schliffen Knochenstücke zu, vielleicht, um Pfeilspitzen daraus zu machen. Drei Kinder saßen im Schneidersitz auf dem Boden und spielten ein Spiel. Die zwei Jungen hielten ihre Finger hoch und, so schien es, zählten, während das Mädchen klatschte. Sie schienen sich prächtig zu unterhalten. Ein Greis mit einem grauen Zopf und einem klugen Mund saß daneben. Er nickte mir zu.

«Tag wohl», sagte ich, meine Stimme zittere. Ich streckte ihm die Hand hin.

Er nahm sie, seine Hand war größer und sauberer als meine, drehte sie um und studierte die Linien auf meiner Hand. Die Karte von Hansstadt. Immer näher hielt er sie sich vors Gesicht, bis seine Nasenspitze meine Hand berührte. Er schnupperte. Dann riss er die buschigen Brauen hoch und zog das Gesicht angeekelt zurück.

«Was ist? Was soll das?», fragte ich, aber er sah bloß durch mich durch.

«Ist mein Vater bei euch?», versuchte ich es.

Der Greis legte die Stirn in die Falten und sah zu Barbara. Es wirkte, als würde er sie bereits kennen.

«Wir haben Hunger», sagte sie.

Der Greis wies zu einer Gruppe von Zelten, stand auf und ging los. Wir folgten ihm. Es roch nach gebratenen Vögeln, nach Honig und überreifen Beeren. Gesang war zu hören. Wir kamen zu einem Feuer. Drei Weiber saßen darum herum und schnitten mit Knochenmessern Lederlappen zu. Der Alte klopfte Barbara auf die Schulter und murmelte etwas, drehte sich um und ließ uns allein zurück. Die Frauen hoben kurz den Kopf, vertieften sich aber gleich wieder in ihre Arbeit.

«Komm.»

Barbara führte mich zu einem großen Zelt. Es lehnte gegen einen Felsbrocken, auf dem eine Birke wuchs, deren Äste über der Zeltöffnung hingen. Barbara schob das Bärenfell zur Seite, das den Eingang verdeckte. Wir schlüpften ins Innere. Im Zelt saß ein junges Paar im Schneidersitz auf dem Boden. Das Mädchen hatte einen Arm um den Burschen gelegt. Er hielt ihr einen Holzbecher an die Lippen. Sie schlürfte ein Getränk, das nach vergorenen Beeren roch. Er sah so aus wie einer, der noch nie eine Prügelei gewonnen hat. Sie dagegen war dick und schwitzte heftig unter ihrem Lederkittel. Als der Bursche uns eintreten sah, entfuhr ihm ein Seufzer. Barbara lächelte. Das konnte sie gut.

«Wir haben Hunger.»

Der Kerl sah zum Mädchen, als wolle er sie nach ihrer Meinung fragen. Die schloss die Augen und nahm noch einmal einen Schluck.

Er schüttelte den Kopf und seufzte noch einmal, dieses Mal lauter.

Barbara ließ sich auf die Knie fallen. Sie gab Klagegeräusche von sich, ein wenig wie eine Katze, die um Futter bettelt. Einmal sah sie kurz zu mir hoch, ob ich klagte, aber ich hatte keine Lust. Schon kroch Barbara auf den Burschen zu. Hoffentlich schürft sie sich nicht die Knie auf, dachte ich.

Er riss die Augen auf und wich etwas zurück, wie vor einem Käfer. Sie faltete die Hände. Krokodilstränen rannen ihr über die Backen.

So kamen wir also an unser Essen! Durch Bettelei und Gaunerei, wie gehabt und gewohnt. Ich schloss die Augen und massierte meine Schläfen. Vor mir sah ich eine dicke Linie, mit roter Tinte über die Welt gezogen. Das war der Weg, den wir von Basel aus gegangen waren, eine Brandschatzer- und Sündenlinie, die sich tief in die Erde grub.

Nach einer Weile, als der Bursche es nicht mehr zu ertragen schien, streckte er die Hand aus und tätschelte Barbaras Kopf.

«Hör auf damit», ihre Stimme war ruhig, trotz der Tränen. «Das nützt uns nichts, wir haben Hunger!»

Der Bursche stand auf. Das Mädchen verschränkte die Arme. Barbara erhob sich ebenfalls und klopfte sich den Staub von der Weste, als wär nichts gewesen. Dann folgte sie ihm nach draußen. Ich schlug mit der Faust so stark gegen das Bärenfell, das es einen Augenblick senkrecht in der Luft stand, und trat nach draußen, wo ich einen Augenblick stehenblieb, bis ich die beiden entdeckte. Sie liefen auf den Dorfrand zu. Die Köhlerin versuchte, dicht neben dem Burschen zu gehen, aber er machte immer einen Schritt zur Seite, als hätte sie die Pocken. Ich schloss schnell auf.

Wir kamen zu einem Blockhaus, das auf vier dicken Stämmen ruhte, um den Boden nicht zu berühren: eine Speisekammer. Schon schob er den Balken von der Tür und riss sie auf, kühle Luft und Salzgeruch kamen uns entgegen. Barbara entfuhr ein Jauchzer. Schon war sie drinnen. Wir hörten, wie sie wütete. Der Bursche murrte, ich konnte mir vorstellen, was er dachte.

Schon erschien sie wieder im Türrahmen, ganz gerade stand sie da, wie eine Prinzessin des Drecks und der Schande. Sie trug ein paar der Vögel, von denen wir schon so viele gegessen hatten, über der Schulter, und strahlte mich an.

«Gute Leute, diese Heiden, der HERR mag's ihnen vergelten!»

Der Bursche schüttelte den Kopf, dann verschloss er das Häuschen, indem er einen Balken vorschob. Die Köhlerin versuchte ihn zu umarmen, aber er wich ihr aus.

Schließlich stiegen wir den Hügel hoch, zurück zu unserer Hütte und der unfertigen Kapelle. Unterwegs ruhten wir auf einer Lichtung aus. Barbara entdeckte einen Brombeerbusch, dem wir die Früchte raubten. Sie stand beim Pflücken ganz dicht neben mir. Ich spürte die Wärme ihres Leibes. Da drehte ich ihr das Gesicht zu. Unsere Augen trafen sich. Ich neigte meine Lippen auf die ihren. Sie wich aus.

«Lass das endlich!»

«Gefalle ich dir nicht?»

«Das ist es nicht.»

«Was dann?»

«*Das* ist es nicht, wirklich nicht», sagte sie und legte mir die Hand auf die Brust. «Aber etwas stimmt nicht mit dir. Du hast komische Ideen in dir drinnen.»

«Wovon redest du?»

«Vielleicht ist dein Vater schuld.»

«Mein Vater ist weg.»

Sie lächelte mich an, schüttelte den Kopf und drückte mir einen Kuss auf die Stirn.

«Das glaube ich nicht.»

Auf dem weiteren Rückweg schwiegen wir.

Die anderen saßen wieder – oder immer noch – um das Feuer, als wir zurückkamen. Sie stocherten mit den Ästen darin herum, als wollten sie die Flammen ärgern. Als Bertin seine Frau sah, rannte er auf sie zu und umarmte sie. Barbara ließ das Vogelbündel los und küsste ihn.

Ich nahm das Bündel an mich und trug es zum Feuer. Es war Zeit, dass die anderen die Wahrheit erfuhren. Vater hätte ihnen auch die Wahrheit gesagt. Sie hockten auf ihren Ärschen, wälzten sich in ihrem Glauben, dabei war es eine einzige Lüge.

«Da bist du ja schon wieder», sagte Ulrich und grinste.

«Sehen gut aus, die Vögel», ergänzte der Henker.

Ich versuchte, gutgelaunt dreinzuschauen.

«Ja, sind sie nicht wunderbar? Barbara holt sie immer bei den Wilden.»

Die anderen blinzelten wie alte Ochsen.

«So viel Essen haben sie also, die Wilden?», fragte Vischer.

Ulrich schwieg, ich glaube, er schämte sich, weil er nicht von selbst draufgekommen war, woher der Fleischsegen rührte.

«Sie haben Essen in Hülle und in Fülle. Aber darum geht's nicht.»

«Wenn sie so viel haben, dass sie uns sogar davon geben, dann haben sie wohl zu viel. Vielleicht können wir ja zu ihnen ziehen!», sagte Vischer.

«Vater wollt ihr nicht retten, aber eure Wänste schon?»

«Hans hat Recht», sagte Ulrich. «Wir sollten unser Brot im Schweiße unseres Angesichts verdienen. So will es GOTT.»

«Was meinst du dazu, Bertin?», fragte der Henker.

«Wir können es versuchen. Aber es ist schwer, hier ohne Hilfe zu überleben, wenn man kein Wilder ist.»

XXV.

Bertin sollte Recht behalten. Wir fingen so gut wie keinen Dreck, wochenlang. Wir teilten uns auf und streiften ziellos durch die herbstlichen Wälder, aber es wollte uns nicht glücken etwas Größeres zu erlegen. Manchmal stolperte der Henker über einen Igel, dem wir die Stacheln wegknacken mussten, bevor wir ihn essen konnten. Ab und zu fing ich mit einem Spieß einen Fisch aus dem Bach. Wir hatten auf unserer Reise schon schlimmeren Hunger erdulden müssen, doch damals war Vater dabei gewesen und hatte uns Mut gemacht. Nun hatten wir von der verbotenen Frucht genascht: von der Unselbstständigkeit. Die Lust, wieder bei den Wilden nach Nahrung zu betteln, wuchs von Tag zu Tag. Nachts war mir manchmal, als ob die anderen sich besprachen, dass sie sagten, dass sie aufgeben wollten. Ich kam mir sehr allein vor. Dabei teilten sie ihr Essen mit mir und klopften mir auf die Schultern, wenn ich traurig war. Sie sagten mir, ich denke zu viel, man solle nicht zu viel denken, vor allem über das Vergangene nicht. Wir seien nun einmal auf dieser Insel und würden auch dort bleiben, bis uns der HERRGOTT zu sich rufen würde. Oft sah ich zum Wald und betete zum HERRN, dass er uns Vater wiedergeben sollte. Dann könnte er mir endlich sagen, wozu er alles getan und wozu er mich mitgenommen hatte, weshalb wir hier waren und warum ich, als ich ins Wasser gegangen war, nicht ertrunken war.

Und dann tat er es.

Fünf Wochen war es her, dass ich mit Barbara bei den Wilden gewesen war. Der Herbst war da. Die Sonne begann, tiefer und tiefer zu stehen. Der Wind roch bereits nach

Schnee. Noch lagen wir stundenlang am Strand und ließen uns den Bauch bescheinen, um den Hunger zu mildern. Aber bald würde es zu kalt dazu werden. Bald würde es noch schwieriger, wenn nicht unmöglich werden, ohne die Hilfe der Heiden etwas Essbares zu finden. Wir saßen gerade ums Feuer und sahen Barbara zu. Sie hatte ein Eichhörnchen gefangen. Nun schnitt sie es längs auf, klaubte die Innereien heraus, warf sie auf den Boden und scharrte mit dem Fuß darüber. Ihre Lederschuhe, die sie von den Wilden bekommen hatte, bekamen ein paar Spritzer ab. Die Sonne war eben untergangen, und der Wald wurde ruhiger, die Farben fahler.

Ein Schrei.

«Wer da?», fragte Bertin.

Ulrich tastete um sich.

«Wo ist das Messer? Wo ist das verdammte Messer?»

Aber es war zu spät. Aus dem Gebüsch schoss eine Hand hervor. Ein Mensch schob sich unter den Blättern durch. Eine Kutte aus Fell. Ein verdreckter Bart. Zwei weitere Männer wanden sich aus dem Buschwerk, auf den Wangen rote Zackenlinien. Ich war mir nicht sicher, ob sie aus dem Dorf stammten. Die beiden hielten Vater fest. Der trat um sich und versuchte sich loszureißen.

«Lasst los», schrie er, «ich muss zu ihm!»

«Hier bin ich!», rief ich.

Vater schien nicht zu hören. Ganz blass war er, seine Augen zwei Kohlenstücke. Er sah mich nicht. Sein Blick ging wild umher. Er machte lauter komische Bewegungen. Mit den Füßen stapfte er einen Rhythmus in den Boden, und den Kopf wogte er in alle Richtungen. Sein Mund stand weit offen, man sah seine weißen Zähne aufblitzen. Widerlich weiß waren sie, so, wie ich das bei keinem anderen

Menschen je gesehen habe. Ein Speichelfaden lief ihm aus dem Mundwinkel.

«Lasst ihn los!», schrie Ulrich und drückte die Brust heraus.

Ich glaube nicht, dass er mit Vaters Rückkehr gerechnet hatte. Im Gegenteil. Der hatte doch darauf gesetzt, dass er seinen Platz würde einnehmen können. Darum die Kapelle. Neulich hatte er wieder davon gesprochen, die Heiden zu Christus zu führen.

«Sofort loslassen!», rief Ulrich erneut. Als er sah, dass die Wilden nicht auf ihn hörten, gab er sich noch zorniger. Aber es war eine Wut, die nur dazu diente, seine Angst zu verdecken.

«Lasst ab von ihm, verdammte Teufelsknechte, ihr Sodomiten! Geschmeiß, elendes!», brüllte er.

Ich verstand nicht. Ich war es mir nicht gewohnt, dass der HERR meine Gebete erhört. Sonst hatte er immer nur auf Vater gehört.

«Fahrt zur Hölle!», rief nun auch der Henker.

Da ließen sie Vater los, zuckten mit den Schultern und gingen davon.

Vater sackte zusammen. Seine Knie bohrten sich in die Erde. Er stützte die Hände auf den Boden. Dann griff er ins feuchte Laub, wirbelte es in die Luft und sah zu, wie es hinunterfiel.

«Was haben die bloß mit ihm gemacht?», fragte Barbara.

Ulrich zog den Rotz hoch.

«Die Frage ist eher», sagte er, «was er mit ihnen gemacht hat.»

Vater lag bäuchlings auf dem Boden und formte mit den Armen ein Kreuz. Ich ging auf ihn zu. Er hob den Kopf und sah zu mir, verständnislos. Ich streckte ihm die Hand hin. Langsam legte er sie in die seine, als wäre sie ein Tannzapfen oder dergleichen. Ich beugte mich über ihn. Er sah mich an. Dann fragte er: «Wo ist Hans?»

XXVI.

Sein Blick ging durch mich durch, als wäre ich aus Glas, als säße er in der Stube und sähe durch mich auf die Felder hinaus. Ich nahm seine Hand und führte ihn zum Feuer. Vater wackelte mit dem Kopf. Sein Haar war weiß wie Asche. Er grinste uns reihum an. Der Teufel hat seinen Leib, ging mir durch den Kopf. Die Seele ist schon weg, die ist schon oben. Der Henker, der auf der anderen Seite des Feuers saß, setzte ein feines Lächeln auf, das hinter den Flammen kaum zu erkennen war.

«Bruder Klaus, da bist du ja wieder! Wir haben uns schon gefragt, wo du dich versteckt hast.»

Barbara kauerte sich vor Vater hin und strich ihm besorgt durch das Haar.

Vater schlug mit der Hand nach ihr.

Bertin trat hinzu und drückte Vater seine Hand erst auf die Brust, dann gegen die Stirn.

«Wer bist du?», fragte Vater.

«Ein Freund», sagte Bertin. Dann sah er mich an. «Es ist das Herz. Auf jeden Fall das Herz.»

Ulrich streckte seine Hühnerbrust vor und strich sich den Bart glatt.

«Ein GOTTESgeschenk, dass du zurückgekehrt bist, Niklaus. Wir brauchen deinen Beistand, weißt du. Diese Kapelle» – er zeigte auf den halbfertigen Holzkasten – «diese Kapelle ist unser Versuch, dem HERRN zu huldigen. So gut das eben geht, unter Heiden.»

Vater hustete wie wild. Er krümmte seinen Körper nach vorn und hielt sich die Faust vor den Mund. Es dauerte eine Weile, bis es vorüber war. Immer wieder ging ein neuer Ruck durch seinen Körper. Er kam gar nicht mehr dazu zu atmen. Als der Anfall endlich vorüber war, lag er rücklings auf dem Waldboden, blinzelte und sagte: «Ich habe Hunger.»

«Es tut mir leid», sagte ich, «wir haben nichts.»

Ich hatte es gesagt, ohne nachzudenken. Dann erst fiel mir ein, dass er seit mehr als fünf Jahren keinen Hunger mehr gehabt hatte, seit Waldenburg nicht mehr.

«Alles aufgebraucht», ergänzte Ulrich.

Vater klapperte mit den Zähnen.

«Dann gebt mir wenigstens meinen Sohn zurück.»

«Ich bin hier, siehst du mich nicht?»

Ich schob mein Gesicht dicht vor seines. Wir sahen einander an. Einen Augenblick glaubte ich, er würde mich sehen.

«Erkennst du mich nicht, verdammt noch mal?»

«Du bist nicht mein Sohn», sagte er.

Er schnaubte.

«Nein! Nein! Du bist nicht Hans», sagte er. «Hans ist weg. Frau und Kind hat er zurückgelassen. Sein Hof ist verödet. Er ist weg.»

Es war aussichtslos.

«Mir ist kalt», sagte Vater, und seine Stimme klang wie die eines Kindes.

Ich half ihm hoch, nahm seinen Arm und führte ihn in die Hütte, damit die anderen nicht sehen konnten, dass mir die Tränen hochgestiegen waren. Ich hüllte ihn in zwei Decken. So lag er da, den Rücken an der Wand, die Augen im Nichts.

Am nächsten Morgen bettelte und flennte er. Einen Bissen, nur einen Bissen wolle er. Es tat mir weh, aber ich konnte nichts für ihn tun, wir hatten ja nichts. Vischer war jagen gegangen. Niemand von uns glaubte, dass er etwas erlegen würde. Ich brachte Vater einen Krug voll Bachwasser. Er riss ihn mir aus der Hand, ohne zu danken, und leerte ihn in einem Zug.

Bertin, Barbara, Ulrich und ich bauten an der Kapelle weiter, trugen wie gehabt frische Stämme her. Ulrich hatte gemeint, wenn die Kapelle erst gebaut sei, würde GOTT uns auch mehr Essen bescheren. Also machten wir weiter. Es war ein Weg, nicht zu viel denken zu müssen. Bald würden wir uns an das Dach machen können.

Vater, der im Innern der Kapelle an die Wand gelehnt dasaß, rief uns wüste Worte zu.

«Teufel seid ihr!», schrie er. Und: «Das wird euch nicht retten.»

Als Bertin und ich gerade ein Stück Tannenholz herbeitrugen, ging er sogar dazu über, ein wüstes Landsknechtslied zu singen, ein Lied über die Hure Babylon und ihre Schenkel. Wir taten unser Bestes, nicht hinzuhören. Vater war gefallen. Das wusste ich. Es ging bergab mit ihm, und diesmal war es nicht Satan gewesen, der ihn einen Hang hinabgestoßen, sondern sein Sohn, der ihn Satan in die Hände gespielt hatte.

Während wir Baumstämme aufeinanderstapelten, sah ich reihum zu meinen Mitpilgern. Zufall und Angst hatten uns zusammengeführt, aber wir hatten so getan, als wäre da noch etwas, als gäbe es höhere Gründe. Alles Unsinn. Alles Lüge. Wir waren nicht wie Vater. Für uns gab es bloß einen Plan: bloß nicht verrecken, hieß er. Der Plan, dem jeder folgt und der allen Plänen zugrunde liegt.

Nach Sonnenuntergang machten wir uns ans Essen. Vischer hatte erneut einen Igel erbeutet. Er blies ihm mit einem dicken Ast das Licht aus. Schon wieder Igel. Vischer befreite das Vieh von seinen Stacheln. Dabei stach er sich immer wieder in die Finger, bis sie ganz rot waren und Bertin und Barbara beschlossen, ihm zu helfen. So kauerten sie zu dritt um den Igel. Währenddessen schürten Ulrich und ich das Feuer. Danach teilten wir das rohe Fleisch auf. Jeder steckte seinen Anteil auf einen Spieß und hielt ihn ins Feuer. Während die anderen zu kauen und zu schmatzen begannen, rief ich Vater. Er solle herauskommen. Schon schälte sich sein Schemen aus der Kapelle.

«Gebt mir auch einen Anteil», sagte er.

«Gewiss.»

Ich streckte ihm meinen Spieß hin.

Ulrich stieß mich an.

«Das ist keine gute Idee.»

«Was sagst du da?»

«Er ist nicht bei Sinnen.»

«Er hat doch sonst nie gegessen», sagte der Henker.

«Ihr spinnt.»

Vater zog mit den Zähnen das ganze Fleisch auf einmal vom Spieß.

Ich sah zu Ulrich. Der kaute auf seinem Anteil herum und zog dabei ein so säuerliches Gesicht, als hätte man seine Zunge mit Essig getränkt.

«Das war ein Fehler», sagte er, «Niklaus weiß nicht, was gut für ihn ist.»

Ulrich fürchtete sich vor Vater. Das roch ich. Das sah ich ihm an der Nasenspitze an, dass der Angst hatte.

«Gebt mir noch mehr! Ich muss essen!», sagte Vater. «Was ein rechter Bauer ist, muss auch was Rechtes essen.»

«Du bist schon lange kein Bauer mehr.»

«Was soll ich denn sonst sein? Ein Besen vielleicht? Ein Bauer bin ich! Ein einfacher Waldstätter Bauersmann.»

«Du hast Recht, Ulrich», sagte ich. «Etwas hat sich verändert.»

«Die Frage ist, ob zum Guten.»

«Ich hoffe es», sagte ich.

«Affenwerk des Satans! Als ob sich so jemand wie Niklaus plötzlich der Welt zuwenden würde!»

Ulrich nahm einen Bissen aus dem Igelbauch und schüttelte mehrmals den Kopf.

«Eines vergisst du, Hans», sagte Vischer.

«Und das wäre?»

«Jetzt, wo du ihm deinen Anteil gegeben hast, hast du selbst nichts zu essen. Lange hältst du das nicht durch.»

XXVII.

Vischer hatte Recht: Lange hielt ich nicht durch. Es gab nur selten zu essen. Wenn sie doch einmal etwas in die Finger bekamen, war die Portion, die mir die anderen gaben, viel zu klein, meist ein handtellergroßes Stück Wild und ein paar Beeren. Wenn ich nicht mit eigenen Augen gesehen hätte, Amgrund, dass die anderen ebenso wenig hatten, ich hätte denken müssen, dass sie mir mit Absicht so wenig gaben. Das Fleisch reichte nicht aus, um es mit Vater zu teilen. Trotzdem tat ich es. Brachte ihm die Hälfte ihn die Hütte. Er dankte es mir mit keinem Wort. Stattdessen trat er mit den Füßen nach mir. Einmal bespuckte er mich sogar.

«Ihr Gierschlünde», schrie er, «gebt mir mehr! Ich weiß doch, dass ihr noch mehr habt!»

Den anderen ging es kaum besser als mir. An der Kapelle bauten wir nicht mehr weiter, dazu fehlte uns die Kraft. Außerdem brüllte uns Vater immer an, wenn wir daran weiterbauten. Es wurde immer deutlicher, dass wir mit unserer neuen Heimat nicht zurechtkamen. Felsig war sie, feucht und kalt. Selbst im Meiental wäre es schöner gewesen. Die waren dort winters zwar oft vom Umland abgeschnitten, wegen des Schnees, aber wenigstens lagen nur Berge zwischen ihnen und ihren Landsleuten, kein ganzer Ozean. Schlimmer jedoch als unsere Einsamkeit war, dass sich das Wild vor uns versteckte.

Schließlich knickten wir ein. Es war um den sechzigsten Tag nach unserer Landung. Ein kühler Morgen. Hochnebel versperrte den Blick in den Himmel. Die Luft war so feucht, dass es uns nicht einmal gelingen wollte, ein Feuer zu machen. Wir hatten uns alle daran versucht, die Köhler, Ulrich und ich, zuletzt nahm Vischer das Zundzeug an sich und probierte, einen Funken zu schlagen. Währenddessen war von der Kapelle her Vaters Singsang zu hören. Schließlich warf Vischer das Zundzeug in den Dreck.

«Mir reicht's. Ich gehe zu den Wilden.»

«Das wirst du nicht», sagte Ulrich.

«Und was willst du dagegen tun? Mir das Essen wegnehmen etwa? Ich gehe.»

«Lass mich mitkommen», sagte Barbara. «Die kennen mich.»

«Mich kennen sie auch», sagte ich.

Ulrich rieb sich die Nase und sah erst auf den Boden, dann wieder zu uns.

«Dann geht halt! In GOTTES Namen.»

«Du kannst ja hier bleiben und auf Vater aufpassen.»

«Der kann gut auf sich selbst aufpassen. Wisst ihr was? Ich komme mit. Es ist besser, wenn wir zu fünft gehen. Dann können wir uns besser verteidigen», sagte Ulrich.

So ließen wir unsere Burg und Vater zurück. Wir schritten erst übers Moos, dann den Hügel erst hinauf, dann hinab, im Gänsemarsch, hin zu den Heiden, die hier schon seit hunderten von Jahren hausen mussten.

Es sah nicht aus, als hätten sie uns erwartet. Das Dorf lag so friedlich in der Talsenke wie ein Kind in der Wiege, überall um uns her ruhiges Schaffen, kein Gebrüll, nur leiser Gesang. Ulrich drehte den Kopf nach allen Seiten, zu einer Familie, die Leder gerbte, Kindern, die an Knochen herumschnitzten, und einem Speermacher, der einen spitzen Stein zuschliff.

«Fleißiges Völkchen. Wo wohl ihr Anführer ist?», fragte Ulrich.

«Ich glaube, die haben keinen», sagte der Henker. «Die sind alle gleich. Genau wie wir.»

«Natürlich haben sie einen. Anders geht es nicht», sagte Ulrich.

«Ich kenne einen Jungen», sagte Barbara, und beschrieb den Burschen, der uns beide beim letzten Besuch Essen gegeben hatte.

Wir machten uns auf die Suche nach ihm, strichen von Zelt zu Zelt wie die wilden Winde, bliesen hinein und überraschten die Weiber, die gerade singend ihren Neugeborenen die Brust gaben, unterbrachen die Jungen beim Kochen, die Alten beim Mittagsschlummer. Wenn wir ihre Zelte betraten, sahen die Wilden uns an und hielten sich den Zeigefinger an die Lippen, worauf wir uns wieder entfernten. Schließlich kamen wir zu einem Teich, an dessen Ufer ein Kerl stand und eine Angel hielt. Es war der Bursche vom letzten Mal. Nun trug er eine Fellkappe.

«Einen recht guten Morgen!», rief Vischer ihm zu.

Der Bursche hatte bis jetzt auf die Blasen geblickt, die im trüben Wasser aufstiegen. Nun sah er auf und blinzelte.

«Wo ist euer Anführer?», fragte Ulrich.

Der Bursche hielt sich die Hand an die Stirn, als hätte er Kopfschmerzen.

Ulrich hob die Stimme: «Habt ihr einen König?»

Der Junge zog ein Gesicht, das wohl bedeuten sollte, dass er weder verstand noch zu verstehen gedachte.

«Du machst das falsch», meinte Vischer.

Er streckte die Brust und das Kinn vor, ging zum Jungen und legte ihm die Hand auf die Schulter. Darauf füllte er seinen Brustkorb mit Luft und tat so, als sei er einer, der Befehle gibt. Er fuhr mit dem Zeigefinger herum und ballte die Hand zur Faust, um damit ins Nichts zu donnern.

Der Kerl schien zu verstehen, denn er nickte, legte die Angel auf den Boden, nahm den Henker bei der Hand und führte uns quer durch das Dorf zu einem Zelt, das größer war als alle anderen. Er schlug die Abdeckung auf.

Drinnen lag der Greis, der bereits Barbara und mir begegnet war. Er lag auf dem Rücken und kaute auf einem Tannzweig herum. Dunkelgrüner Saft lief ihm über die Lippen.

Ulrich streckte ihm die Hand hin.

«Ich wünsche Euch Frieden im HERRN.»

Der Alte sah zu Ulrich hoch und machte ein Gesicht, als hätte er eine Gewitterwolke erblickt. Er schüttelte gemächlich den Kopf.

Ulrich ließ die Hand einen Augenblick in der Luft stehen.

«Wir brauchen zu essen», sagte Vischer. *«A manger.»*

Er tat, als kaute er auf seiner Hand herum.

Der Alte sah ihn lange an. Dann öffnete er den Mund.

«Deluud!», rief er aus.

«Was hat er gesagt?»

«Quoi?», fragte Bertin.

«Woher soll ich das wissen?», sagte Ulrich. «Die Armen. Sie haben keine rechte Sprache. Wir müssen ihnen erst das Wort schenken. Sonst hat es keinen Sinn.»

«Wir müssen ihnen nicht helfen. Sie sollen uns helfen», sagte Vischer.

«Unsinn», sagte Ulrich. «Sagt, wollt Ihr sprechen lernen?»

Die Antwort des Alten bestand darin, dass er sich von seinem Schemel erhob und nach draußen trat. Ulrich rannte ihm sogleich hinterher. Der Alte ging ums Zelt herum,

Ulrich ihm nach. Wir grinsten einander an. Lief der doch dem Alten hinterher, wie er es vorher bei Vater getan hatte. Er könne ihm helfen, hörten wir ihn sagen, dabei betete er laut das Vaterunser und machte mit der Rechten Kreuze in der Luft, als ob er ein Pfaffe wäre.

Nachdem er das Zelt viermal umkreist hatte, trat der Alte auf einen Baum zu, blieb stehen, holte seinen verschrumpelten Schwanz hinaus und pisste in die vertrockneten Fichtennadeln. Als er geendet hatte, winkte er uns in sein Zelt zurück. Ulrich war ganz rot.

Der Alte setzte sich wieder hin. Dann nahm er eine gelbliche Knochenflöte hervor, fast so lang wie sein Unterarm, und begann zu spielen. Vischer fing gleich an, zur Musik zu klatschen. Der Alte sah aus, als ob ihm das gefiele. Nun fiel Bertin ein, der die Melodie mitpiff, daraufhin Barbara, schließlich ließ auch ich mich mitreißen. Es war lange her, dass ich ein so schönes Lied gehört hatte. Ein paar Mal hatten wir unterwegs singen wollen, um die bösen Gedanken zu vertreiben, aber Vater konnte das nicht leiden. Der Gesang sei den Engeln vorbehalten, hatte er jeweils gesagt. Es wäre so schön gewesen, hätte Ulrich nicht auf einmal nach der Flöte geschnappt. Der Alte starrte ihn fassungslos an.

«Lass den Mist», flüsterte Vischer. «Gib sie ihm wieder.»

Aber Ulrich wollte nicht hören. Er schien ganz besessen von seinem Einfall, dem Alten die Sprache beizubringen. Er versteckte die Flöte hinter seinem Rücken, versuchte sich an einem Lächeln, wölfisch sah es aus, und sagte: «Wollen wir anfangen?»

Der Alte sah nicht aus, als ob er verstanden hatte. Sein Gesicht erinnerte an einen zerknüllten Lumpen.

«Einen Augenblick», sagte Ulrich und legte die Flöte auf den Boden, «ich hole noch ein paar andere aus Eurem Volk.»

Sprach's, und war draußen. Der Alte sah uns an. Auf einmal lachte er los, so laut, dass wir auch in sein Lachen einfielen. Dann nahm er die Flöte vom Boden und spielte weiter, bis Ulrich zurückkam, gut zehn Kinder im Schlepptau.

Die Kinder setzten sich alle auf die Erde und lauschten der Musik.

Als der Alte entdeckte, dass Ulrich wieder im Zelt saß, nahm er die Flöte von den Lippen und streckte die Hand aus. Ulrich packte sie sofort und schüttelte sie.

«Sie lernen schnell», sagte er.

Der Alte hob die Brauen. Dann streckte er seine Hand in die Luft aus und tat, als würde er eine zweite Hand schütteln.

«Kawingjemiisch», sagte er.

Ulrich setzte sich im Schneidersitz auf den Boden. Alles war still.

«So», flüsterte Ulrich, «was wollen wir ihnen zuerst beibringen?»

«Die Sonne?», sagte Barbara.

«Scheint nicht. – GOTT?»

«Fang doch mit etwas Einfacherem an. Brot, zum Beispiel», meinte Vischer.

«Wir haben kein Brot», sagte ich. «Nehmen wir den Wald. Den haben wir vor der Nase.»

«Gut», sagte Ulrich, schlug das Zeltleder zurück und zeigte mit dem Arm nach draußen. Sein Zeigefinger sprang von Tanne zu Tanne.

«Wald», sagte Ulrich. «Das ist ein Wald: Wald.»

Der Alte schüttelte den Kopf.

«Waad?», versuchte er uns nachzuahmen. Es klang, als ekle ihn das Wort. Dann hielt er den Zeigefinger hoch.

«Annuu-ii», sagte er.

«Annuu-ii?», fragte ich.

«Annuu-ii», ahmten die Köhler und Vischer den Alten nach.

«Sprecht es ihm nicht nach, verdammt!», schrie Ulrich auf.

Zu spät. Der Alte hatte uns gehört.

«Annuu-ii!», wiederholte er. Er schien erfreut. Schon schwang er sich hoch und streckte mir die Hand hin, wie ein Meister dem Gesellen, der gerade ein gutes Stück abgeliefert hat.

Er wandte sich an eines der Kinder, ein Mädchen, und bat sie, näher zu kommen. Dann flüsterte er ihr etwas ins Ohr. Sie nickte. Dann rannte sie hinaus.

«Was sollte das, Hans?», zischte Ulrich. «Du bringst GOTTverdammt nochmal alles durcheinander.»

Er stellte sich breitbeinig vor den Kinderreigen.

«Der Wald, der Wald! Der gute alte Wald!»

«Pourquoi pas la forêt?», warf Bertin ein.

«Oui, oui, la forêt aussi, mais pas maintenant.»

«Annuu-ii», sagte der Alte erneut.

Die Kinder wiederholten das Wort mit ihren hohen Stimmen.

«Das reicht», sagte Ulrich. «Ich habe genug. Wir gehen!»

In dem Augenblick kam das Mädchen zurückgerannt. Ihre dünnen Arme und Beine kämpften mit dem schweren Leder, das den Eingang zudeckte. Sie trat vor mich hin. In ihren Händen hielt sie eine Holzschüssel mit Trockenfleischstreifen.

Ich verstand. Also sagte ich noch einmal, was sie hören wollten, sagte: «*Annuu-ii.*» Darauf nahm ich mir einen Streifen Fleisch und legte ihn mir wie eine Oblate auf die Zunge. Vor Freude hopste ihr ein Schrei aus dem Mund. Auch die anderen Kinder klatschten in die Hände.

Vischer machte einen Schritt auf das Mädchen zu ... Schon fuhr seine Hand zur Schüssel aus ... Aber sie zog sie empört zurück und schrie ihn an, auch der Alte kläffte ... Aber Vischer war nicht Ulrich, Vischer war nicht dumm ... Er verstand schnell. Also lächelte er sein breitestes Lächeln und sagte, so laut es ging: «*Annuu-ii.*»

Er hatte richtig gehandelt. Sie streckte ihm die Schüssel hin. Vischer griff hinein und nahm sich gleich mehrere Streifen, bis seine Backen voll waren. Bertin und Barbara tauschten einen Blick aus, zuckten mit den Schultern und sagten das Wort ebenfalls. Auch sie bekamen einen Bissen.

«Ihr macht alles nur noch schlimmer», jammerte Ulrich.

Er zeigte auf das Fleisch. «Das ist Fleisch», sagte er. «Fleisch.»

Der Alte zuckte zusammen, als täte ihm der Klang in den Ohren weh.

«*Ashautch*», sagte er.

Auf einmal angespanntes Schweigen. Vischer stieß Ulrich in die Rippen. Der Alte starrte Ulrich an, und Ulrich starrte zurück.

«Nun sprich es ihm schon nach», sagte Vischer.

«Nein.»

«Sprich es ihm nach, verdammt noch mal, sonst bekommen wir noch alle Probleme!»

Stille. Mittendrin das Knurren von Ulrichs Bauch.

«Siehst du, dein Bauch stimmt uns zu», sagte ich.

«Ich werde weder *Ashautch* sagen noch sonst eines dieser heidnischen Unworte.»

Die Wilden stampften mit den Füßen in den Staub.

«*Ashautch!*», riefen sie im Chor.

Schon reichte das Mädchen Ulrich die Schüssel. Ulrich blickte sich verwirrt um. Das ganze Zelt musterte ihn.

Er seufzte. Dann nahm er sich ein paar Stück.

Applaus und Gejohle.

«Wir müssen erst ihr Herz gewinnen», sagte Ulrich, während er kaute.

Das Trockenfleisch hing ihm zwischen den Zähnen.

«Meines haben sie schon», sagte der Henker.

Ulrich versuchte es noch mit einigen anderen Worten, aber ohne Erfolg; für jedes Wort, das er sprach, schallte ein anderes zurück. Bei ihrem Wort für Wind, *Tis eu-thun*, sprach er das Kauderwelsch noch nicht nach, doch bereits bei *Su-au-zou*, Gesang, und *Put-u-uut*, Schlaf, begann er zu flüstern, was ich bereits herausschrie. Die Kinder hämmerten mit den Fäusten auf den Boden, als sie merkten, wie Ulrich den Mund öffnete. Die Worte gingen ihm nicht leicht von der Zunge. Er sprach sie aus, als drohten sie, ihn zu vergiften.

Auf Geheiß des Alten trugen die Wilden Beerenmus mit Honig ins Zelt. So gut hatten wir schon lange nicht mehr gegessen. Der Alte zeigefingerte vor sich hin und gab uns noch mehr Worte vor. Wir sprachen alle nach, selbst Ulrich, worauf sie uns in Körben Räucherfleisch und zu Pulver zerriebene Vogeleier brachten.

Es war schön warm im Zelt. Doch nun, wo mein Bauch gefüllt war, fiel mir Vater wieder ein, der alleine in unserer Burg saß und hungerte.

«Hört zu», sagte ich und stand auf. «War mein Vater einmal bei euch?»

Da ich wusste, dass sie mich nicht verstanden, tat ich mein Bestes, wie Vater zu werden. Ich zupfte an meinem Bart, um ihn länger zu machen. Ich presste alle Luft aus meinem Leib und zog den Bauch ein. Ich machte gar die Wangen hohl und hielt die Hände hoch über den Kopf, um zu zeigen, wie groß er war. Mein großer Vater.

«Buggischaman?»

Der Alte schüttelte den Kopf. Die Kinder rissen die Münder auf. Der Alte bedeutete ihnen zu verschwinden. Sie rannten hinaus. Ich nickte, nicht wissend, was ich sonst tun sollte.

«Ashei», sagte er. *«Gausep»*.

Dann senkte er den Blick.

XVIII.

Von nun an besuchten die anderen die Wilden jeden zweiten Tag. Der Winter war da. Die Erde war vom Frost so starr geworden, dass es sich anfühlte, als gingen wir über Eisenplatten. Der Wind trieb uns die Tränen in die Augen. Oft regnete es feine dünne Tropfen, die einem vortäuschten, sie würden einen gar nicht nass werden lassen. Aber ehe man sich versah, war das Leder der Kleider mit Wasser durchtränkt und klebte schwer auf der Haut. Wir trugen, was auch die Wilden trugen. Das hatten wir Barbara und Ulrich zu verdanken. Sie verbrachten lange Stunden mit ihnen, um ihnen zu helfen, wie sie sagten. Eines Tages hatten sie uns Fellkittel gebracht. «Ein Dankesgeschenk», hatte Ulrich erklärt. «Weil wir sie vor der Hölle bewahrt haben. Sie mögen mich. Wenn sie so weitermachen, werden das noch gute Christen!» An der Kapelle wollte Ulrich dagegen nicht mehr weiterbauen. Dazu sei später noch genug Zeit. Wichtiger schien ihm, die Wilden auf den rechten Pfad zu führen. So blieb die Kapelle ohne Dach.

Bald begann Ulrich, sich rote Striche unter die Augen zu malen, wie es drüben Brauch war.

«Damit sie mir desto eher zuhören.»

«Mach dir doch nichts vor.»

«Komm lieber einmal mit. Dann wirst du selbst sehen, wie viel sie schon von uns gelernt haben.»

«Nein, danke», sagte ich.

«Na gut. Lass uns ruhig die ganze Arbeit machen, während du auf der faulen Haut liegst. Muss wohl in der Familie liegen.»

Am liebsten hätte ich ihn geohrfeigt, aber was hätte es geändert? Ich saß noch immer mit ihm und den anderen in der Fremde fest.

Jeden Tag trugen sie einen neuen Fleischtopf von drüben heran. Wenn sie nicht hinsahen, ließ ich abends ein paar der Fleischfetzen in einem Lederbeutel verschwinden. Nachts, wenn alle schliefen, ging ich damit zu Vater. Der hockte in der halbfertigen Kapelle, die ihn wohl an die Klause gemahnte, und summte vor sich hin. Dann trat ich vor ihn, und er sah zu mir hoch, ohne mehr in mir zu sehen als einen Schatten.

«Wer da?», rief er dann, so laut, dass ich ihm die Hand über den Mund halten musste, damit er mich nicht verriet.

«Iss schnell», flüsterte ich dann und streckte ihm den Beutel und einen Löffel hin. Er war zu schwach, um den Löffel in der Hand halten zu können. Ich musste ihn an seine Lippen führen.

Ulrich entdeckte bald, was ich tat. Er hatte schon immer einen unruhigen Schlaf gehabt. Als ich eines Abends aus der Kapelle in die Hütte zurückschleichen wollte, versperrte er den Ausgang.

«Was tust du da?»

«Geht dich einen Dreck an.»

Er riss mir den Lederbeutel aus der Hand und schnupperte daran.

«Hab ich's doch geahnt! Dein Vater verträgt keine Speisen, merkst du das nicht, GOTTverdammt? Du vergiftest ihn. Das Beste für ihn ist es, nichts zu essen.»

Nun ließen sie mich erst aufstehen, nachdem ich aufgegessen hatte. Bertin und Barbara setzten sich dicht neben mich, damit ich nichts verstecken konnte. Sie fingen auch an zu zählen, wer wie viele Bissen gegessen hatte. Niemand sollte sich vorwerfen lassen, er nehme mehr, als ihm zustehe. Wegen der Kälte, gegen die selbst die Felle wenig halfen, aßen wir in einem Zelt, das uns die Wilden geschenkt hatten. Dicht ums Feuer saßen wir, der Rauchgeruch reizte in der Nase, so nahe, dass ich sehen konnte, wie selbstgerecht sie ihr Fleisch zermalmten und wie die braunen Fetzen zwischen ihren Zähnen klebten.

Vier Tage waren vergangen, seitdem ich Vater zum letzten Mal etwas hatte bringen können. Es hatte keinen freien Augenblick gegeben. Sie hatten mich kaum mehr alleine gelassen. Mittags war ich bei ihm gewesen, allerdings mit leeren Händen. Er hatte mich wie üblich nicht erkannt. Auf dem Boden war er gelegen und hatte ins Leere geblickt. Als ich ihm Dreck und Staub aus dem Haar zu zupfen versuchte, trat er nach mir und schrie, wir sollen ihm Essen bringen oder ihn in Frieden lassen. Es war Abend geworden. Wir löffelten eine Suppe, in der ein paar zähe Fleischstücke und Fischköpfe schwammen. Ich sah den anderen beim Essen zu. Sie schmatzten und rülpsten, und die Suppe triefte ihnen aus dem Mund. Nein, dachte ich, da konnten sie mit mir machen, was sie wollten, ich musste ihm etwas bringen. Ich packte den Schöpflöffel und füllte meine Schüssel noch einmal bis zum Rand.

«Du bist ganz schön hungrig heute», sagte Ulrich.

Ich gab ihm keine Antwort, sondern stand auf und schickte mich an, das Zelt zu verlassen. Ulrich erhob sich. Auch Vischer schoss auf.

«Tust du, was ich denke, dass du tust?»

«Wir können ihn nicht einfach so lassen.»

«Du machst einen Fehler», sagte Vischer. «Er braucht nichts. Du hingegen schon. Es gibt nicht genug für euch beide. Wir meinen es nur gut mit dir. Wir machen uns Sorgen um dich.»

«Ich werde nicht zusehen, wie ihr ihn verhungern lasst.»

Ulrich drückte mir beide Hände auf die Schulter.

«Dein Vater braucht nichts. Er hat noch nie etwas gebraucht.»

«Merkt ihr nicht, wie mager er ist? Habt ihr ihn euch überhaupt einmal angesehen?»

Ich tat einen Schritt vor, aber Ulrichs Hände gruben sich nur umso fester in meine Schulter. Es gab nur eines, ich musste sie überraschen. Mit einem Sprung löste ich mich aus seinem Griff. Da holte er aus und schlug mir die Schüssel aus der Hand. Sie wirbelte durch die Luft. Ein Teil landete auf dem Boden, der Rest der Suppe auf meinem Bauch. Ich spürte, wie sich die warme Brühe ins Leder fraß.

«Wenn du glaubst, ihn füttern zu müssen», sagte Ulrich, «hungerst du eben selbst. So einfach ist das.»

Barbara und Bertin unterdrückten ein Lachen.

«Wir müssen besser auf dich achtgeben.»

Bei der nächsten Mahlzeit saß Ulrich am Ausgang des Zeltes, um ihn zu versperren, und der Henker schöpfte mir mein Essen.

Ich ging trotzdem täglich zu Vater. Auch wenn ich nichts für ihn tun konnte, sehen musste ich ihn doch. Er lag immer an derselben Stelle mit dem Rücken an der Kapellwand. Am nur halb bedeckten Dach vorbei sah er zu den Baumwipfeln hoch. Falls er überhaupt noch etwas sah.

Wenn ich ihn ansprach, gab er keine Antwort. Er murmelte Gebetsfetzen. Jedenfalls sah es so aus. Sein Mund schnappte auf und zu, ohne dass etwas zu hören war. Die ersten Schneeflocken landeten in seinem Haar und schmolzen langsam ob der Wärme, die noch in ihm war. Er war dürrer geworden, als ich für möglich hielt, magerer als unser Heiland am Tag der Kreuzigung. Ein Sack Knochen war er, der nur nicht auseinanderfiel, weil er noch nicht gemerkt hatte, dass er nicht mehr war.

XXIX.

«Hans!»

Ich öffnete die Augen. Erst war alles verschwommen. Dann erkannte ich Vischer, der im Eingang stand.

«Was ist?»

Er zeigte auf das Lederband, das ihm seit Basel um den Nacken hing. Jetzt baumelte daran lauter neuer Schmuck, den er wohl von den Wilden bekommen hatte, Tierzähne und Knochen. Aber etwas fehlte.

«Mein Alraunenmännlein», sagte er. «Es ist verschwunden.»

Ich zuckte mit den Schultern. Die anderen lagen alle zusammengerollt und schnarchten Wölkchen in die kalte Morgenluft.

«Na und?»

«Weißt du nicht, was geschieht, wenn man den Zorn eines Alraunenmännleins auf sich zieht? Das bringt Unheil.»

«Davon haben wir schon genug.»

Ich wollte mich wieder hinlegen, da flüsterte er: «Das ist nicht alles. Ich weiß auch, wer es genommen hat.»

Wir rannten nach draußen zur Kapelle, die in Weiß gehüllt war. Sie war leer. Vater konnten wir nirgendwo entdecken. Wo er gelegen hatte, waren die rötlichen Nadeln zu sehen, ansonsten war der Boden von Schnee bedeckt. Wir rannten nach draußen.

«Da, beim Strand!»

Vischer hatte Recht: Da war wirklich einer zu sehen, der im Sand hin und her tanzte, sich mal auf einem Bein im Kreis drehte, dann wieder hinfiel, sich aufrappelte und die

Arme wie beim Hexensabbat zum Himmel streckte. Vorsichtig traten wir näher, bis wir das Weiß seiner Augen hätten sehen können. Nur war da kein Weiß. Seine Augen glichen runden schwarzen Abgründen. Er verzog den Mund, als ob ihn etwas von innen auffräße. Seine Lippen waren aufgerissen, nein, aufgebissen eher. Er sah uns nicht. Ich glaube, er sah sogar überhaupt nichts. Tapste hin und her, ein Schritt, noch einer, dann fiel er wieder hin. Rappelte sich mühsam auf, streckte den Zeigefinger zur See hin und fletschte die Zähne.

«Lasst mich in Frieden!», schrie er.

Wieder fiel er hin. Dieses Mal blieb er liegen.

«Vater!»

Ich streckte ihm die Hand hin, aber er nahm sie nicht. Eine ganze Weile stützte ich mit der Hand seinen Kopf, damit er besser atmen konnte, und wir weinten beide, jeder für sich, weil keiner den anderen erreichen konnte.

Das Geschrei hatte die anderen aufgeweckt. Sie kamen angerannt. Die Köhler schrien und fielen auf die Knie, als sie ihn sahen. Ulrich stand da, die Arme verschränkt, nutzlos wie ein löchriger Milchkessel. Als er merkte, dass alle um ihn standen, kam wieder Leben in Vater. Er kroch auf allen vieren umher und brüllte, als ob man ihn mit glühenden Zangen piesackte. Dann krümmte er den Rücken durch. Ein Würgen. Auf einmal schoss es aus seinem Mund, rot und grün erbrach er sich. Die anderen wichen zurück. Ulrich schlich hin und her, während mir Vischer dabei half, Vater zu halten. Vaters Blick war ganz ruhig geworden. Dann fiel er hin. Sein Kopf stürzte mitten in sein Blut. Fast wie ein Heiligenschein sah es aus, nur in Rot. Ich zwang mich, ihm unter die Schultern zu fassen und ihn hochzuhieven. Seinem schwarzen Blick wich ich aus.

«Wieso gebt ihr mir nichts zu trinken? Ich war noch nie so durstig.»

«Wasser, schnell!», sagte ich.

Barbara rannte zum Bach. Ich hielt Vaters Hand. War sie sonst immer kalt gewesen, so glühte sie jetzt, als hätte ihn die Alraune erst richtig in die Welt der Lebenden zurückgebracht. Vischer half mir, ihn gerade zu halten, denn er drohte immer wieder umzufallen. Schon kam die Köhlerin angerannt und brachte einen Krug Bachwasser. Ich schöpfte mit der Hand ein wenig Wasser und schleuderte es ihm ins Gesicht, um die Spuren seines Erbrochenen wegzuspülen. Das Wasser triefte von seinem Bart. Dann hielt ich ihm den Krug an die Lippen. Er trank und trank, bis er ihn zur Gänze geleert hatte.

«Besser?»

Er hustete. Ein Teil des Wassers lief ihm aus dem Mund.

«Der Teufel hat ein Feuer in mir entzündet.»

«Ich bringe noch mehr!»

Barbara riss mir den Krug aus den Händen.

Sie war gerade losgerannt, da würgte Vater und erbrach das Wasser auf meine Füße.

Vischer schüttelte den Kopf: «Es hat keinen Zweck.»

Barbara kam zurückgerannt. Wieder dasselbe: Ich hielt ihm den Krug hin, er trank, nur um ein paar Augenblicke später das Wasser wieder hochzuwürgen. Vater hob den Kopf. Seine Augen waren nicht mehr ganz so schwarz wie zuvor.

«Hans», sagte er.

Unsere Gesichter waren einander ganz nah.

«Es tut mir leid, dass ich so lange weg war», sagte er. «Aber jetzt bin ich wieder für euch da. Sag deiner Mutter, dass ich zurück bin.»

«Du musst erst zu Kräften kommen!», sagte ich.

«Hab keine Furcht, Hans.»

Mir war, dass er mich noch immer nicht sah und dass er gar nicht zu mir sprach. Er wird vielleicht einen anderen Hans gesehen haben, einen, der nicht auf diese unselige Reise gegangen war. Den gesunden, den starken Hans, zu dem ich nie mehr geworden bin.

«Jetzt ist es bald so weit», flüsterte der Henker mir zu.

Ich schwieg.

«Ich kenne die Anzeichen.»

Vater ließ den rechten Arm nach oben schnappen, wedelte damit durch die Luft und machte mit der Hand eine Schnappbewegung, auf und zu, auf und zu, als würden tausend Fliegen über ihm kreisen. Ich legte ihm die Hand auf die Brust. Sein Herz flatterte.

«Ich kann nichts dafür», sagte Vater.

Er klang wie ein Kind.

«Er hat es so gewollt. Ich bin ihm gefolgt, weil ich geglaubt habe, dass er mich gern hat. Aber er ist zu weit weg. Ich hätte es lassen sollen. Ich hätte mich um euch kümmern sollen statt um ihn.»

«Was steht ihr hier herum?», hörte ich mich schreien.

«Wir müssen ihm helfen!»

Aber sie halfen nicht. Hielten Maulaffen feil und scharrten mit den Füßen im Schnee. Die Hitze stieg mir in den Kopf.

«Was musstest du dieses GOTTverdammte Alraunenmännlein mitbringen, Vischer? Hättest du es doch bloß im Meer versenkt und dich gleich mit!»

Vaters Herzschlag wurde langsamer.

Ihr wollt sicher hören, dass er mich, bevor er seinen letzten Atemzug tat, doch noch erkannt hat, dass wir uns versöhnt und einander vergeben haben. Ja, Amgrund, ich könnte Euch erzählen, was Ihr hören wollt. Doch die Wahrheit ist, dass er mich bis zum Schluss nicht mehr erkannt hat. Er redete mit mir, aber seine Worte waren nicht an mich gerichtet. Auf einmal drückte er mir die Hände an die Schultern und riss mich zu sich auf den Boden. Ich kniete neben ihm und fühlte, wie meine Augen nass wurden. Seine Stimme klang, wie wenn einer mit einem Beutel voll getrockneter Käfer rasselt.

«Mir ist die Seele abhandengekommen», sagte er.

Ich schwieg. Es gab nichts, was ich hätte sagen können, kein Wort, das es besser hätte machen können.

«Hans», sagte er, «es schneit bald.»

«Es hat schon geschneit», sagte ich.

«Es schneit bald, und du hast nicht geerntet. Nun ist es zu spät. Alles erfroren. Ich hätte nicht auf ihn hören sollen. Er hat mich getäuscht.»

«Niklaus, hör auf! Das ist GOTTESlästerlich!», rief Ulrich.

Vater lächelte.

Dann ging das Licht hinter seinen Augen aus.

Ich sah, wie sie ihn hochhievten und nicht begreifen konnten, dass eingetreten war, was sie sich doch schon lange gewünscht hatten. Er war gegangen. Alle schrien sie, selbst der Henker. Sie nahmen ihn und tanzten mit seiner Leiche über den kalten Sand.

Ich wollte mir das nicht ansehen, diese Krokodilstränen, auch wenn mich Ulrich mit giftiger Stimme fragte, ob ich denn kein Herz hätte. Irrsinn. Ich rannte in unser Zelt, wo es einen Spaten gab, ging damit in die Kapelle und hob eine Grube aus. Es brauchte viel Kraft, denn der Boden war hart. Die Kapelle war ein passender Ort für das Grab. Als es dämmerte, war das Loch groß genug, selbst für ihn.

Sie brachten ihn mir nach Sonnenuntergang. Es hatte wieder zu schneien begonnen. Ulrich weigerte sich, ihn zu berühren. Vischer und ich mussten uns alleine um die Bestattung kümmern. Narren, die sie waren, hatten sie vergessen, Vater die Augen zu schließen. Ich versuchte, es nachzuholen, doch wegen der Leichenstarre wollte es nicht gelingen. So lagen seine Augen weit offen, als wir ihn in die Grube betteten. Wenigstens war das Schwarz darin verschwunden.

Es schneite immer stärker. Ich streckte die Zunge heraus, um die Flocken zu schmecken. Sollten sie doch von mir denken, was sie wollten. Wie das Heu im Schober würde sich das Weiß nun von Tag zu Tag mehr um uns herum mehren, das wusste ich. Meine Haut war kalt, also beschloss ich, sie mit meinen Tränen zu wärmen.

Als wir die Erde über ihn gehäuft und mit dem Spaten festgeklopft hatten, brachte ich ein Kreuz und steckte es in die Erde. Ich hatte es aus Zweigen gefertigt, die ich mit einem Stück Tau zusammengeknotet hatte. Das Kreuz stand etwas schief. Ich versuchte es geradezurichten, aber es kippte immer wieder nach links. So ließ ich es schließlich sein.

Danach verkrochen wir uns in die Hütte. Ich schlief sofort ein. Alle Angst war von mir gefallen. Als ich am nächsten Morgen aufwachte, lag die Welt unter einer Schneedecke begraben, und die anderen waren verschwunden.

XXX.

Wohin sie gegangen waren, könnt Ihr Euch denken: zu den Wilden. Ich war mir sicher, dass Ulrich dahintersteckte. Er wird es seit Monaten vorgehabt haben, hatte wohl bloß darauf gewartet, dass Vater nicht mehr war. Damit er sich nicht mehr schuldig fühlen musste, hatte er auch mich zurückgelassen, erinnerte ich ihn doch zu sehr an meinen Vater, für den er einst seine Heimat aufgegeben hatte. Das meiste Werkzeug war weg. Wenigstens das Feuerzeug, etwas Holz, Pfeil und Bogen, und mein Messer hatten sie mir gelassen. Auch das Zelt, die Kapellruine und die Hütte standen noch. Sie wollten wohl nicht, dass ich verreckte. Ich sollte ihnen bloß vom Hals bleiben.

Ich verbrachte Tage damit, vor Vaters Grab zu sitzen. Ich machte ein großes Feuer in der Kapelle. Vaters Grabkreuz warf einen langen Schatten in den Schnee.

Nach einer Weile fand ich genug Kraft, um jagen zu gehen. Der Schnee dämpfte meine Schritte. Es gelang mir, eine erste Krähe zu erlegen. Ich war ganz allein mit den Tieren. Den ganzen Winter sah ich keine Menschenseele. Aus den Decken, die die anderen dagelassen hatten, nähte ich mir einen dicken Übermantel. Weil ich kein Beil hatte, musste ich das Feuerholz auf dem Boden zusammensammeln. Ich weiß nicht mehr, wie die Zeit verging, aber sie verging, ohne dass ich verhungerte. Ich zählte weiterhin die Tage, ritzte sie ins Holz, weil es wichtig ist, dass man die Zeit nicht verliert. So wusste ich, dass fast vier Monate seit Vaters Tod vergangen waren, als der Schnee zu schmelzen begann. Bloß einige schmutzige Flecken blieben übrig, während es rundherum taute und pfützte. Hinter der Kapelle war eine blaue Blume aus dem Boden geschossen. Im Laufe der nächsten Tage wurde der Grund wieder weicher. Mit jedem neuen Morgen erschienen andere neue Blumen, mich zu begrüßen. Schon bald gab es wieder mehr Wild im Wald und erste Fische im Bach.

Eines warmen Tages stand Vischer vor mir. Ich war gerade durchs Dickicht gestrichen, weil ich einem Eichhörnchen auf der Spur war, als ich ein Rascheln hörte. Vischer hockte auf einem umgefallenen Baum und aß Trockenfleisch. Er blinzelte mich an.

«Na so was! Du lebst ja noch.»

«Ihr habt wohl gehofft, dem Sohn würd's gleich ergehen wie dem Vater.»

«Ach was.»

Er streckte mir sein Essen hin. Er hatte einen ganzen Korb dabei. Ein flaches Brot und Trockenfleisch lagen darin, dazu baumelte ihm ein Lederbeutel mit Wasser um den Hals. In einem anderen Korb war etwas Holz, das er wohl gesammelt hatte.

«Wir hatten eigentlich erwartet, dass du bald nachkommen würdest.»

«Da kennt ihr mich schlecht.»

Ich nahm mir ein wenig Fleisch. Es schmeckte salzig.

«Manchmal denke ich das auch.»

«Was?»

«Dass ich nicht weiß, wer du bist.»

«Ich bin ein Bauer. Mein Vater, Niklaus von Flüe, war ebenfalls ein Bauer, bis er sich entschieden hat, GOTT zu suchen. Damit hat alles angefangen. Aber das weißt du.»

«Was soll das heißen?»

«Das soll heißen: Man kann es sich nicht aussuchen.»

Der Henker zog den Rotz hoch.

«Da hast du wohl Recht.»

«Rutsch mal», sagte ich und setzte mich neben ihn.

«Weißt du», sagte er, «du kannst jederzeit zu uns zurück, wenn du willst.»

«Und Ulrich?»

«Vergiss Ulrich.»

«Ich bleibe hier.»

«Hast du denn keinen Hunger?»

«Ständig.»

«Bei den Wilden gibt es jede Menge Essen.»

«Und das geben sie euch einfach so?»

«Ja. Dafür gehen wir ihnen zur Hand.»

«Muss gut tun, endlich einmal auf ehrliche Weise sein Brot zu verdienen.»

«Ja, das schon.»

«Aber?»

«Wir reden kaum miteinander. Hab seit Wochen kein Wort mehr mit den anderen gewechselt. Wir haben uns alle an anderen Orten einquartiert, weißt du. Die beiden Köhler wohnen in einem eigenen Zelt, und Ulrich ist dem Alten so tief in den Arsch gekrochen, dass er ein eigenes Zelt grad neben seinem bekommen hat. Die verbringen Ewigkeiten damit, neue Worte durchzugehen.»

«Versucht er immer noch, ihn zum Christen zu machen?»

«Nein. Dafür versucht der Alte, ihn zum Heiden zu machen. Der redet fast gar kein Deutsch mehr, der Ulrich. Und wenn ich ihn begrüße, schaut er an mir vorbei.»

«Kann dir doch gleich sein.»

«Stimmt schon. Hab ja genug zu essen. Es geht uns fast zu gut.»

«Wie meinst du das?»

«So, wie ich es sage. Es fehlt etwas.»

«GOTT?»

«Nein, etwas anderes. Schwer zu sagen.»

Er stand auf und sammelte seine Sachen zusammen.

«Ich muss weiter. Die anderen warten. Wenn du willst, kann ich in den nächsten Tagen wiederkommen und dir etwas zu essen bringen.»

«Ich brauche nichts.»

«Ich bringe dir trotzdem was.»

Der Frühling kam und ging, und der Sommer, der Herbst und der Winter taten es ihm gleich. Bald gab es auf der Baumrinde kaum mehr Platz für neue Striche, also suchte ich mir eine zweite und bald eine dritte. Ich schlug mich irgendwie durch. Der Henker besuchte mich ab und an. Er brachte mir jedes Mal etwas mit, frische Beeren, Fladenbrot, Trockenfleisch, ein Messer, das er gestohlen, Pfeile, die er selbst angefertigt hatte, einen neuen Lederrock. Manchmal half er mir auch dabei, den Zaun auszubessern. Während ich vom vielen Jagen wieder kräftig geworden war, war er noch fetter geworden. Seine Haut glänzte wie ein Stück Speck. Von Woche zu Woche sprach er weniger, und die Worte kamen ihm mehr schlecht als recht über die Lippen. Er meinte, es sei ein Wunder, dass ich, ganz auf mich gestellt, überleben könne, während sie einen so hohen Preis dafür zahlen müssten.

«Welchen Preis?», fragte ich, und er meinte, dass sie sich langsam auflösen würden wie Schnee in der Sonne, dass er gar nicht mehr recht wisse, wer er sei, ob er Vischer sei oder *Puupusraut*. So nannten sie ihn nämlich.

Ich war froh, allein zu sein. Das Leben als Einsiedler ging mir leichter von der Hand, als ich gedacht hatte. Aber ich hatte ja, so glaubte ich wenigstens, alles zurückgelassen, was mich mit zu Hause verband. Das machte es erträglicher. Vielleicht war es ja das, was Vater von Anfang an gewollt hatte, vielleicht hatte er von Anfang an geplant, mich so weit wegzubringen. Wenn es warm war und ich unter einer Tanne lag und den halben Tag verschlief, fing ich sogar an, die Einsamkeit zu genießen. Bis die Einsamkeit ein Ende hatte.

XXXI.

Das Schiff war groß. Wie wenn einem die Zigeuner ein Kind vor die Türschwelle stellen, lag es eines Morgens in der Bucht, ein dreimastiges Ungetüm. Fünf strahlende Segel und ein Gewirr von Tauen teilten den Frühjahrsnebel. Ich hatte am Wasser gestanden, als es zwischen den Felsen erschienen war. Es war kein Traum. Oben im Ausguck fuchtelte einer mit den Armen. Angst lag in seinen Bewegungen, denn er hatte mich entdeckt. Ich hob die Arme über den Kopf und winkte. Sie sollten sehen, dass ich ungefährlich war. Daraufhin rannten sie erst recht hin und her auf ihrer Barke. Zwei Männer machten sich an einem Feuerrohr zu schaffen. Schon hallte ein Knall von den Klippen wider und brachte die Baumkronen zum Zittern. Der Rauch mischte sich so dicht mit dem Nebel, dass ich das Schiff nicht mehr sehen konnte. GOTTlob schoss die Kugel weit an mir vorbei und landete irgendwo im Wald.

Was hatte ich mir nicht gewünscht, dass ein Schiff käme! Nun, da es da war, rannte ich hinter die Palisade, verkroch mich in der Hütte und verriegelte die Tür, indem ich einen Stuhl davorstellte und einen schweren Topf darauflegte. Immer neuer Knall war zu hören. Rauchduft zog durch die Ritzen ins Innere. Ich kroch unter die Decke, mein Herz flatterte in der Brust. Ich wartete. Das Atmen fiel mir schwer. Bald Schritte und Gelächter ganz in meiner Nähe. Mir fiel ein, dass ich das Tor nicht abgeschlossen hatte.

«Rauskommen!», brüllte einer.

Dann ein Knall. Ein Knacken. Der Stuhl verrutschte, der Topf fiel herunter, und die Tür schwang auf.

Ich streckte den Kopf aus der Decke und spürte ein Eisenrohr an meiner Stirn. Ein stämmiger Kerl hielt mir seine Feuerbüchse gegen den Kopf.

«Ich hab einen!», rief er.

Unter Gebrüll platzten drei seiner Kumpane herein.

Das war es also. Mehr als ein Jahr hatte ich nun alleine überlebt, trotz des Hungers, trotz der Einsamkeit, trotz der Heiden, nur, damit mir am Ende einer mit der Büchse das Licht ausblies.

Ich wollte mich bekreuzigen, da blaffte er mich an, was das werden würde.

«Beten will ich.»

«Beten?»

Der Kerl lachte, dass ihm fast sein Barett vom Kopf fiel.

«Ich glaub's nicht, ein Christ! Ein GOTTverdammter Christ!»

Er streckte mir die Hand hin.

«Didrik mein Name, Didrik Pining. – Mann! Ein Irrsinn! Ein Eidgenosse, ja? Ein Kuhschweizer, wie?»

Er tat, als hielte er ein Rind an den Hüften, und machte eine Stoßbewegung.

Ich schwieg.

«He, Pothorst!», rief Pining einem Dicken zu, der eine Warze auf der Nase hatte. «Hast du gehört? Das ist eine Kuhmelkerinsel!»

Der Kerl musterte mich von oben bis unten.

«Sag, gibt's hier was Gutes zu essen?»

«Gar nichts gibt's hier.»

Einen Augenblick zögerte ich, ob ich ihnen nicht doch besser die ganze Wahrheit sagen sollte, dass es nämlich doch jede Menge gab, nur eben nicht bei mir, sondern bei den Heiden. Doch am Ende, dachte ich, würde es denen noch gehen wie meinen Gefährten, und ich wäre wieder allein.

«Verdammt», sagte Pining, «das wird den Männern nicht gefallen.»

«Hier gibt's nicht mehr als das Moos, das auf den Steinen wuchert. Und lauter Tannen», log ich.

«Tut Euch selbst einen Gefallen und verlasst diese Gegend so schnell wie möglich.»

«Wir kommen aus dem Norden, aus dem Eis. So übel wie dort wird es hier nicht sein.»

«Aber fast so übel. Wenn der HERR mich nicht beschirmt hätte, ich wäre verhungert.»

Pining ließ sich auf den Boden sinken und riss die Augen auf.

«Was sage ich jetzt bloß den Männern?»

«Hinten im Lager ist doch noch Branntwein», sagte Pothorst.

«Du willst den Notvorrat aufbrauchen?»

«Das dürfte sie vorerst besänftigen. Oder hast du einen besseren Einfall?»

«Nicht wirklich. Kommst du auch?», fragte er mich.

Ich nickte.

Den Rest des Tages verbrachte ich in der Hütte. Im Halbschlaf hörte ich, wie die Mannschaft Fässer durch den Sand wälzte. Erst nach Sonnenuntergang ging ich zum Strand hinüber. Sie hatten ein Feuer entfacht, um das nun zwischen zwanzig und dreißig Mann saßen. Fackeln steckten im Boden. Die Männer bohrten die Zehen in den Sand und tranken vor sich hin. Ich strich mir den Staub von der Kutte, spuckte in die Hände und richtete mein Haar. Dann trat ich vors Feuer. Die Männer fuhren auf. Einer, sein blondes

Haar reichte ihm bis zu den Schultern, richtete seine Armbrust auf mich, hatte es allerdings versäumt, einen Bolzen einzuspannen. Ich hielt die Hände über den Kopf.

«Grüß dich.»

Der Kerl riss den Mund auf.

«Ein Waldstätter!»

Es war ein Zürcher. Er legte die Armbrust in den Sand.

«Da ist der Toni», hörte ich Pining sagen, «auch so ein Eidgenosse.»

Ich hatte Pining gar nicht gesehen. Jetzt stand er neben mir, eine Tasse Branntwein in den Pranken. Sein Gesicht glänzte rot.

«Bringt dem Einsiedler was zu trinken, ja?»

Schon füllten sie mir eine Tasse mit dem braunen Gesöff. Ich leerte sie in einem Zug. Wohlige Wärme breitete sich von den Zehen her aus und stieg mir zur Stirn hoch. Das Zeug weckte Lebensgeister in mir, die ich längst verloren geglaubt hatte. Pining lachte aus dem Bauch heraus und schlug mir auf die Schulter.

«So, und nun sag einmal, wie bist du hier gelandet?»

«Mit einem Floß.»

«Bind uns keinen Bären auf.»

«Wenn ich's doch sage.»

Pining griff nach meiner Tasse und reichte sie Pothorst, der sie aus einem Fass bis zum Rand füllte.

«Ein Waldstätter auf einem Floß? Wie soll das gehen?», fragte der Zürcher.

«Mit GOTTES Hilfe.»

«In GOTTES Namen! Und wozu diese Reise?», fragte Pining.

Ich leerte auch die zweite Tasse in einem Zug.

«Vater wollte es so.»

Ich erzählte von der Nacht, in der ich Elsi zurückgelassen hatte. Ich erzählte von Basel, von Straßburg und von den vielen Menschen, die wir auf unserem Weg nach Westen getroffen hatten. Vom Kruzifer und meinem Handel erzählte ich nicht. Dafür von den Köhlern. In meiner Geschichte zerschellte unser Floß an einem Felsen, und nur Vater und ich hatten uns ans Ufer retten können. Je mehr Branntwein in meinem Blut war, desto mehr fing ich an, die Dinge nicht so zu erzählen, wie sie gewesen waren, sondern, wie sie hätten sein sollen. Ich berichtete, Vater und ich hätten ein GOTTESfürchtiges Leben gelebt, hätten uns diese Burg erbaut und jeden Tag mit Beten zugebracht. Vater und Sohn in Eintracht. Bis Vater letzten Winter sanft eingeschlafen sei, nicht ohne mir zuvor gesagt zu haben, dass er stolz auf mich sei.

Der Mannschaft gefiel das alles so gut, dass sie mir Becher um Becher vorsetzten und auch selbst so ordentlich tranken, dass das Fass bald leer war und sie vor lauter Wut mit ihren Büchsen in den Himmel knallten, als könnten sie den Großen Bären vom Himmel schießen. Der Weinbrand war viel stärker, als ich geglaubt hatte, überraschend stark. Wie wenn dich einer mitten in der Nacht aufweckt, nur um dir mit einer Keule auf den Schädel zu schlagen. Ich hoffte nur, dass die Seeleute morgen nicht auf den Einfall kämen, nach Nachschub zu suchen. Pining erklärte mir gerade mit schwerer Zunge, dass ich von nun an zur Mannschaft gehöre, als unter den Männern Geschrei laut wurde.

Eine Gestalt trat auf uns zu. Die Männer griffen zu ihren Büchsen und Klingen. Es war der Henker. Als er merkte, dass fast die gesamte Besatzung die Waffen auf ihn richtete, hob er die Hände.

«Keine Angst! Ich hab nur euer Feuer gesehen und dachte, ich schaue mir das Ganze einmal an.»

Der Zürcher schüttelte den Kopf.

«Ich glaub's nicht, kreuzt hier auch noch ein Basler auf!»

«Sagtest du nicht, du hättest als Einziger überlebt?», fragte Pothorst.

«Nein, das ist Gregor Vischer, der hat auch noch überlebt.»

«Verdammt, wie viele von euch verstecken sich eigentlich noch auf dieser Insel? Wir haben schon genug Mäuler zu stopfen.»

«Die anderen sind ...», hob ich an.

Da unterbrach mich der Henker, der mich mit einem triumphierenden Lächeln ansah, «... die sind von den Wilden gefressen worden! Mit Haut und Haar und bei lebendigem Leib!»

Da kam Bewegung in die Mannschaft.

«Wilde?»

«Ja, Wilde», sagte Vischer, «blutrünstige Heiden, die Köpfe auf Pfähle spießen und warmes Menschenblut trinken.»

«Wilde!», rief Pining. «Das hab ich mir doch gleich gedacht! Gleich, als wir hier geankert haben, hab ich mir das gedacht. Na, wenn die wüssten.»

Er hob seine Büchse und zielte damit in die Nacht, wobei er nicht wenig wankte.

«Habt ihr gehört, Männer, hä? Wilde! Gefahr! Muss man sich wehren gegen!»

Er tat, als würde er die Zündschnur seiner Büchse anzünden, dann ahmte er mit aufgeblähten Backen einen Knall nach und ließ sich nach hinten fallen. Die Mannschaft lachte. Pining rappele sich wieder auf und schlug die

Hacken zusammen, konnte sich aber, besoffen, wie er war, kaum gerade halten.

«Morgen! Morgen werden wir aufbrechen und es diesem Pack zeigen, diesen Christenfressern!»

Die Mannschaft klatschte und stampfte mit den Füßen, dass der Sand durch die Luft wirbelte und das Feuer in unserer Mitte hin und her flackerte.

«Aber erst lasst uns schlafen», unterbrach Pothorst ihr Freudengejaule. «Am besten, jemand von uns hält Wache.»

«Ich übernehm das», sagte ich.

«Einverstanden.»

«Wieso denn jetzt der Waldstätter?», rief der Zürcher.

«Wenn du willst, kannst du gern selbst die Wache übernehmen. Aber du weißt ja nicht mal, wie diese Wilden aussehen.»

«So schwierig wird das ja nicht sein, die zu erkennen.»

«Da wär ich mir nicht so sicher! Still wie die Sterne sind sie, wenn sie sich anschleichen. Und ihre Herzen sind finster wie die Nacht. Ruckzuck hast du ein Messer an der Kehle.»

«Oder *in* der Kehle», ergänzte Vischer.

«Schon gut», sagte Pining, «Der Eidgenosse soll's übernehmen.»

Sprach's, streckte die Glieder aus und ließ sich in den Sand fallen. Die anderen folgten seinem Beispiel. Ihre Büchsen betteten sie neben sich, schlangen gar den Arm darum, als wären es ihre Weiber.

Ich wartete eine Weile, bis ich sicher sein konnte, dass alle schliefen. Dann schlich ich zu Vischer, der auf der Seite lag, ganz weggedämmert, obwohl er als Einziger von uns nichts getrunken hatte. Ich knallte ihm eine, dass er mit einem Schlag wach war.

«Verdammt, was soll das?»
«Hurenbock.»
«Krieg dich wieder ein, du bist bloß besoffen.»
«Wieso musstest du es ihnen sagen?»
«Wovon redest du?»
«Die Heiden! Sie hätten nichts von ihnen zu wissen brauchen. Jetzt werden noch mehr Leute sterben müssen, die es nicht verdient haben. Und wir werden nie von hier wegkommen. Willst du das?»
Er schüttelte den Kopf.
«Ich hab eine Idee: Wir reden mit Ulrich!»
«Dem habe ich nichts zu sagen.»
«Mag sein. Aber er könnte uns helfen.»
«Der hat doch noch nie jemanden freiwillig geholfen.»
«Ein Versuch ist's wert. Schließlich geht's um seine Ruhe.»
«Was soll der Hurenbock schon ausrichten?»
«Unterschätz ihn mal nicht, Hans. Der weiß hundert Wilde auf seiner Seite.»
Ich seufzte.
«Na gut. Aber dann lass es uns jetzt gleich hinter uns bringen.»
«Es ist mitten in der Nacht.»
«Na und?»

Wir nahmen zwei Fackeln mit und ließen die Schiffsbesatzung zurück. Vischer führte mich durch den Wald. Es war Vollmond. Wir hörten hier ein Rascheln, dort ein Rascheln, ein Klopfen, ein Pochen, ein Knarren, und wähnten uns schon vom Feind umzingelt. Doch niemand war um diese GOTTverlassene Zeit unterwegs, und nach einer Weile standen wir auf der Hügelkuppe und sahen auf das Dorf runter. Lauter Zelte lagen friedlich da, groß und blau, wie ans Land gespülte Walfische. Wir strauchelten hinunter.

Vischer führte mich zu einem besonders großen Zelt.

«Ulrich», flüsterte er.

Nichts.

«Ulrich, ich bin's, Gregor.»

Da schlug jemand die Abdeckung auf. Ein Kopf schaute heraus. Es war Ulrich. Er hatte sich verändert. Sein Bart war verschwunden, sein Gesicht glatter als früher. Es war rot bemalt. Die grauen Haare hatte er nach hinten gekämmt und zusammengebunden. Als er mich hinter dem Henker entdeckte, verfinsterten sich seine Züge.

«Was willst du? Es ist mitten in der Nacht. Und wozu hast du den da mitgebracht?»

«Dafür ist jetzt keine Zeit», sagte Vischer.

Ulrich schob den Kopf vor und schnupperte.

«Hast du getrunken?»

«Ein Schiff ist gekommen», sagte ich.

«Was?»

«Es liegt in der Bucht», ergänzte Vischer.

«Und jetzt?»

«Wir fahren nach Hause», sagte ich.

«Schön. Ich komme nicht mit.»

«Niemand hat gesagt, dass du das sollst.»

«Weshalb seid ihr dann gekommen?»

«Weil sie wissen, dass ihr hier seid.»

«Verdammt.»

«Am besten, ihr schlagt sie in die Flucht», sagte der Henker.

«Ich wecke meine Leute.»

Ulrich stellte eine große Trommel vor sich auf die Erde. Er schlug mit beiden Fäusten einen immer schneller und lauter werdenden Takt. Einen Augenblick später versammelten sich um uns an die sechzig Wilde. Auch Barbara und Bertin standen dabei. Sie sahen gut aus, wohlgenährt, und verbeugten sich vor mir, als wäre nie etwas gewesen. Ich tat, als würde ich sie nicht sehen.

«Wie viele Leute sind es?», fragte Ulrich.

«Gute dreißig», erklärte Vischer. «Sie schlafen alle ihren Rausch aus. Ihr schleicht euch an und überfallt sie. Dann sagt ihr ihnen, sie sollen verschwinden. So muss kein Tropfen Blut fließen.»

Ulrich nickte und kletterte auf die Trommel. Sie wackelte ein wenig. Vischer wollte sie festhalten, aber Ulrich stieß ihn mit dem Fuß zur Seite. Dann hielt er eine Rede in der Heidensprache. Sie ging ihm ganz leicht über die Zunge. Zu gerne würde ich Euch erzählen, was er ihnen gesagt hatte, aber ich verstand kein einziges Wort. Jedenfalls setzte sich danach ein ungewöhnlicher Zug in Bewegung: Vischer, Ulrich und ich gingen voran durch den Wald, die Wilden folgten.

Bald standen wir wieder an der Bucht. Unsere Ledersohlen waren so leise wie der Schnitter Tod. Das Feuer war fast ausgegangen, nur noch etwas Glut war übrig. Schon beugten wir uns über die Männer, nahmen ihre Waffen an uns und drückten sie den Wilden in die Hand, die nicht so recht zu wissen schienen, was sie damit anfangen sollten. Barbara hielt Pining das Messer an die Kehle. Wer hätte gedacht, dass es so einfach war. Als alle bereit waren, legten Vischer und ich uns hin, nur um dann aufzuschießen und «Alarm!» zu brüllen.

Der Zürcher, der dicht neben der Glut gelegen hatte, erwachte als Erster. Hei, was riss der die Augen auf, was schrie der Zeter und Mordio!

«Die Wilden!»

Seine Stimme gellte.

«Die Wilden! Die Wilden!»

Er fasste sich an die Seite, um seine Klinge zu zücken. Aber sie war nicht mehr da. Ich unterdrückte ein Lachen. Schon waren alle aufgewacht. Sie rückten zusammen wie die Kühe, wenn's regnet. Nur gab es keinen Baum, unter dem sie sich versammeln konnten. Pining machte einen besonders jämmerlichen Eindruck. Weil ihm die Köhlerin die Klinge an die Kehle hielt, konnte er nicht einmal aufstehen. Erst zappelte er ein wenig hin und her, ließ es aber bald sein. Seine Stimme schraubte sich in ungeahnte Höhen.

«Das war's, Männer! Wir sind umzingelt! Die werden uns aufschlitzen! Auffressen! Wir hätten nie so weit nach Westen sollen! Ich hab's gleich gesagt!»

Barbara fing hinter ihm zu lachen an, da wurde er ganz rot im Gesicht, schien aber nicht recht zu wissen, was er tun sollte. Der Zürcher fing an, ein Vaterunser zu murmeln.

«Reißt Euch zusammen!», sagte Ulrich, baute sich breitbeinig vor Pining auf und zielte auf seine Brust.

In Didriks Mund hätten gut und gerne sechs Hühnereier gepasst, so weit stand er offen.

«Fürchtet Euch nicht», sagte Ulrich. «Wir werden Euch nichts tun. Wenn Ihr verschwindet.»

Pining verstand nicht. Er stotterte.

«Ihr sprecht ja Deutsch.»

«Zwei Tage habt Ihr. Bis dahin ist Euer Schiff verschwunden. Oder wir kommen wieder und ziehen Euch die Haut vom Rücken.»

«Was sind Eure weiteren Bedingungen?», fragte Pothorst, der gefasster wirkte als Pining.

«Meine Seele bekommt Ihr nicht!», rief der Zürcher.

«Ihr werdet diesen Ort auf keiner Karte einzeichnen. Ihr werdet auch keiner Menschenseele mitteilen, wo sie sich befindet. Das hier ist unser Land. Wir bestimmen selbst. Frau Welt kann uns gestohlen bleiben. Mit der haben wir nichts zu schaffen. Und das soll auch so bleiben.»

«Von mir aus. Sowieso eine GOTTverdammt jämmerliche Scheißinsel. Hat sich nicht gelohnt, dafür übers Meer zu fahren.»

«Schwört!»

Pining hielt die Schwurfinger hoch. – «Ich gelobe bei GOTT dem HERRN, niemandem von dieser Drecksinsel zu erzählen.»

«Dann haben wir eine Abmachung.»

Ulrich drehte sich um verschwand mitsamt den Wilden. Ich habe ihn nie wiedergesehen.

XXXII.

So war das. Was will ich Euch noch groß erzählen? Wir verbrachten den nächsten Tag damit, die Süßwasservorräte aufzustocken, trugen die Fässer an den Bach und füllten sie. Andere fischten und trockneten ihren Fang über dem Feuer. Vischer und ich bauten den Zaun und die Hütte ab. Sie konnten uns auf dem Schiff als Feuerholz dienen. Übrig blieb nur die Kapelle und das Holzkreuz über Vaters Grab.

Am Abend, wir saßen ums Feuer, fragte ich Pining: «Darf ich einen Toten mit an Bord bringen?»

Er verzog das Gesicht.

«Wer Tote mitfahren lässt, fährt selbst in den Tod. Das bringt Unglück.»

«Es ist nicht irgendein Toter. Es ist Bruder Klaus von Flüe.»

«Wer soll das sein?»

«Mein Vater.»

«Wir können ihn trotzdem nicht mitnehmen. Tut mir leid.»

Ich spuckte in die Flammen.

«Schon gut. Wahrscheinlich ist es ihm lieber, wenn wir seine Knochen hierlassen.»

Kaum ein Tag vergeht, an dem ich meine damalige Schwäche nicht bereue. Pining hätte vielleicht mit sich reden lassen. Ich hätte Vaters Gebeine mitnehmen und neben der Klause hier in der Ranft begraben müssen. Dann wäre es nicht ganz so einsam hier in der Klause. Ich könnte mit ihm reden. Am Morgen des übernächsten Tages jedenfalls hatten wir alles auf das Schiff verladen und waren bereit, den

Anker zu lichten. Leichter Dunst gab den Tannen eine gewisse Traurigkeit. Die Mannschaft war bereits auf dem Schiff. Ich hatte mir ein paar Augenblicke auserbeten. Ich kniete vor dem Grab. Die Erde roch frisch und stark. Ich strich mit der Hand über das Holzkreuz. Ein Vogel in einem der Wipfel hinter mir zwitscherte ein Lied. Vom Schiff her war Gejohle zu hören. Die Seeleute versuchten wohl, ihre Angst wegzusingen. Ich sah das Grab lange an. Etwas in mir hoffte auf ein Zeichen. Aber es kam keines. Nur der Vogel zwitscherte vor sich hin.

Als ich das Schiff betrat und der Mann im Ausguck schrie, wir könnten los, fragte mich der Zürcher, warum ich so feuchte Augen hätte. Da knallte ich ihm eine. Vor lauter Schreck vergaß er, zurückzuschlagen.

Vaters Gebeine liegen wohl noch immer am anderen Ende des Meeres. Vielleicht besuchen Ulrich und die Köhler ihn manchmal. Sofern sie noch leben.

Wir verkrochen uns in den Holzwanst des Schiffes. Es war stickig und modrig im Inneren. Ich ging so selten wie möglich nach draußen, um das Meer nicht sehen zu müssen. Zwar hörte ich es, hörte, wie es gegen die Schiffswände klatschte, hörte auch, wie die Brise am Segel zerrte, aber wenigstens musste ich es nicht sehen. Es kam mir vor wie ein einziges vorwurfsvolles Auge. Auf dem Schiff gab es GOTTlob genug zu tun, um die Gedanken zum Schweigen zu bringen. Segel hissen, Schiff putzen, dem Koch zur Hand gehen. Aale und Makrelen, Linsen und Bohnen. Sogar ein paar Hühner hatten sie dabei, die den ganzen Weg über die See überlebt hatten und die immer mal wieder über Deck flatterten. Unsere Kabine stank so stark nach Schweiß, dass man erst die Luft anhalten musste, wenn man sie betrat. Selbst das Meer fing zu stinken an, als ob all das Wasser schon zu lange stillgestanden hatte. Wenn wir miteinander redeten, standen wir weit auseinander, weil unsere Fressen Fäulnis verbreiteten.

Und dann roch es plötzlich nach seichteren Gewässern. Wir sahen erste Schiffe in der Ferne, die uns mit freundschaftlichen Schüssen aus ihren Büchsen grüßten. Auf einmal eine Küste und flackernde rote Lichter vor einem fahlen Himmel. Wir legten in Hamburg an. Strauchelten alle an Land, als wär's die Pforte zum Himmelreich. Die Hafenhuren warteten schon auf uns. Die Mannschaft trieb uns in ein paar Bordelle, und wir stachelten einander auf, soffen so viel, dass sich unser Inneres nach außen kehrte. Als Vischer und ich ein paar Tage später wieder auftauchten, waren Pining und Pothorst längst verschwunden, und die Mannschaft hatte sich in alle Winde zerstreut.

«Da wären wir», sagte ich zu Vischer, und rieb mir mit dem Hemdsärmel die Kotze vom Mund.

«Wohin willst du jetzt gehen?»

«Nach Hause.»

«Nicht die dümmste Idee.»

Und das taten wir. Immer nach Süden ging's. Wie wir es fertigbrachten, in die Eidgenossenschaft zurückzukehren, darüber schweige ich mich aus, Amgrund, habe ich doch schon genug von meinen Sünden berichtet. Vielleicht erzähle ich Euch ein andermal davon, solltet Ihr es denn hören wollen. Wisst einfach, dass man sehr weit kommt, wenn man sich als Pilger ausgibt. Über Bremen, Osnabrück, Köln, Trier, Speyer, Rottenburg und Konstanz gelangten wir nach Süden. Vischer folgte mir bis an das Ufer des Bodensees. Dann war er auf einmal nicht mehr da. Mitten in der Nacht verschwand er, wie ein Traumbild.

Inzwischen war es Oktober geworden. In Sarnen würde der Sauser bereitstehen. Ich sah fast gleich aus, wie damals, als wir ausgezogen waren. Ich hatte wieder Fleisch am Knochen. In Speyer hatte ich mir gar den Bart von einem Barbier stutzen lassen. Alles, damit sich Elsi nicht vor mir grauste. Ich ertrug den Gedanken an sie kaum mehr, die Sehnsucht. Ich hatte sie verloren geglaubt, am anderen Ende des Meeres, und nun würde ich endlich wieder neben ihr einschlafen können – und mein Kind sehen.

Und dann stand ich vor meinem Hof. Es roch nach Rindern und nach Heu. Die Sonne war bereits untergegangen und ließ das gute Holz ganz schwarz erscheinen. Fast drei Jahre war ich weg gewesen, ohne dem Elsi irgendetwas mitzubringen außer müden Knochen, neuen Falten und Narben hier und da. Die Treppe zur Tür knarrte stärker als früher. Sie knarrte so laut, dass Elsi es hören musste, und tatsächlich: Schon riss sie die Tür auf, ein Messer in der Hand, die hellen Augen aufgerissen. Hinter ihr blinzelte mich ein Bub an, wohl an die drei, mit dunklem Haar bis zu den Schultern und ernsten Augen. Er erinnerte mich an Vater.

«Mueti, wer ist das?»

«Ich weiß es nicht, Klaus. Geh in die Stube.»

Mein Sohn rannte davon. Elsi hielt noch immer das Messer in der Hand.

«Da bist du ja wieder», sagte sie.

«Ja, da bin ich wieder.»

Von der Stube her konnte ich hören, dass der Bub zu weinen angefangen hatte. Elsi drehte sich nicht um, fast, als hätte sie Angst, mir den Rücken zuzudrehen. Im Stall brüllte eine Kuh.

«Du warst lange weg. Sehr lange.»

«Ja.»

«Ich dachte, eure Reise würde nur ein, zwei Wochen dauern.»

«Das dachte ich auch. Vater hat mich belogen. Die Suche nach GOTT ist nie vorüber. Wir haben ihn nicht da gefunden, wo wir ihn glaubten.»

«Aber *habt* ihr ihn wenigstens gefunden?»

Ich schüttelte den Kopf.

«Ich habe auf dich gewartet. Wieso bist du nicht eher zurückgekommen?»

Ihr Tonfall klang ganz anders, als ich es erwartet hatte.

«Erst wollte ich nicht. Dann konnte ich nicht.»

Ich rang einen Augenblick mit dem, was ich nun sagte, es kam mir nicht leicht über die Lippen.

«Es war ein Irrtum. Aber jetzt habe ich ja dich wieder. Euch.»

Sie seufzte, so leise, dass ich es fast nicht hörte. Dann entspannten sich ihre Züge, sie lächelte ganz fein, so, wie nur sie lächeln konnte. Auf einmal fühlte ich, dass nun alles gut war. Bis sie den Mund öffnete.

«Es ist nicht so einfach», sagte sie.

«Wie meinst du das? Wir können wie früher weitermachen. Unser Sohn braucht einen Vater.»

«Den hat er auch.»

«Gewiss, aber er kennt mich ja noch nicht.»

«Ich habe auch nicht von dir geredet.»

Auf ihr Stichwort hin polterten schwere Schritte die Treppe herab. Hinter ihr erschien ein Mann, der einen halben Kopf größer als ich war und blondes Haar hatte.

Gesund sah er aus, gesund und kräftig, wie ein rechter Bauersmann.

«Wer ist das?», fragte er und warf dabei einen Blick auf mich, als wäre ich ein hungriger Wolf, ein Bär oder ein Räuber, ein gefährlicher Eindringling in die Welt, die er sich eingerichtet hatte. Eine Spannung lag in der Luft, als müsste etwas – oder jemand – gleich zerspringen.

«Das ist Hans. Ich habe dir oft von ihm erzählt.»

«*Das* ist Hans?»

Das Elsi nickte, fast entschuldigend. Viel machte ich ja nicht her.

«Du hast wieder geheiratet», sagte ich.

Meine Stimme, die ganz ruhig war, kam mir vor wie die eines anderen. Ich war gar nicht da. Ich war bereits weg.

Das Elsi und ihr Mann sahen mich mitleidig an. Das Elsi kämpfte mit den Tränen und verlor. Selbst ihr Mann, der mich nicht kannte, schien gerührt.

«Es tut mir leid, Hans. Wir dachten, du wärst schon lange tot.»

«Wenn ich das gewusst hätte ... Wenn wir dir irgendwie helfen können ...», stammelte der Mann.

Dann stockte er. Sonst wusste er wohl immer, was man sagen oder tun musste, aber dieses Mal schien auch ihm nicht einzufallen, was zu tun war – weil es nämlich nichts gab, was man tun konnte, absolut gar nichts.

«So GOTT will, finden wir eine Lösung», meinte er schließlich.

«Nein. Schon gut. Das ist nicht nötig. Ich komme ohne euch zurecht», sagte ich, drehte mich um und ging in die Ranftschlucht hinunter. Ich habe mich nicht einmal nach den beiden umgesehen. Ich wette, sie waren froh, dass ich es ihnen so leicht machte. Seither war ich nicht mehr bei ihnen.

XXXIII.

«Und bei deiner Mutter? Deinen Geschwistern?», fragte Amgrund.

«Bei denen war ich noch nie. Sie wissen, dass ich in der Klause lebe, aber soviel ich weiß, reden sie im Dorf nicht über mich, sondern nur, wenn sie unter sich sind. Ich glaube, sie haben Angst, dass ich die Wahrheit ans Licht und der Familie noch mehr Schande bringen könnte. Es ist besser, ich bleibe für mich.»

«Genau wie dein Vater.»

«Vater hatte GOTT.»

«Du auch.»

«Nein, Amgrund. GOTT ist weit weg.»

Amgrund suchte das richtige Wort, das Wort, das Hans ins Licht ziehen sollte. Es fiel ihm nichts ein. Also schwieg er. Die Geschichte lag ihm auf. Er hatte das Gefühl, dass nicht wenig von dem Schmutz, der an Hans haftete, zu ihm herübergeweht war und jetzt auf seiner Seele klebte.

«Das ist alles, was ich Euch zu sagen hatte. Ich bin froh, es losgeworden zu sein. Wenn ich es nicht bald jemandem erzählt hätte – ich weiß nicht, was dann geschehen wäre. Ich wäre erstickt.»

«So spreche ich dich los von deinen Sünden: im Namen des Vaters und des Sohnes und des Heiligen Geistes.»

«Amen. – Ihr wolltet die Wahrheit. Jetzt habt Ihr sie.»

Einige Herzschläge lange schwiegen sie.

Dann sagte Amgrund: «Ich wünschte, ich hätte nicht gefragt.»

Hans lachte freudlos.

«Kann ich mir vorstellen.»

Amgrund stand auf und streckte Hans die Hand hin. Zeit zu gehen, höchste Zeit sogar. Hans zögerte lange, sah die Hand an, bis er sich entsann, sie nahm und schüttelte.

«Kommt gut nach Hause. Vielleicht findet Ihr den Mut, der mir fehlt, und sagt den Leuten die Wahrheit. Dass mein Vater tot ist und ich niemals sein Nachfolger werden kann. Dass sie auf sich allein gestellt sind. Erzählt ihnen, wie es wirklich war!»

Amgrund sah auf den Boden. Würde es eine Lüge sein, wenn er die Wahrheit nicht offenbarte?

«Ihr werdet es ihnen doch sagen, nicht wahr?», fragte Hans.

«Es ist besser, wenn das unter uns bleibt.»

Amgrund merkte, wie ihn Hans aufmerksam, ja beinahe feindselig musterte. Er wirkte verhärmt und scheel, wie er dastand, in seiner Kutte. Etwas hatte den Kerl fest im Griff, dachte Amgrund, vielleicht der Feind, vielleicht bloß die Reue. Mit seinem langen dunklen Haar und seinem Bart hatte er mehr Ähnlichkeit mit seinem Vater, als ihm wohl bewusst war. Kam noch dazu, dass er genauso mager war. Nur Kleinigkeiten waren anders, ein Funkeln in den Augen, die fahle Farbe der Haut womöglich. Hans war ein Eremit, aber keiner, der sich dieses Leben aufgeladen hatte. Eher einer, dem es einfach zugestoßen war, der sich in seinen Bau zurückgezogen hatte wie ein angeschossener Fuchs.

«Ihr müsst. Wozu sonst habe ich Euch davon erzählt?»

«Ich kann nicht. Es ist besser, wenn die Leute glauben, dass dein Vater noch lebt. Du musst seine Rolle übernehmen.»

«Ich habe wenig Lust dazu.»

«Aber eben auch keine Wahl.»

Hans versenkte das Gesicht in den Händen.

«Es tut mir leid», sagte Amgrund. «Ich verspreche dir, dass ich dich jede Woche besuchen werde und dir Essen bringe. Du sollst nicht darben müssen. Aber du musst es für dich behalten. Das Volk braucht seinen Bruder Klaus. Du darfst dich nicht zeigen.»

Hans ging zur Tür, schob den Holzriegel zur Seite und stieß sie mit dem nackten Fuß auf. Es dämmerte draußen. Kalttrockne Luft kroch in den Raum und wehte einige Schneeflocken herein.

«Verschwindet bitte.»

Amgrund trat über die Türschwelle. Hans folgte ihm ein paar Schritte, schien es aber nicht zu wagen, selbst hinauszutreten.

«Kommt Ihr nächste Woche wieder?», fragte er.

Amgrund nickte, da schlug Hans ihm die Klausentür vor der Nase zu und verriegelte sie.

Amgrund stand noch lange Zeit draußen. Er hörte zu, wie Hans lauter Verwünschungen in die Klause brüllte und wie er etwas Schweres auf den Boden schleuderte, wohl den Kopfkissenstein seines Vaters. Als es stiller geworden war, ging der Pfarrer dem Pfad entlang, der die Ranft hoch zum Hof von Hans' Mutter führte. Er hatte ihr viel zu erzählen.

Danksagung

Ich danke:

Meinem Mentor Werner Rohner, ohne den dieser Roman nicht zustande gekommen wäre – und dem Fachausschuss Literatur BS/BL, der dieses Mentorat ermöglichte.

Meiner Lektorin Angela Fessler, die mich mit ihren Fragen und ihrer Kritik zahlreiche Wochenenden beschäftigt hat.

Meinem inoffiziellen zweiten Lektor Jan Müller, der für die notwendige historische Konsistenz sorgte.

Dem Aargauer Literaturhaus, Ulrike Ulrich und der Schreibwerkstatt «Textstatt» dafür, dass sie mich zum Weiterschreiben motivierten.

Simone Lappert und dem «Raum für Unsicherheit» sowie der Redaktion der Literaturzeitschrift «Narr» für ihre Rückmeldungen.

Des Weiteren Laura, Meret, Romana, Gregor und René.

Außerdem Pirmin Meier und Werner T. Huber, die mehrere meiner Fragen zu Niklaus von Flüe beantwortet haben.

Ebenfalls bei Zytglogge erschienen:

Gerhard Meier
Ob die Granatbäume blühen

ISBN 978-3-7296-0958-7

‹Ob die Granatbäume blühen› ist Gerhard Meiers Gedenkbuch für seine verstorbene Frau Dora. In diesem persönlichsten Text Meiers tritt der Autor erstmals in der ersten Person in Erscheinung. Der monologische Text beginnt nüchtern mit rapportierten Lebensstationen, aber bald wird er zu einer intensiven Zwiesprache, der Dialog mit seiner geliebten Dorli setzt sich über ihren Tod hinaus fort, die Grenzen zwischen Vergangenem und Gegenwärtigem verschwinden. Der letzte Text Meiers, welchen der Autor ausdrücklich als Adagio zu seinen Romanen verstanden hat, ist der «kostbare Schlussstein einer Erzählkathedrale» (Rainer Moritz).

Ebenfalls bei Zytglogge erschienen:

Gerhard Meier

Der schnurgerade Kanal

Roman

ISBN 978-3-7296-0967-9

Helene W., Ärztin in New York, besucht ihre Heimat und liegt auf einem Liegestuhl im Schatten eines Birnbaums am Ufer des Bodensees. Das Wasser schlägt an die Quaimauer, es ist heiss. Der Briefträger bringt ihr ein Journal mit Aufzeichnungen von Isidor A., dem Mann, für den sie als junge Studentin Gefühle hegte. Als Einziger aus der Dreiergruppe, zu der auch K., der spätere Schriftsteller, gehörte, schloss Isidor das technische Studium ab. Die Aufzeichnungen, die Helene nun liest, hat Isidor – auch er ist nach langer Abwesenheit zurückgekehrt – in den letzten Tagen vor seinem Tod in Amrain verfasst. Wie bei Schriftsteller K. handeln Isidors Texte nicht etwa vom Berufsleben, nicht etwa von einem schnurgeraden Kanal, «dem seltsamen Symbol für eine technisierte Welt», sondern von Umwegen, von mäandernden Gegenwelten. Es ist die Vita contemplativa, die in Meiers Roman den größten Raum bekommt.

Ebenfalls bei Zytglogge erschienen:

Lukas Holliger

Das kürzere Leben des Klaus Halm

Roman

ISBN 978-3-7296-0949-5

Ein arbeitsloser Filmvorführer verschanzt sich in seiner Wohnung in Basel. Nur das Arbeitsamt oder die Einsamkeit treiben ihn aus dem Haus. Eines Tages fällt ihm ein Mann ins Auge, den er von nun an verfolgt: Klaus Halm. Dieser wirkt bei aller Unscheinbarkeit wie sein exaktes Gegenbild, denn mit Frau, Kind und Arbeit hat er alles, was dem Erzähler fehlt. Immer weiter versenkt er sich in das minuziös beobachtete Leben des Klaus Halm, und am Ende ist sich nicht nur der Erzähler unsicher, wer hier eigentlich wessen Leben lebt.

Ebenfalls bei Zytglogge erschienen:

Stef Stauffer

Marthas Gäste

Roman

ISBN 978-3-7296-0934-1

Martha erinnert sich. An ihren Mann, an ihre Brüder und Schwestern, an die Eltern und die Kinder. Martha erinnert sich an die vergangene Zeit, als die Verwandtschaft bei ihr im Haus ein- und ausging und sie am Stubentisch deren Geschichten erfuhr. Die kann sie heute noch alle erzählen. Etwa die, wie der Hermann Mechaniker werden wollte, weshalb das Friedi Schulden hatte, oder warum der Adolf nie geheiratet hat. Das weiß Martha alles noch. Welcher Tag heute ist, das weiß sie nicht. Auch nicht, ob sie bereits gegessen hat oder warum die Tabletten schon wieder fehlen.

So alltäglich die geschilderten Episoden auch scheinen, steckt in jeder Geschichte doch eine Prise Enttäuschung, ein geplatzter Traum oder ein Ereignis, welches einen Einschnitt in der jeweiligen Biografie bedeutet. Es geht um Geld und Liebe, Tod und Zukunftspläne, Familie und Freundschaft. Eine exemplarisch anmutende Familiengeschichte in der Berner Landschaft der 1910er bis 1990er Jahre entsteht. Stef Stauffer lässt die dienstfertige Martha derart ungehemmt erzählen, dass Martha die schillerndste Persönlichkeit des Hauses wird.